Editora Charme

CAPITÃO ARROGANTE

ELLIE MASTERS

1ª Impressão 2021

Produção Editorial - Editora Charme
Foto da capa - Depositphotos
Capa e Produção Gráfica - Verônica Góes
Tradução - Mariana C. Dias
Preparação - Monique D'Orazio
Revisão - Equipe Charme

Esta obra foi negociada por Brower Literary & Management.

FICHA CATALOGRÁFICA ELABORADA POR
Bibliotecária: Priscila Gomes Cruz CRB-8/8207

M423c Masters, Ellie

Capitão Arrogante/ Ellie Masters; Tradução: Mariana C. Dias;
Revisão: Equipe Charme; Capa e produção gráfica: Verônica Góes;
Preparação: Monique D'Orazio – Campinas, SP: Editora Charme, 2021.
276 p. il.

Título original: Cocky Captain

ISBN: 978.65.5933.034-8

1. Ficção norte-americana | 2. Romance Estrangeiro -
I. Masters, Ellie. II Dias Mariana C. III. Equipe Charme.
IV. Góes, Verônica. V. D'Orazio, Monique. VII. Título.

CDD - 813

Editora Charme
www.editoracharme.com.br

Editora Charme

CAPITÃO ARROGANTE

Tradução: Mariana C. Dias

ELLIE MASTERS

Capitão arrogante é uma história independente inspirada no romance *Milionário arrogante,* de Vi Keeland e Penelope Ward. Faz parte do universo de Cocky Hero Club, uma série de romances originais, escritos por várias autoras e inspirados na série de bestsellers do *New York Times* de Vi Keeland e Penelope Ward.

DEDICATÓRIA

Este livro é dedicado à minha cara-metade — meu marido incrível e maravilhoso.

Sem o seu carinho e apoio, minha escrita não teria chegado tão longe. Você me completa todos os dias. Eu te amo "um tantão assim". Para os leitores, isso significa do começo ao fim e todos os pontos no meio do caminho. Obrigada, meu amor, meu coração e minha alma, por me aguentar, acreditar em mim e me amar.

Meu marido merece um prêmio por me ouvir tagarelar sobre esse livro e por nunca ter reclamado, enquanto eu dava vida a estes personagens, tirando-os da minha mente e colocando-os no papel.

Você me incentivou quando precisei ser motivada, me apoiou quando me senti desencorajada e acreditou em mim quando eu não acreditei. Se não fosse você, esse livro nunca teria surgido.

CAPÍTULO 1

Angel

Era de se esperar que o capitão arrogante chegaria atrasado.

Faltava menos de meia hora para a decolagem, e o capitão Logan Reid não estava em lugar algum.

Nada surpreendente.

As façanhas lendárias do ex-Blue Angel o precediam. Bebia mais do que qualquer homem e arrancava a calcinha de qualquer mulher dentro de um raio de trinta metros com nada mais do que o seu sorriso arrasador. Provavelmente, transava como um garanhão, fazendo as conquistas gritarem e andarem cambaleando por semanas.

Mas não conseguia chegar a tempo para o trabalho?

Que maravilha.

Eu sentia algo pelos pilotos de combate, mas não no bom sentido.

Não era exatamente aversão, mas um desgosto profundo. Talvez beirasse a ódio. Recebiam toda a glória, enquanto o resto de nós era assunto de suas piadas e acabávamos humilhados pela ridicularização deles.

Eu odiava pilotos de combate. *Pronto, confesso.* Odiava esses cretinos com todas as minhas forças.

Por ser a primeira vez que voaríamos juntos, era de se esperar que o cretino se dignaria a chegar na hora. *Ou, melhor ainda, capitão Logan Reid, por que não tenta chegar mais cedo para conhecer a sua copiloto?*

Aposto que estava tentando se livrar de uma ressaca ou se desenrolando de alguma loura pernuda, enquanto os lençóis se contorciam ao redor do corpo perfeito e recém-fodido da mulher.

No topo das escadas de entrada, vi minha amiga, Bianca Truitt, atravessar a pista que vinha do terminal privado. Seu galgo resgatado, Bandit, esgueirava-se um passo atrás dela, parecendo torturado ao dar os últimos passos.

Um sorriso iluminou meu rosto. Apesar dos problemas com o capitão, era sempre um prazer voar com os Truitt. Se todos os meus voos pudessem ser com eles, o trabalho seria perfeito. Infelizmente, apenas de vez em quando fretavam um jatinho da nossa companhia, a JetAire.

Como CEO da Montague Enterprises, o sr. Truitt tinha uma frota de jatinhos da empresa dentre os quais escolher. Ouvi falar que o jatinho de que gostavam estava no solo para manutenção – melhor para mim. Isso sem mencionar que os levaríamos às Cayman para o fim de semana.

Pediram que ficássemos no local, caso o sr. Truitt precisasse voltar com urgência para casa por conta dos negócios. Ou seja, eu teria alguns dias no paraíso com mais nada além de sossego.

— Angel! — O sorriso contagiante e a positividade eterna de Bianca Truitt sempre levantavam meu ânimo. — Vai pilotar hoje? — Ela quase deu um gritinho de animação.

Eram clientes tranquilos, respeitosos, atenciosos, educados e gratos. Bastava dizer que eu amava quando seus nomes apareciam no meu manifesto.

— Espero que sim. Ainda estou aguardando o capitão.

Logan, cadê você?

— Quando vão te promover a capitão? — Ela parou na base da escada e olhou para Bandit. — Vem, garoto.

Bandit a encarou, como se ela não pudesse estar mais enganada. Segurei um risinho, amando a riqueza de expressões na cara do pobre cachorro.

— Hoje não, mas em breve.

Pelo menos, era o que eu esperava.

Ainda não tinha subido o bastante na hierarquia do meu emprego civil para me sentar no desejado assento do piloto. Talvez, daqui a um ano, poderia me livrar do "co" em copiloto e, finalmente, ser a mulher no comando outra vez.

Bandit latiu na base da escada. Com o rabinho entre as pernas e as orelhas para trás, ele não queria se mexer.

Bianca deu um puxão gentil nele, e o cachorro, descontente, subiu cada um dos degraus como se estivesse agonizando. Bandit entrou no papel, encenando como se essa fosse a maior indignação que alguma vez teve que enfrentar na vida. Olhou para mim de soslaio, enquanto Bianca o convencia a dar outro passo e embarcar no avião.

— Vamos, Bandit. Não vai ser tão ruim assim. — Ela olhou para mim e balançou a cabeça. — Era de se esperar que ele já estivesse acostumado.

— Alguns bichinhos não gostam de voar. — Eu estava pronta, com a arma secreta que distrairia a mente de Bandit do fato de que precisaria suportar mais um voo.

— Bem, não é como se fosse a primeira vez. — Com um suspiro exasperado, ela deu o mais leve dos puxões na coleira de Bandit, tentando encorajá-lo a andar.

— Jatinhos têm cheiros estranhos, fazem barulho. Os motores não param nunca de zumbir. O narizinho sensível dele seca, deve ser desconfortável.

Bandit chegou ao topo da escada.

— Vai ficar tudo bem, amigão. — Cocei entre as orelhas dele.

O cachorro revirou os olhos expressivos para mim e olhou outra vez para a escada. Parecia que ele não concordava. Com certeza, não era fã de aviões.

Enfiei a mão no bolso do uniforme de voo e tirei dali um petisco em forma de palito. Ele ergueu as orelhas, e o focinho se contorceu. Acho que até vi a cauda balançar. Bandit cheirou o pauzinho com interesse, mas não o arrancou da minha mão. Era um cachorro muito educado.

— Pode pegar — ofereci, aumentando o seu interesse, mas ainda sem deixá-lo apanhar a comida. — É todo seu. — Balancei o petisco e o joguei pelo corredor.

Bandit disparou, saltitando como um filhotinho ao pegar o palito com a boca e, simples assim, esqueceu-se de que estava em um avião. Trotou até o fundo do jatinho, onde eu havia arrumado uma caminha para ele, e se atirou no chão com a guloseima.

Olhei em direção ao terminal privado.

— O sr. Truitt está vindo? — Pontual ao extremo, não era comum Dexter Truitt se atrasar. Queria poder dizer o mesmo sobre o capitão.

— Ele está com a Georgina Bina. — Bianca apontou o dedão para o terminal. — Mais uma paradinha antes do voo.

— Ah, entendi.

A filhinha deles não era muito fã dos banheiros de avião. No jatinho privado, nosso banheiro a bordo era chique, mas a garotinha não gostava do lugar apertado, e não havia muito espaço para os pais a ajudarem.

Enquanto Bianca se acomodava, voltei para o cockpit. Se Logan não aparecesse em cinco minutos, eu ligaria para a base. Enquanto isso, rezaria para que aparecesse. Odiaria explicar ao CEO da Montague Enterprises por que tínhamos atrasado as férias da família dele.

Sem nada melhor a fazer, comecei a verificar o *checklist* da inspeção pré-voo, dando toda a atenção à tarefa importante. Minutos depois, a voz de uma garotinha soou do lado de fora:

— Estou voando! — Riu ela. — Mais alto! Quero voar mais alto! — Os gritinhos animados me tiraram do assento e me fizeram olhar para a pista.

— Você gosta de dar voltas? — retumbou uma voz grave, e um homem deslumbrante correu num grande círculo, com uma garotinha no colo, que subia e descia enquanto esticava os braços.

— E os mergulhos. Eu amo os mergulhos!

Georgina *voava* nos braços de um homem estranho, enquanto o pai caminhava ao lado deles.

Dexter Truitt carregava uma mochila rosa da Hello Kitty no ombro, uma bolsinha rosa da Hello Kitty no braço e uma Hello Kitty enorme de pelúcia na mão.

Ao lado dele, o homem girava a filha do poderoso CEO em um arco. *É sério mesmo?* Aquele *era Logan Reid?*

É claro que sim. Não apenas tinha sido um figurão entre os pilotos de combate, mas era supergostoso. Lindo de fazer o queixo cair. Olhou para mim e me mostrou um conjunto de dentes perfeitos e brancos como pérolas. Então, me jogou um beijo e abaixou os óculos de sol espelhados para uma piscadela arrasadora.

Meus joelhos bambearam, e me apoiei na parede. *Ah, meu Deus! Isso era algum superpoder dele?*

O homem alto preenchia a jaqueta aviador marrom, com seus ombros largos e braços musculosos. Os olhos azuis me deram outra piscadela de molhar a calcinha, enquanto ele fazia outra volta com Georgina.

Senti um friozinho na barriga. Ele tinha um queixo esculpido e o cabelo preto, que parecia ter sido atacado durante o sexo por uma amante bastante satisfeita. Se um cabelo no estilo "me fode" existisse, era o que aquele homem exibia.

Mais comprido do que os regulamentos militares permitiam, ele tinha deixado os fios crescerem até o tamanho perfeito para que eu enrolasse os dedos neles durante o sexo.

Eita! De onde raios isso tinha vindo?

Seis horas mais pareceriam seis anos. Precisava de ar fresco, mas ele estava lá fora com todo o oxigênio e, em alguns segundos, estaria aqui, comigo, dividindo o ar que restava aqui dentro.

Cristo, como odeio pilotos de combate.

Logan apoiou Georgina no chão, ao lado da base da escada, e a garotinha subiu correndo pelos degraus. O pai a seguiu com toda a parafernália da Hello Kitty, mas Logan não se moveu.

Seus olhos encontraram os meus, e nos entreolhamos por um breve segundo. Não sei se meu queixo estava caído, se eu estava chocada pela aparência dele, ou se os olhos estavam semicerrados, cheios de desgosto.

Canalhas arrogantes e metidos, com certeza, não faziam meu tipo.

Em vez de subir a escada, Logan deu uma volta no avião.

Fiz a mesma coisa quando cheguei. Uma simples inspeção externa. Gostava de verificar e ter certeza de que não havia nada obviamente errado. Os jatinhos da nossa companhia tinham históricos mecânicos impecáveis. Não havia nenhum problema com os motores, nem com nenhuma outra parte do jatinho, mas dar uma volta no avião era um hábito difícil de ser quebrado.

— Oi. — Georgina acenou quando passou correndo por mim. — Mamãe, o papai quase esqueceu da Kitty.

— Ah, não! — Bianca reagiu de maneira exagerada, colocando as mãos nas bochechas. — Ainda bem que ele não esqueceu.

— Ele teve que pedir para o motorista voltar. A Kitty teria ficado perdiiiiida. — Georgina estendeu a última palavra, como se aquilo pudesse ter sido a pior coisa do universo.

O sr. Truitt soltou uma risada suave e apontou para as coisas da filha.

— Bom dia, Angel. Fiquei muito feliz quando disseram que você seria um dos pilotos do voo para as Cayman.

— É bom te ver outra vez, sr. Truitt.

— Por favor, quantas vezes preciso te pedir para me chamar de Dex?

— Mais umas mil.

Chamar Bianca pelo primeiro nome era uma coisa, mas o CEO da Montague Enterprises? Parecia que estava passando dos limites. Sorri para ele ao tirar a Hello Kitty de pelúcia de suas mãos, e então avancei pelo corredor.

Ele riu baixinho, mas não insistiu no assunto.

— Srta. Georgina, em qual assento vai se sentar? — perguntei. — Precisamos ter certeza de que o cinto vai servir na Kitty.

— Bem ali! — Seus lindos olhinhos se iluminaram, animados com a ideia de voar. Tinha apontado para o conjunto de assentos mais próximo da caminha de Bandit.

O cachorro se deliciava com o petisco, totalmente recuperado da indignação de ter sido forçado a embarcar.

— Quer que eu arrume a Kitty, ou prefere fazer isso sozinha? — Dei uma piscadela para Bianca, que se sentou em silêncio em uma poltrona, enquanto a filha preciosa tomava conta da gatinha de pelúcia.

— Pode arrumar. — Georgina acariciou a cabecinha de Bandit e brincou com suas orelhas.

Por mais interessado que estivesse na guloseima, fiquei um pouco preocupada com a possibilidade de ele morder a menina. Bianca, por outro lado, não parecia nem um pouco incomodada, e muito menos o sr. Truitt.

— Tudo bem. Acha que a Kitty prefere o assento do corredor ou o da janela?

Georgina torceu os lábios e apertou os olhos, ponderando a questão muitíssimo importante.

— Kitty vai ficar zonza se olhar pela janela. — Ela apontou para o assento do corredor e assentiu vigorosamente com a decisão.

— Pode deixar. — Acomodei o bichinho de pelúcia na poltrona do corredor e fiz um teatrinho, afivelando o cinto de Kitty e explicando à Georgina como era importante se manter segura no avião, onde as saídas ficavam e, se houvesse uma emergência, como as máscaras de oxigênio cairiam do teto.

Trabalhávamos sem auxiliares naquele jatinho, ou seja, a segurança dos passageiros era minha responsabilidade como copiloto. Com Kitty no lugar, expliquei os procedimentos de segurança aos pais. Georgina se sentou ao lado de Bandit, sussurrando para ele todas as coisas divertidas que fariam nas Cayman.

Ainda esperando Logan Reid embarcar, segui para o cockpit e fiz um malabarismo para me sentar na poltrona confortável do copiloto. Em um jatinho daquele tamanho, espaço custava caro, e muito pouco era gasto para o conforto dos pilotos. Isso significava que eu e o lindíssimo e gostoso Logan ficaríamos sentados ombro a ombro por todo o voo.

Uma presença pairou atrás de mim.

— Quando me disseram que eu voaria com um anjo, não achei que fosse verdade. Você é de tirar o fôlego. — Grave, rouca e um pouco áspera, a voz fez toda a minha pele se arrepiar.

Eu me virei, com o *checklist* em mãos, e encarei os olhos azuis e sedutores que me fitavam intensamente. Engolindo em seco, estendi a mão, um pouco desajeitada, enquanto tentava dominar a estranha onda de calor que seguia a trilha do arrepio.

CAPÍTULO 2
Angel

Caramba, ele é lindo. Gostoso ao ponto de me deixar molhada. Poderia ter atuado em *Top Gun* com o pré-requisito da jaqueta de couro, dos óculos de sol estilo aviador e do sorriso malicioso. Logan Reid era exatamente o tipo de homem com quem eu *não* queria passar as próximas seis horas presa dentro de uma cabine a 35 mil pés de altitude.

Não haveria para onde fugir.

— Em pessoa. — Dei um sorriso sem alegria e rezei para que o calor não tivesse atingido minhas bochechas. Não havia qualquer necessidade de Logan ficar sabendo de nenhuma das centenas de pensamentos inapropriados girando na minha mente. O cockpit era pequeno demais, ou eu teria me levantado e o cumprimentado de maneira adequada.

O olhar de Logan deslizou para a minha mão. Lentamente, ele estendeu a dele para finalizar o cumprimento. Assim que nos encostamos, o arrepio voltou, seguido por outra onda escaldante de calor.

Grande, ampla e calejada, sua mão envolveu a minha, e senti minha mente ir direto para um território cheio de ideias de como seria sentir todo o corpo dele envolvendo o meu.

Tire essas ideias sujas da cabeça.

Em vez de chacoalhar minha mão e soltar, ele acariciou a pele com a almofadinha do dedão.

Dei uma puxadinha de leve, sentindo-me constrangida, mas Logan não me soltou. Em vez disso, apertou com ainda mais força.

— O anjo dos céus... — Ele balançou a cabeça. — As histórias são reais?

— Oi? — Como ele sabia disso? A intensidade do seu olhar me fez inspirar, e arranquei a mão do aperto dele.

— Você é um anjo? — Ele me olhou da cabeça aos pés, demorando-se na cavidade suave do pescoço antes de descer para os seios. Não havia muito para se ver, não com meu uniforme de voo, exceto... Percebi, de repente, que não tinha fechado o zíper até o pescoço, então meu decote estava à mostra.

Puxei o zíper até a garganta e cruzei os braços defensivamente sobre o peito.

Ele riu baixinho.

Nada tinha o direito de soar tão sensual, mas o jeitinho que os lábios dele se curvavam nos cantos, como seus olhos flertavam... Não consegui evitar e me inclinei para perto daquela risada. Era como se eu não conseguisse chegar perto o suficiente. Isso não condizia comigo. Eu não era o tipo de mulher que se desnorteava perto de um homem gostoso.

Controle-se, Angel!

Com mais força do que o necessário, eu me reclinei e voltei a atenção para o *checklist.*

— E aí? — Ele apoiou a mão no encosto da minha poltrona. — São reais?

— Acho que depende de a qual história você está se referindo.

Não olhe para ele!

Precisei de toda a minha força de vontade para manter os olhos focados na lista. Já deveria estar na metade, mas, por mais que me esforçasse, não conseguia decifrar as palavras.

— As histórias sobre você ser um anjo da guarda. — Ele deu de ombros. — Fiz o dever de casa. — Seu tom soou como se ter me pesquisado fizesse parte dos procedimentos-padrão.

O problema era que eu não sabia se tinha sido uma pesquisa profissional ou... mais íntima. Era o tipo exato de distração de que eu não precisava.

— Você fez o quê?

— O dever de casa — repetiu, com a voz rouca.

Certo, aquilo não tinha soado nada profissional, e eu estava plenamente ciente do decote que, inadvertidamente, havia exibido.

— Sabe... Dei uma pesquisada em com quem eu ia voar... Sempre faço isso. — Ele passou a mão pelo encosto da minha poltrona, e os longos dedos pressionaram o enchimento. Isso me fez pensar sobre como seria ter aqueles dedos massageando meu pescoço, ou outros lugares.

Pare com isso!

Está bem, retruquei para a minha voz interior, *mas não vai ser fácil.*

— Você pesquisa todos os pilotos com quem voa? — perguntei.

— Não. — Sua boca virou um O perfeito na última letra e, quando me virei, sem dúvida alguma, ele encarava os meus seios.

Pelo menos, agora estavam cobertos.

— Não? — Me virei por completo, e o canalha nem mesmo se incomodou em disfarçar a direção do olhar.

O cantinho dos lábios se ergueu em um sorriso. Inclinando-se para a frente, baixou a voz para um sussurro:

— Apenas as mulheres.

Cruzou os braços sobre o peito e esperou, quase como se examinasse o terreno. Talvez estivesse imaginando para qual direção eu levaria a conversa, mas ficaria decepcionado com a minha reação. Eu não namorava pessoas com quem trabalhava e nunca namorei um piloto com quem voei.

Distração no céu era um desejo de morte.

Acho que ele não está interessado em te namorar.

Não. Um homem como ele não namora, apenas fode.

Um pulsar constante surgiu entre minhas pernas. Aos trinta anos, nunca tinha sido devidamente fodida. É claro, já tinha feito sexo. Namorado. Amado e tido o coração partido, mas nunca encontrei nada como o que aqueles olhos diabolicamente pecadores me prometiam.

O homem praticamente me comeu com os olhos, parado ali. Talvez eu estivesse fazendo exatamente a mesma coisa em resposta, mas não estava em um lugar onde poderia me deixar levar por uma fantasia dessas. Acho que nunca estive.

Você deveria se soltar.

Algum dia, mas não hoje.

Eu não podia.

Mas olhei. Todo o meu foco estava na coitada da camiseta dele e no esforço empreendido para conter a largura impressionante do seu peito. Desci os olhos.

Jogada errada.

Agora, estava de olho no abdômen dele. Pelo que parecia, era exatamente como eu havia imaginado. Tanquinho, definido e pronto para realizar infinitas fantasias femininas.

— Acho que não sou o único que gosta de dar uma olhada nos colegas de trabalho. — Ele deixou os braços caírem, e aquela risada baixinha, mas forte, preencheu o cockpit, envolta em pecado e sedução, com uma promessa silenciosa.

Girando, fechei a boca com força, *mas que bela primeira impressão...*

— Não estava te dando uma olhada. Não era isso que eu estava fazendo. Você é mesmo todo cheio de si, aviador.

— Aviador? — A risada baixa retornou, e ele se sentou ao meu lado, assumindo a poltrona do capitão. — Não ia fazer mal se estivesse. Você também é um colírio para mim, algo a ser apreciado pelas próximas seis horas, enquanto me pergunto se o sutiã combina com a calcinha. E fique sabendo que meu nome de guerra é Garanhão, não aviador.

— Eu não estava de olho em você.

Garanhão? Amaria descobrir como ele tinha conquistado o apelido.

— Tenho quase certeza de que estava — insistiu ele.

— Bem, supere. Eu estava simplesmente analisando a competição.

— Competição? Querida, não estamos competindo. E, quer saber, você é gostosa pra caramba. Vai ser um voo *muito* longo e desconfortável. — O cafajeste nem mesmo tentou se esconder quando arrumou a calça. — Então, combinam?

Não olhe para ele!

Olhei e, no mesmo instante, me arrependi. Com o volume atrás do zíper, meus pensamentos mergulharam fundo em um território inapropriado. Nunca senti tanto tesão. O voo ia ser *mesmo* longo.

— Oi? — A vergonha por ter sido pega fazendo exatamente o que tinha sido acusada rapidamente se transformou em raiva. Era uma emoção com a qual eu tinha muita experiência. Além disso, era muito mais fácil lidar com ela do que com aquela química estranha que transformava o ar em um burburinho de eletricidade estática.

— Você diz muito isso — comentou ele, com um riso sarcástico.

— Digo o quê?

— E repete as coisas. — Diversão dominou o tom dele e incitou minha ira.

— Não repito. — Odiei o quanto pareci petulante e na defensiva.

— Bem, como eu disse: não tem problema, estou acostumado.

— Acostumado com o quê?

— Viu? — disse ele, sorrindo. — Está fazendo de novo.

— Fazendo o quê?

— Você repete as coisas quando fica nervosa.

— Não estou nervosa.

— Mentira.

— Como é? — O calor tomou conta das minhas bochechas, mas não por conta da vergonha. *Como ele ousava?*

Logan limpou a garganta.

— Tudo bem ficar nervosa, Angel. A tensão sexual nesta cabine está fora de controle. Infelizmente, teremos que esperar para satisfazer nossas fantasias. Temos trabalho a fazer.

— Não sei quem raios você pensa que é, mas não vamos satisfazer nada, e não há nenhuma fantasia *nossa* rolando aqui.

Ele tirou a lista da minha mão e repousou o dedo no primeiro item.

— Se precisa pensar assim, querida, tudo bem. Enquanto isso, que tal colocar esse avião para voar?

— Que tal parar de me chamar de querida? Não sou uma das suas conquistas.

Ele deu uma piscadela.

— Não, mas com certeza é um anjo. Agora, me diga, as histórias são reais?

A maioria das pessoas recebia apelidos divertidos como Figurão ou Às. Outros, apelidos mais desonrosos.

Um dos meus preferidos era BUD, que foi dado a um dos meus colegas no curso de piloto. Larry era um piloto e tanto, mas burro demais quando se tratava de qualquer outra coisa na vida. Isso se tornou uma piada no esquadrão. Por fim, alguém disse que deveríamos chamá-lo de BUD, diminutivo para burro demais. Nomes assim tendiam a perdurar por toda a vida, infelizmente — para Larry.

— Você não deveria acreditar nas histórias que as pessoas contam. — Desviar do assunto era algo natural para mim, mas, lamentavelmente, achei que Logan não permitiria isso. Parecia ser um homem acostumado a conseguir o que queria. Agora, estava determinado a vasculhar meu passado.

— Acho que existe verdade nas histórias, segredos que não queremos que os outros saibam.

— É mesmo?

— Está se defendendo com outra pergunta?

— Voltamos a falar disso?

— Depende. Vai fazer outra pergunta ou vai me responder? — Ele avançou na checagem, quase não se esforçando, enquanto eu confirmava cada item da lista.

— Eu não gosto de falar disso, e aí?

— Bem, vou deixar essa passar; você fez outra pergunta.

— Perguntas são parte de qualquer conversa.

— Acho que sim... — As palavras dele morreram e me deixaram imaginando se haveria mais alguma outra opinião ali.

Brevemente, considerei fazer outra pergunta, mas decidi não dizer nada. Na verdade, resolvi não fazer mais nenhuma outra pergunta idiota, se eu conseguisse me segurar.

— Me conte o que você ouviu, e eu te conto se é verdade ou não.

— Justo — concordou ele.

Nos preparamos para o voo enquanto conversávamos.

— Meu amigo disse que você pousou um KC-135 com apenas um motor.

— Verdade.

— E aí, não vai dar detalhes?

— Não tenho muito a dizer. Um relâmpago atingiu a asa de estibordo, um dos motores pegou fogo. Eu pousei, mas, tecnicamente, eu ainda tinha os motoros 1 e 2 na asa de bombordo.

— Você recebeu uma medalha por isso, não perdeu nenhuma vida. — Ele soou realmente impressionado.

— Recebi uma medalha para fazer exatamente o que qualquer um teria feito. Fomos treinados para merdas assim.

— E quando o trem de pouso saiu voando?

Ele tinha pesquisado toda a minha carreira?

— Não saiu voando, só não desceu. E pousei esse avião também.

— Sem perder nenhuma vida e com danos mínimos na fuselagem.

— Não me deram uma medalha por isso.

— Mas te deram outra logo em seguida.

— Não gosto de falar disso.

— Por que não? Eles te chamam de Anjo dos Céus por um motivo. Antes, eu achava que era um apelido de mau gosto. Anjo, por causa de Angelique; a propósito, lindo nome, mas parece que você conquistou o Anjo por conta do seu toque divino.

— Acho que depende do ponto de vista.

— Como assim?

— Ou sou o Anjo dos Céus, ou sou inacreditavelmente amaldiçoada.

— Não acredito em maldições.

— Deveria — murmurei, sem qualquer intenção de ele me ouvir.

Meu histórico poderia até refletir uma boa performance sob estresse, mas os acidentes me perseguiam. Também não acreditava em maldições, mas estive envolvida em três graves falhas mecânicas. Não importava eu ter pousado todas as vezes sem perder nenhuma vida, porque eu era o Anjo dos Céus com o diabo no calcanhar.

— Pronta para decolar?

— Pronta.

As obrigações dos tripulantes de voo, criadas depois de diversos acidentes exporem pilotos se distraindo em momentos cruciais do voo, consistiam em atitudes que aumentavam o foco dos pilotos nas operações essenciais para reduzir acidentes.

Enquanto taxiávamos, não conversaríamos antes dos 10 mil pés e prestaríamos atenção no jatinho.

Logan chamou o Controle de Tráfego Aéreo, pedindo autorização para sair do embarque. O rádio grasnou, e o Controle respondeu:

— 452 liberado para as Ilhas Cayman. Prossiga a Bravo-1.

Taxiamos até a pista designada e paramos, esperando a liberação final para decolarmos. Logan os chamou, informando ao Controle de Tráfego Aéreo que estávamos a postos, aguardando perto da pista Bravo-1.

— 452, esperando na Bravo-1 — informou Logan.

— 452 liberado para decolagem na pista Bravo-1. Sintonize na frequência 1-2-8 ponto 8.

— 452 pronto para decolar.

Entramos na pista. Essa era a minha parte preferida do voo. A potência dos motores me lançando no ar sempre me deixava sem fôlego.

Mas, desta vez, não foi a decolagem que me deixou assim. Foi o pecaminoso par de olhos azuis magnéticos e a piscadela que me prometiam muito mais.

CAPÍTULO 3

Logan

Estar sentado ao lado de Angel era surreal. A mulher era uma lenda no mundo da aviação.

Quando descobri que ia trabalhar com uma heroína viva, nervoso não chegava nem perto de descrever como eu me sentia, o que era estranho, considerando o meu passado.

Pouquíssimas coisas me apavoravam.

Nunca gostei das obrigações dos tripulantes, mas agradeci por elas existirem enquanto guiava o avião pelos primeiros 10 mil pés. Tive tempo para me recompor e não agir como um idiota perto da deslumbrante Angelique Mars.

Ela não parecia em nada com a foto na biografia. Havia encarado aquela expressão austera durante toda a semana, me perguntando como aguentaria trabalhar com uma mulher que, para todos os efeitos, parecia ser toda trabalho e nenhuma diversão.

Caramba, tinha voado com outras copilotos, mas havia algo no olhar de Angel na foto de perfil... uma dureza que deixava bem claro que *o humor não era bem-vindo ali.*

Na foto, o cabelo escuro como a noite tinha sido preso em um coque justo. Eu o preferia solto e esvoaçante, como agora. A mais suave das ondas dava aos fios um movimento sensual, e seria divertido entrelaçar os dedos nas longas camadas.

O cabelo longo e sedoso amenizava a expressão, revelando sua verdadeira beleza. Estranho. Preferia loiras de olhos azuis, não uma sereia de cabelo preto e olhos escuros, escondendo segredos que eu ansiava descobrir.

Um tesouro que esperava pelo homem determinado o bastante para derrubar suas barreiras e se livrar de toda essa proteção. Não sabia muito bem o porquê, mas, naquele momento, estava decidido a ser esse homem.

— Passando dos 10 mil pés — disse ela ao meu lado.

— Entendido. — Agora, eu podia falar livremente, mas me segurei. Havia coisas demais para processar com aquela mulher sentada ao meu lado.

Eu era a elite da elite. Conquistei a bravata que vinha com o fato de ser um figurão – um piloto de combate Blue Angel. Apesar da minha destreza, eu nunca tinha salvado uma vida.

Fazia acrobacias aéreas insanas e voava em formações precisas para a multidão. Eu era uma máquina de relações públicas que exibia o melhor que a Marinha tinha a oferecer, mas não tirava, em segurança, aviões quebrados do ar.

Meu trabalho era ser bonito e vender a imagem sensual dos pilotos de combate da Marinha.

Eu não salvava o dia.

Ela, sim.

Não uma. Nem duas. Três malditas vezes.

Continuamos a subir, e Angel perguntou qual era a nossa altitude. Nenhum de nós quebrou o silêncio, cheio de tensão, com papo furado. Éramos só negócios.

O nervosismo explicava por que tinha me atrasado pela manhã. Não havia orgulho em admitir que precisei trazer o meu melhor para o trabalho; nenhum homem voava com o Anjo dos Céus sem trazer o seu melhor consigo.

Demorei quase meia hora para encontrar onde havia enfiado a jaqueta de couro. Nesse novo trabalho civil, o uniforme de voo foi trocado por uma calça cáqui e uma camisa polo, que ostentava o logo da companhia. Eu sentia falta da sobriedade que apenas a jaqueta de aviador tinha. Precisava da armadura da minha antiga glória.

Outra olhada a trouxe de volta ao centro da minha atenção. Nada de calça cáqui. Nada de camisa polo. Ela usava um uniforme de voo. Não o dos seus anos na Força Aérea. Era azul, em vez de verde-oliva, e o logo da companhia tinha sido bordado no bolso esquerdo frontal.

Com minha calça jeans cáqui preferida, uma camiseta confortável, os óculos estilo aviador e a leal jaqueta de couro – que, sejamos honestos, era um autêntico ímã de mulheres –, minha bravata confiante voltou.

Não que eu a tivesse perdido. Não era disso que aquilo se tratava. E sim de conhecer Angel de igual para igual.

— Você não é o que eu esperava — quebrei o silêncio, abandonando as obrigações dos tripulantes. Finalmente, pude admitir o que tinha me mantido ocupado durante a decolagem. As obrigações significavam nada de papo, mas não queriam dizer que meu cérebro tinha parado de funcionar. Angel era uma mulher que eu precisava entender. Antes de pousarmos, decidi que seus segredos seriam meus.

— Não sou o que a maioria espera. — Sua resposta foi suave, hesitante e sensual pra caralho, mas também soou como se já tivesse sido dita dezenas de vezes.

Dei a ela um dos meus sorrisos capazes de deixar qualquer uma molhada, mas Angel não se derreteu em tremores. Em vez disso, me olhou com um interesse frio, me analisando. Não era a reação que eu tinha esperado. Ela seria uma mulher difícil de decifrar.

— Garota esperta.

— Garota, não. — Ela apontou para o corpo. — Uma mulher crescida, aviador.

— Um fato sobre o qual estou muitíssimo ciente. — Ajeitei-me, tentando aliviar o desconforto que deixava minha calça cada vez mais apertada.

Meu pau estava se exercitando, mas não de um jeito bom, já que não havia nenhuma possibilidade de eu me aliviar em breve. Uma olhada naquela belezura, e meu corpo todo ganhava vida. Ou, melhor, meu pau ganhava vida. Estava pronto para a caça, e Angel era a sua presa.

Angel ignorou meu comentário impertinente.

— Por experiência, recebo uma de duas reações no trabalho. Os homens esperam que eu seja incompetente porque sou mulher e me subestimam, ou sabem do meu passado e exageram. Qual dos dois é você?

Soou como se estivesse cansada de lidar com os idiotas que não estendiam a ela o respeito que merecia.

Merda, é isso que ela pensa de mim? Estávamos indo na direção errada, e eu precisava corrigir o curso imediatamente. Como poderia responder sem soar igualzinho a uma dessas opções?

Que tal contar a verdade a ela, idiota?

Tudo bem, não custa nada.

— Eu poderia responder de outras formas — comecei —, mas vou escolher a terceira reação.

— E qual é a terceira reação?

— Bem, antes de tudo, vamos conversar sobre as reações um e dois.

Angel tinha acertado em cheio. Era muito comum os homens desprezarem as pilotos. Como muitas mulheres, ela tinha passado a carreira toda lutando contra estereótipos injustos.

A aviação era um trabalho cheio de canalhas egocêntricos, que perpetuavam o pensamento patriarcal de que elas não conseguiam trabalhar com a mesma habilidade dos homens. A maioria deles eram machistas imbecis que dificultavam a vida das mulheres. Eu não era um deles, mas, pela expressão de Angel e pela exaustão em sua voz, aquilo era exatamente o que ela esperava de mim.

— Em primeiro lugar, já trabalhei com muitas mulheres fodas — disse. — Ano passado, eu estava com os Blue Angels quando contratamos a nossa primeira piloto. Quanto a te subestimarem, já voei com os melhores dos melhores; Lisette James é uma, não importa que ela seja mulher. Não duvido das suas credenciais, nem da sua capacidade.

— Bom saber, já que estaremos presos juntos nos próximos dias, e obrigada. — Seus lábios ficaram mais serenos com a curva do sorriso.

Acabei de ver algo derretendo a expressão gélida dela?

Juro que aquele foi o primeiro sorriso genuíno com que ela me agraciou desde que nos vimos pela primeira vez. Tudo antes parecia ter acontecido sob certa reserva, mas o sorriso pareceu real.

E foi incrível pra cacete. Eu precisava de mais sorrisos como aquele.

— Não ligo de ficar preso em você. — Hora de testar os limites. Quanto flerte ela permitiria?

— Como é?

Abri outro sorriso. Respeitar as mulheres na carreira que escolhi não significava não correr atrás do que eu desejava e, pela reação do meu corpo, eu com certeza a queria.

— Em segundo lugar, nunca precisei exagerar para compensar algo — continuei. — Confio nas minhas habilidades. Sou o pacote completo.

— Você realmente acabou de dizer isso? — Ela arqueou a sobrancelha quando me olhou de novo. — O pacote completo? — Angel bufou. — Que safado corajoso... Vai perguntar se quero montar em você? Geralmente, é isso que vem depois.

Ah, merda. Não era nessa direção que eu queria que as coisas fossem.

— Sou um safado confiante com grandes colhões, então acho que concordo com o que você disse. E, para que saiba, meu pacote é impressionante. Já que está pensando nisso... A cavalgada vale a pena. — Me ajeitei no assento. — E, falando em colhões... acho que as minhas bolas vão chegar roxas e doloridas nas Cayman.

— Que pena — zombou ela. — Sinto muito, mas estou tranquila.

— Tranquila?

— Sim, não preciso cavalgar nada. Está se precipitando.

Eu não conseguia ficar longe da confusão. Ela não flertava como a maioria das mulheres. Desafio envolvia cada uma das suas palavras.

— Você pode senti-las, se quiser.

— Senti-las?

— As minhas bolas. Você disse que queria senti-las.

As bochechas dela coraram, e ela bufou.

— Não foi isso que eu disse.

— Ah, acho que entendi errado. — Mas queria que ela tivesse dito exatamente isso. — Você fica fofa quando bufa.

Não consegui evitar a brincadeira, nem mesmo me impedir de encará-la. Do nariz empinado aos lábios beijáveis e à pontinha do queixo, era impossível não olhar. Precisei lembrar de que ainda estávamos em altitude de cruzeiro e verifiquei o painel de instrumentos, para me certificar de que não tínhamos subido demais.

— Não deveria prestar atenção nisso — repreendeu ela.

— Como assim?

— Em uma mulher bufando.

— Por que não? É sensual pra caralho. Sem mencionar, genuíno. Muitas mulheres são falsas.

— Sinto muito se elas fingiram o orgasmo. — Os olhos de Angel brilharam, travessos. — Com o seu *pacote impressionante* e tudo mais...

Não consegui evitar o sorriso que se espalhou pelo meu rosto. Minha garota sabia brincar. Logo, eu venceria, mas não poderia deixá-la ter a última palavra.

— Ninguém finge comigo debaixo dos lençóis, contra a parede ou no chão, enquanto cavalgam para os céus, mas não deveríamos falar sobre sexo.

— Posso estar imaginando coisas, mas acho que você tem problemas com limites. — Seu tom veio cheio de aviso de que eu estava abusando. —

Com todas essas mulheres se jogando aos seus pés, deve ser difícil quando uma delas não age do jeitinho que você quer.

— Geralmente, prefiro quando se jogam no meu pau. — Esperei para ver como Angel reagiria. Assim que suas pupilas dilataram, soube que havia marcado um ponto. Agora, ela estava pensando no que aconteceria depois de me chupar.

Minha cueca estava dolorosamente apertada, e meu pau latejava de desejo. Mal podia esperar para sentir aqueles lábios atrevidos em mim.

Era hora de me acalmar um pouco. Ser direto demais não funcionaria com ela; eu precisaria de algo muito mais sutil, mas meu pau estava todo grande e orgulhoso. Ele amava um desafio.

Quando foi a última vez que precisei me esforçar para conquistar uma garota?

Nunca.

— Corro atrás do que quero — disse. — Não tem nada de errado com isso.

— Tem quando você trabalha com a outra pessoa. — A tensão endureceu as costas dela, e seus ombros rolaram para trás.

— Não estou sugerindo que tiremos as roupas e façamos isso aqui e agora. — Acenei em direção ao painel de controle. — Tecnicamente, temos pouco tempo, e esse é um dos meus limites inflexíveis. Nada de voar e transar.

— Bem, fico feliz em saber disso. Já que, você sabe... Segurança em primeiro lugar. Bom saber que você tem limites.

— Todo mundo tem limites, e isso é apenas uma paquera inocente entre colegas de trabalho. — Soei completamente na defensiva. — Não significa nada.

— É isso que todos dizem.

Parecia que Angel tinha recebido investidas exageradas e agressivas no passado. Não queria que ela entrasse com uma queixa de assédio sexual contra mim, então diminuí a intensidade.

— Pode relaxar, Angel. Sou um cara bem decente, um perfeito cavalheiro.

Eu não era.

Estava o mais longe possível disso, mas seria quem fosse preciso para conquistar aquela mulher.

— Sinto muito se alguém passou dos limites com você no passado. Não quero te deixar desconfortável.

— Obrigada, acho que é culpa da profissão. Sinto muito se pareci uma megera. Acho mais fácil quando deixo tudo claro desde o começo.

— Eu também. — Esperava que Angel soubesse que ser um cavalheiro não me impediria de ir atrás dela assim que pousássemos.

Nossa atração não era uma força que poderia ser impedida. Era um trem de carga desgovernado, inevitável e imparável. Algo estava realmente acontecendo.

Ela suspirou.

— Bem, ótimo. Agora que esclarecemos isso, que tal um filminho?

CAPÍTULO 4

Logan

Tínhamos um longo voo pela frente, e o avião cuidaria da maior parte do processo. Exceto pela decolagem, pouso e a ocasional correção de direção, havia muito pouco a ser feito, a menos que nos deparássemos com uma emergência a bordo.

Geralmente, eu trazia um livro interessante, mas não tinha nada contra a assistir a um filme.

— Não faz ideia do quanto sou charmoso quando me comporto. — Coloquei as mãos atrás da cabeça e entrelacei os dedos. — O que você tem em mente? Pornô?

— Pornô! — Ela revirou os olhos. — Estou vendo que ser cavalheiro não quer dizer ser bem-comportado. Quer saber? Posso ficar com a família e te dar privacidade para lidar com essa lenha saliente.

— Pelo amor de Deus, não o chame de lenha!

Ela riu.

— Vou chamar, sim. Ainda mais se te deixar com vergonha.

— Só para constar, não estou com vergonha. — Me ajeitei no assento, porque a ereção estava praticamente abrindo um buraco no tecido da cueca. Por uma fração de segundo, considerei seriamente a oferta de privacidade para me livrar do sofrimento.

Por mais que eu estivesse preocupado em *passar dos limites,* a tensão se dissipou dos ombros dela, e Angel me recompensou com um sorriso. Essa poderia ser a única oportunidade de avançar mais um pouco e testar a situação para descobrir o que seria possível.

— Posso assumir que você gosta de seguir as regras? — Voltei minha atenção para a frente e regulei os controles.

— Regras são ótimas — disse ela, com convicção absoluta, mas eu sabia a verdade.

— Bobagem. Regras foram feitas para serem quebradas. — E eu

pretendia, o quanto antes, quebrar a regra dela de não dormir com colegas de trabalho. — Sei de uma regra que você deveria pensar em quebrar.

— Mal me conhece e já está tentando me fazer tirar a calcinha? Não sei se deveria me sentir ofendida ou lisonjeada.

— Nunca recebi uma queixa, então considere uma lisonja. O que me diz? Que tal revirarmos uns lençóis nas Cayman?

Seu lábio inferior se curvou entre os dentes, e tudo o que consegui fazer foi me esforçar para não gemer. Quando pensei que não pudesse aguentar mais, a pontinha rosa da língua de Angel surgiu para umedecer o lábio superior.

Seria um voo longo pra cacete.

— Você está me matando, Angel. Me matando.

— Como, se não estou fazendo nada?

— Você é uma maravilha. Se continuar chupando o lábio de baixo, não me responsabilizo pelo que pode acontecer a seguir.

Ela me olhou por um segundo longo demais, um momento eterno, enquanto aqueles olhos escuros me analisavam e estudavam.

— Estou curiosa. Alguma mulher já te disse não?

— O que você acha? — Não tive a intenção de soar arrogante daquele jeito, mas, pela expressão dela, foi a imagem que passei. — Desculpa, não quis dizer isso.

— Não precisa se desculpar, tenho certeza de que foi exatamente isso que você quis dizer. É um homem acostumado a conseguir o que quer.

Era verdade, mas seria tolice admitir. Continuei em silêncio e abri um sorriso convencido. Deixe que Angel decida onde está a verdade nas minhas palavras.

— Posso te economizar muitas dores de cabeça. De mim, com certeza, você vai ganhar um não.

— Por quê?

— Não durmo com colegas de trabalho, então pode guardar toda essa conversa cheia de baboseiras sensuais para outra. Não vai funcionar comigo.

Duvido que não. A mulher estava engolindo todo o meu papo, ou tentando. Eu ainda não tinha nem começado, mas a hesitação vinha de um lugar profundo dentro dela.

Um lugar sombrio.

Isso me fez imaginar se alguém a tinha machucado e, imediatamente, me encheu de raiva, deixando-me com vontade de socar o canalha que a machucou ao ponto de fazê-la sentir necessidade de ficar na defensiva.

Eu podia flertar e ser um pouco exagerado, mas sabia quando parar. Colocar uma mulher em seu limite era algo novo para mim. E, apesar de não termos chegado lá ainda, eu estava perigosamente perto de pressioná-la mais do que o admissível.

— Querida, não se precipite. Não pedi para você dormir comigo, mas, quando transarmos, pode ter certeza de que não vamos dormir.

— Um tantinho presunçoso, não acha? — Seu desafio não passou despercebido. — Você vai se decepcionar, aviador. Sugiro que encontre alguma loira bonita nas Cayman para acalmar a sua lenha.

— Prefiro morenas, não loiras... — Grande mentira. Nunca tinha me interessado por morenas antes de Angelique Mars. Foi como ser atingido por um raio, e me peguei desarmado na presença dela. Precisava que Angel me desejasse.

Isso não fazia sentido algum. Que merda estava acontecendo comigo?

— Engraçado. Achei que você fosse do tipo de mulheres nota dez, das Barbies loiras.

— Gosto de loiras, mas tem algo especial nas morenas. São misteriosas, e aposto que muito mais divertidas. Com certeza, fazem a caça valer a pena.

— Sei... Com quantas morenas você já saiu? Acho que não muitas.

— Não estou saindo com ninguém no momento, loira ou morena, mas espero que isso mude logo.

O que raios eu estava fazendo? Isso não era o tipo de coisa que um homem confessava a uma possível conquista. Aquilo me fazia parecer carente, e, com certeza, esse não era eu.

Mas Angel tinha razão sobre algo. Dentro de uma hora depois de pousarmos, se eu quisesse, poderia encontrar uma loira disposta a cuidar da minha ereção, que parecia não querer ir embora.

— Não olhe para mim — avisou ela. — Minha regra ainda está valendo.

— Tem certeza? E se eu gostar de um desafio?

Ela nem mesmo vacilou com o meu comentário. Estava um pouco preocupado com o fato de a conversa estar seguindo na direção errada, mas o ar zumbia e eletricidade crepitava ao nosso redor.

Ela talvez não percebesse, mas tinha se entregado com o jeitinho que lambia os lábios quando pensava que eu não estava olhando. E, naturalmente, pude ver a pulsação martelando em seu pescoço. Sem mencionar que o subir e descer dos seios aumentava quando falávamos de sexo.

Eu não era o único que estava quente e incomodado. Ela me queria, só não estava pronta para aceitar... ainda. Tudo bem, eu podia esperar.

Hora de me recuperar e ir com calma.

Na verdade, isso me parecia interessante. Não conseguia me lembrar da última vez que recorri ao fogo baixo. Sempre preferi pegar as mulheres e foder. Nunca me preocupei em tirar um tempo para realmente conhecer minha parceira de cama. Com grande dificuldade, resisti à necessidade de esfregar uma palma na outra em antecipação.

Era raro quando precisava ir atrás de uma mulher. Eu não estava exagerando, nem tentando compensar algo. Uma piscada, um sorriso, ou o simples dobrar do meu indicador, geralmente, era todo o esforço exigido da minha parte para que uma mulher arrancasse a calcinha e me deixasse fazer o que bem entendesse. Seria divertido lutar por isso.

— Ereção — explodi, de repente.

— Oi?

— Você a chamou de lenha, o que faz parecer que estamos no ensino médio. Estou excitado e tenho uma ereção. E-R-E-Ç-Ã-O! Somos adultos, então deveríamos usar palavras adultas.

— Não tem vergonha de compartilhar isso com o mundo, né? Posso acabar me ofendendo com esse tipo de comentário, mas, provavelmente, é melhor te lembrar de que temos uma garotinha no jatinho que, com certeza, não deveria ouvi-lo dizer esse tipo de coisa.

— Não tenho vergonha, e ela não pode me ouvir. Você é uma mulher atraente, e não tenho controle sobre como o meu corpo reage. É algo natural, como um espirro. Não posso fazer nada.

— Você acabou de comparar sua ereção com um espirro? — A risada suave dela se espalhou pelo cockpit, mas rapidamente se transformou em outra forma de bufar. Angel levou a mão até a boca e riu.

— Você ainda não parou de olhar para o meu pau, e não tenho como escondê-lo. Não sou o tipo de cara que tem vergonha quando uma linda mulher causa uma reação muitíssimo natural.

— Bem, mantenha essa coisa na sua cueca, aviador. Vamos encontrar outro assunto sobre o qual conversar que não seja a sua lenhazinha.

— Minha lenha está longe de ser pequena, e mal posso esperar para te mostrar.

— Ah, aposto que sim.

— Com certeza, mas não vou te mostrar... — Abri um sorriso malicioso — até você implorar.

— Bem, melhor desistir, porque nunca vou fazer isso.

— Nunca diga nunca, Angel.

Ainda tínhamos horas demais no espacinho apertado daquele cockpit. Caralho, como ela cheirava bem. Ainda não tinha identificado o aroma, era algo floral e suave que me deixava louco. Queria lamber o pescoço dela e ver se conseguia descobrir com a ajuda do gosto. Aposto que ela tinha gostinho de pecado.

— Acho que já deu de falarmos sobre... isso.

— Sobre o que quer falar? — Era uma boa hora para desacelerar. Pelo jeito que suas pupilas dilataram, as bochechas coraram e o descer e subir dos seios gloriosos acelerou, eu tinha atingido um ponto fraco. Tudo que precisava fazer era me reclinar e esperar a oportunidade perfeita.

— Bem, você sabe como ganhei meu nome de guerra — disse ela. — Que tal me contar como ganhou o seu?

— Querida, eu não falo disso.

— Por que não?

— Meu nome de guerra é Garanhão. Vou te dar um momento para imaginar como o ganhei... Já que não podemos mais falar sobre sexo, seria completamente inapropriado mencionar como as mulheres amam cavalgar no garanhão.

Os olhos dela se arregalaram quando ligou os pontos.

— Só pode ser brincadeira...

— Quer ouvir a história?

— Acho que não.

— Por mim, tudo bem, mas não vai ser culpa minha quando você não conseguir dormir à noite, pensando *nisso.* — Fiz um gesto vago em direção à minha virilha.

— Tenho certeza de que não vou pensar *nisso* quando for deitar.

— Tem certeza mesmo? Porque eu sei que vai ficar incomodada. Estou vendo que você...

Ela ergueu a mão.

— Nada disso, vamos ser profissionais pelo resto do voo. Você é irremediável, sabia?

— Que palavra imensa. Prefiro irresistível.

— Pode até ser irresistível para as mulheres, mas não para mim.

— Está dizendo que não é uma mulher? Considerando a renda vermelha do seu sutiã, tenho certeza de que você, sem dúvida alguma, é uma mulher.

— Você bisbilhotou o meu sutiã?

— Não bisbilhotei nada, você me mostrou. Sou um espectador inocente. E, falando nisso, você não respondeu minha pergunta.

— Que pergunta?

— Eles combinam?

— Eles quem?

— A sua calcinha... com o sutiã. Não consigo pensar em mais nada. — Andava pensando em muitas coisas inapropriadas. E essa era apenas uma delas. — Imaginei se você estaria vestindo uma calcinha que combina, ou talvez um fio-dental?

— Não vamos conversar sobre o que eu posso, ou não, estar usando. Que tal falarmos de filmes? — Ela virou o rosto assim que as bochechas ficaram rosa-vivo. — Qual é o seu preferido?

— Qual é minha calcinha preferida? Acho que gosto de fio-dental, ou as que deixam a bunda para fora.

— Não! Filme. Qual é o seu preferido? — Ela balançou a cabeça, e o rosa das bochechas se transformou em um vermelho-pimenta.

— *Top Gun.* Gosto muito da cena na banheira de hidromassagem. — Meu olhar desceu para o peito dela, e me lembrei da renda vermelha escondida pelo zíper.

— Você está encarando os meus seios.

— Estou?

— Sim. Meus olhos estão aqui em cima. — Ela deu uma risadinha. — Olha quem está respondendo com perguntas agora...

— E você está encarando a minha virilha. Quer ver o que tenho atrás do zíper?

— Não! — Ela estendeu a mão quando aproximei os dedos da abertura.

Estava apenas brincando. Ela tinha a regra de não transar com colegas de trabalho, e eu a respeitaria – pelo menos, até que Angel mudasse de ideia.

Eu também tinha regras, e não brincava em trabalho. E era adepto dessa regra.

— Bem, o que vamos assistir? Que tal *Top Gun?* — Esse filme estava cheio de erros quando se tratava de aviões, mas tinha cenas de sexo sensuais pra caralho. Se eu deixasse Angel toda excitada e entediada quando chegássemos nas Cayman, talvez ela transformasse aquele "não" em um "sim" definitivo.

— Nada de *Top Gun.* Que tal um filme de ação?

— Desde que tenha cenas sensuais — brinquei.

Certa maldade dançou nos olhos dela.

— Quer algo picante?

— Sim, quanto mais picante, melhor. — Vasculhei o cérebro em busca das melhores cenas de sexo, mas não encontrei nada.

— Ah, acho que você está com sorte. Fiquei sabendo que a Georgina trouxe o filme preferido dela. Não tem nada que ela ame mais do que *Frozen.*

Meu queixo caiu.

— *Frozen!* De jeito nenhum a gente vai perder tempo com isso. O que aconteceu com o picante?

— O que aconteceu com os limites?

— Assistir filmes picantes não é passar dos limites.

— Está me dizendo que consegue assistir a um filme desses comigo e não transformar a situação em algo sexual?

— Se o filme tiver sexo, não sou eu transformando a situação em algo sexual.

— Quis dizer com comentários e insinuações sexuais.

— Você vai acabar me mantando, Angel. Está dificultando demais as coisas. E, quer saber, estou falando pelo meu pau.

— Vou encarar isso como um não. — Seus lábios se retorceram enquanto pensava. — Que tal assistirmos a um daqueles filmes sobre o cachorro encontrando o caminho para a casa?

— Que sono... Que tal não? *Velozes e Furiosos* é bom, podemos assisti-lo. Os carros são bonitos.

— E tem sexo picante. — Ela me deu uma piscadela, e só faltou o meu queixo cair.

— Ei, é você quem está dizendo isso, não eu. *Velozes e Furiosos,* então, mas eu escolho o próximo filme.

— Parece justo. — Ela deu de ombros, como se não se importasse, mas eu tinha um plano.

Algo diabólico estava surgindo na minha mente. A casca dura daquela mulher seria quebrada, e eu encontraria um caminho até o seu coração.

E não desistia com facilidade.

CAPÍTULO 5

Angel

Entre a sessão do extremamente irrealista *Velozes e Furiosos* e a aproximação, numa altura de 35 mil pés, do nosso destino, tive a chance de conhecer Logan Reid um pouquinho melhor. Não tão rude quanto pensei no começo, ele me manteve rindo de uma perseguição de carro a outra, com sua narração exagerada.

— Você realmente não é fã — observei, depois de um comentário particularmente de zoação sobre a franquia.

Ele me olhou.

— Alguém é?

— Todos os homens do planeta? Fala sério, carros bonitos, mulheres pernudas com vestidos do tamanho de um selo postal, acidentes de carro e explosões? É o sonho erótico de qualquer homem.

Por que mencionei sexo, não sabia. Não queria discutir sonhos eróticos e, por consequência, encorajar Logan com ainda mais conversa sobre aquilo.

— É tudo um lixo. — Ele apontou para o tablet entre a gente. — Quero dizer, é bom para entreter, mas acabamos perdendo alguns neurônios. Gosto de coisas mais sofisticadas.

— O lixo lucrou milhões. Provavelmente, você faz parte de um punhadinho de homens que não amam esse *lixo.*

— Verdade, mas tem muito carro amassado e as acrobacias são exageradas demais. Gosto mais de coisas lentas. Cadê o calor e a paixão?

— O calor está nas dez mil explosões que acabamos de ver, e havia muita paixão nas cenas de sexo.

Ele agitou a mão.

— Aquilo foi sexo gratuito em consideração aos hormônios dos espectadores.

— Engraçado, pensei que fosse exatamente o tipo de coisa de que você gostava.

— Você pensou errado. Mal posso esperar para te mostrar o tamanho do erro...

A piscadela que ele me deu não chegou nem perto de ser tão arrasadora quanto as anteriores, mas ainda fez minha barriga vibrar de maneira estranha. O problema era que, se eu fosse totalmente honesta, queria uma pitadinha do que ele prometia. Sexo desenfreado por puro prazer era algo que eu nunca tinha experimentado.

Havia um problema.

Certinha demais para me soltar com alguém, não conseguia me libertar e satisfazer minhas fantasias. Com certeza, não conseguiria fazer isso com um colega de trabalho. Por que estava pensando em fazer qualquer coisa com Logan, eu não sabia. Ainda assim, desejava ter metade da paixão do homem sentado ao meu lado.

— Temos mais uma hora antes da descida. — Ele pegou o tablet. — Não dá para ver um filme todo, mas podemos começar outro e terminar no hotel.

As palavras soaram inocentes o bastante, mas de jeito nenhum eu passaria tempo com ele em solo. Logan era perigoso demais, tentador demais... tudo demais.

— Passo — disse, desafivelando o cinto. — Vou dar uma olhada nos passageiros. Quer que eu traga algo?

— Estou de boa. — Com a cabeça curvada sobre o tablet, ele abriu uma lista de livros. — Mas vou tirar um intervalo quando você voltar.

Engraçado, eu não queria ir embora. Uma hora antes, poderia ter dito que nunca seria cedo demais para desaparecer daquele espaço apertado, mas, agora, o homem estava me conquistando. Com seus sorrisos fáceis e o humor nas narrações do filme, foi muito mais agradável ficar perto dele depois de ter parado com as insinuações. Me peguei relaxando e quebrando as barreiras... para ele.

Meu foco se voltou para a abundância dos seus lábios, e minha mente imaginou qual seria a sensação daquela boca roçando na minha.

— Já volto. — Dei o fora em um segundo. De onde aquele calor repentino tinha vindo? Comprimi as coxas, em uma tentativa de aliviar parte da pulsação insistente entre elas.

Saindo do cockpit, observei nossos passageiros enquanto tentava parar de pensar no homem gostoso que eu tinha abandonado.

A pequena Georgina estava entrelaçada com a gatinha de pelúcia e parecia adormecida. Bianca ergueu os olhos e encostou um dedo na boca, me pedindo silêncio. Assenti e andei com cautela pelo corredor em direção ao banheiro.

Até mesmo Bandit parecia ter relaxado. O cachorro estava na caminha, de barriga para cima, com as patas traseiras esparramadas e as da frente cruzadas, uma em cima da outra. Acompanhou meu progresso pela cabine com um revirar preguiçoso dos olhos. Fora isso, não se mexeu. Bianca estava sentada com o marido, de mãos dadas, assistindo a um filme na tela da cabine principal, com fones de ouvido.

Fechei a porta do banheiro e tirei um momento para mim. Amava mais do que tudo voar — chegava perto de ser insanidade, mas, de vez em quando, a falta de privacidade me enfurecia. Uma rápida olhada no espelho, depois de lavar as mãos, me revelou exatamente o que eu esperava. Uma mulher sem graça me encarou de volta, com um cabelo preto sem brilho e olhos castanhos, lamacentos e desinteressantes.

A pouca maquiagem que eu usava estava quase inexistente, e eu não havia trazido nada para retocá-la. Obsessão por maquiagem não fazia muito o meu tipo, mas senti uma necessidade repentina de passar um pouco de blush nas bochechas e contornar os olhos com o lápis mais escuro possível.

Do lado de fora do banheiro, peguei quatro águas na copa minúscula.

— Aqui. — Entreguei uma garrafa a Bianca e outra ao sr. Truitt. — Não se esqueçam de se hidratar.

— Obrigada. — Bianca aceitou a água, sorrindo, e girou a tampa.

Com nada mais me segurando ali, voltei para o cockpit — o melhor lugar do mundo. Quando abri a porta, me dei alguns segundos para observar o céu azul e o punhado de nuvens do lado de fora.

Logan se virou.

— Como estão os passageiros?

— Vendo um filme. Georgina dormiu, então tente não acordá-la.

— Vou tentar. — O sorriso genuíno transpassou as minhas barreiras.

Minha atenção se voltou para o tablet dele. Peguei o aparelho, curiosa para saber que tipo de leitura o interessava. Não fiquei surpresa. Era um romance de espionagem da CIA, envolvendo uma corrida ao redor do globo para impedir os terroristas de destruírem o mundo.

Ajeitando-me no assento, decidi ser intrometida e dar uma olhada na biblioteca. Apenas livros de suspense, mas algo inesperado chamou minha atenção.

— O que você está fazendo?

— Bisbilhotando suas escolhas literárias. — Erguendo o tablet, mostrei a ele exatamente o que eu estava fazendo.

Logan olhou para mim e parou de respirar. Segurando o riso, decidi me divertir um pouco.

— Também sou fã do Tom Clancy, mas o resto das suas escolhas não são o que eu esperava de um figurão amante da aviação.

Ele arrancou o tablet da minha mão, com a capa de *Grey* bem visível na tela.

— É melhor as garotas bisbilhoteiras tomarem cuidado, ou não vão gostar das consequências.

— Deixe o seu amigo dentro da calça, aviador. Estou apenas brincando. Não era algo que eu esperava, só isso.

— São da minha irmã. Dividimos a conta, todos os nossos livros estão misturados.

— Sei... Não tem problema se estiver lendo esse tipo de coisa, não julgo. — Ele me irritava com muita facilidade, então era divertido virar o jogo para variar.

— Você leu?

Merda. Não queria conversar sobre esse tipo de livro.

— Talvez.

— Nada de talvez, acho que você devorou, viu todos os filmes... duas vezes. E ainda releu todas as partes interessantes.

— Você está cheio das suposições.

Logan estava cem por cento correto. Eu tinha feito aquilo e mais. Minhas escolhas de leitura eram ecléticas, indo de suspense a romance, fantasia e ficção científica, mas devorei aquele livro e fiquei excitada nas cenas mais sensuais.

Minhas experiências amorosas tinham sido incrivelmente comportadas, se aquele livro pudesse ser usado como referência, mas, por outro lado, nunca estive com um homem que me fizesse sentir confortável em explorar qualquer coisa parecida com o que acontecia no livro.

— Faz um tempo, mas sim, eu li. — Por mais que me matasse admitir algo assim a um homem, estava aprendendo que o caminho mais seguro era a confissão. Se ele achava que nada me incomodava, não poderia me zoar por isso. — Todo mundo que respira leu.

— É mesmo? — Ele colocou o dedo embaixo do nariz, dando um showzinho antes de sentir o ar sair. — Respiro e nunca li. — Com uma piscadela, ele virou a página. — Mas, agora, estou achando que vou precisar fazer isso por questões de pesquisa. Quais são suas cenas preferidas? Posso pular direto para elas e te chamar, caso eu tenha alguma pergunta. Ou caso eu precise de uma demonstração... O que você acha?

Nem pensar! Falando em calor e paixão... Era exatamente isso que eu estava tentando evitar. Apesar dos pesares, ele me tinha na mão, mas isso não significava que eu tinha terminado.

— Esses livros são muito populares, estou surpresa que você não os leu... para as suas pesquisas.

— Não é o tipo de coisa que gosto de ler, e não preciso de ajuda alguma nessa questão. Já sou bem habilidoso.

— Bem, as mulheres parecem gostar, mas, se você não for o tipo de homem que fica com uma mulher por mais de uma noite, provavelmente, não importa se as impressiona ou não. Você só precisa curvar o dedo, e uma nova garota vem correndo.

Insultar a proeza dele não era o que eu queria ter feito. Raramente eu tinha alguma conversa de bar com os rapazes. No fim, eu sempre estragava tudo e passava dos limites que nem sabia que existiam.

Uma carranca tomou conta do rosto dele, e Logan cerrou a boca.

— Desculpa — apressei-me. — Foi algo podre de se dizer, não sou boa nisso.

As sobrancelhas dele se uniram.

— Não é boa em quê?

— Não quis ser grosseira, nem insultar...

— Minha habilidade de deixar as parceiras sexuais tão completamente satisfeitas que arruinei a experiência delas com qualquer outro homem?

— Nossa, um pouco arrogante, não acha? Mas sim... Isso mesmo.

— Nunca deixo minhas parceiras com vontade. Eu as satisfaço primeiro, diversas vezes, se possível, antes de cuidar de mim.

— Certo, falei besteira. Desculpa.

— Foi meio grosseiro, mas no que você não é boa?

— Em provocar. — Dei de ombros. — Sabe, ficar trocando insultos? Sou horrível nisso.

— Você diz algumas coisas cabeludas — admitiu ele, apesar de não parecer chateado.

Ai, essa doeu. Não que eu tenha ficado surpresa, pois Logan disse a verdade.

— Bem, estava tentando brincar.

— Não acho que era isso que estava tentando fazer. — Uma fagulha de interesse brilhou nos olhos dele.

— Podemos fingir que isso nunca aconteceu?

— Qual parte? A parte em que insultou minha habilidade de satisfazer uma mulher, ou o fato de que estava flertando comigo?

— Eu não estava flertando com você.

Um grande sorriso surgiu no rosto dele.

— Você tem razão, não estava flertando. Estava se dando muito mal na tentativa de flertar comigo. — Me deu uma piscadela. — Sorte sua que estou disposto a te deixar praticar até aperfeiçoar a sua arte.

— Oi?

— Pratique. — Ele se acomodou na poltrona e riu, enquanto afivelava o cinto. — Comigo. Podemos chamar de Flerte Para Iniciantes com O Homem dos Seus Sonhos.

— Que convencido. Homem dos Meus Sonhos? — Inclinei-me e dei um soquinho no ombro dele. — Eu *não* estava flertando com você. É humor de bar, no qual sou ruim pra caramba, levando em conta que nunca estive em um bar.

— Chame do que quiser, amor. Estou feliz por pensar que sou gostoso e por estar interessada. Isso facilita as coisas. — Ele me deu outra piscadela arrasadora e continuou sorrindo. Era fascinante. — Mas sou difícil. Não quero facilitar tanto assim para você.

— Está se divertindo com isso, né?

— Ah, ainda nem comecei a me divertir. — Ergueu o tablet e abriu a primeira página de *Grey*. — Além disso, preciso estudar... — ele tocou na tela — o que as mulheres gostam e como fazê-las querer mais.

— É claro que você não vai me deixar esquecer disso.

— Querida, vou tirar o máximo de proveito que eu conseguir disso. — Logan folheou as primeiras páginas. — Ouvi dizer que tem algo aqui sobre um quarto especial...

— Antes de colocar a carroça na frente dos bois... Posso ter lido os livros, mas não perca muito tempo nessa pesquisa. Há uma diferença entre ler algo por prazer e...

— Ah, pode deixar comigo, querida. Vou aprender tudo sobre essa coisa de prazer... principalmente porque você acha que preciso de ajuda, mas vamos trabalhar no seu flerte defeituoso primeiro. Agora, precisamos descobrir como pousar esse avião.

Salva pelo gongo! Nunca fiquei tão feliz em ouvir o rádio guinchar.

Logan conversou com o Controle de Tráfego Aéreo quando nos aproximamos da Grand Cayman. Enquanto confirmava a nossa altitude e rota, comecei a descida seguindo as direções fornecidas. Ainda estávamos a uma boa distância quando corrigi a altitude do jatinho para 27 mil pés.

— Quer assumir o pouso? — Ele me olhou.

— Se não tiver problema...

Como capitão e piloto encarregado do avião, ele decidia quem assumia os controles. Não era incomum o capitão deixar o copiloto pousar. Junto das decolagens, os pousos eram minha parte favorita de voar.

— Então nos coloque no chão, Angel. Foi um voo longo e *sofrido.* Provavelmente, é hora de você assumir o controle. Com certeza, preciso de um toque feminino.

— O que te faz pensar que eu seria delicada?

— Ah, agora sim. Nota dez por isso. Para a nossa primeira vez juntos, não vamos nos *aventurar* tanto assim, vamos fazer tudo lenta e harmoniosamente. Vamos deixar a intensidade para mais tarde. Agora, não se esqueça da potência.

Eu tinha de aumentar a potência das turbinas, enquanto diminuíamos a altitude, mas, sem dúvida, ele estava falando de outra coisa.

Balancei a cabeça.

— Vou me arrepender de te insultar, não vou?

— Sim, e vai ser muito divertido te fazer pagar. Você me deve uma bebida, e vou tirar vantagem disso no bar do hotel.

— E se eu não tiver planos de beber no bar do hotel?

— Depende de você, amor. Você acha que um drinque pode ser problemático demais?

Tinha a sensação de que seria *muito* mais problemático do que eu queria, mas não consegui evitar o desejo de descobrir.

CAPÍTULO 6

Logan

Relaxar, enquanto Angel voava, me permitiu desfrutar do simples ato de observar a mulher mais linda do mundo controlar todo o poder de um jatinho como se fosse tão natural quanto respirar.

O cabelo preto, longo e sedoso escorria pelas costas, fazendo-me desejar percorrer os dedos pelas ondas suaves. Ela se agarrava aos controles de voo com dedos delicados, que eram tanto confiantes quanto femininos. Isso me fez imaginar a sensação daqueles dedos acariciando o meu pau de cima a baixo.

Minha mente, é claro, era suja, e não havia salvação. Se eu estivesse perto de Angel, seria nela quem eu pensaria.

Considerando o fato de sermos colegas de trabalho, a atração intensa era problemática, mas eu não conseguia evitar as infinitas fantasias, loucas e inapropriadas que giravam na minha mente. Eu a queria. Simples assim, eu queria Angel nos meus braços, na minha cama e na minha vida.

Não era algo que eu compreendia, essa necessidade devastadora. Sempre estive no controle, no entanto, com ela, eu o tinha perdido. Conseguia pensar apenas em tomar o que era meu por direito. Ela era minha.

Tomar o que era meu por direito?

De onde essa ideia tinha vindo?

Eu não tomava nenhuma mulher por direito. Eu as usava para satisfazer um prazer mútuo. Sinceramente, nunca mantinha nenhuma delas por perto. Nunca tive razão para me importar com isso. E parte do que Angel tinha dito era verdade, apesar de vergonhosa. Bastava curvar o dedo para que uma desconhecida surgisse na minha cama.

Agora, eu tinha um desejo, mas parecia diferente, porque queria conversar durante o jantar e beber num bar. Esperava conseguir convencê-la a passar um pouquinho do seu tempo livre comigo.

Era possível chegarmos nisso, mas queria conhecê-la melhor antes de pularmos na cama. Nunca quis fazer isso com nenhuma outra mulher.

Então, por que agora?

Angel nos fez atravessar a marca dos 10 mil pés, e as obrigações dos tripulantes de voo entraram em vigor outra vez. Assumi o profissionalismo. Fora isso, apenas li o altímetro e chequei outra vez a posição. Não havia muito que eu precisava fazer; estava tudo nas mãos capazes dela.

Era a primeira vez, desde a transição para a vida civil e voando com um copiloto, que tinha entregado um avião durante um pouso. O controle não era algo de que eu abria mão. Considerando que a maioria dos acidentes ocorria durante a decolagem ou o pouso, me sentia melhor no comando durante essas partes do voo.

Entretanto, aquela era *Angelique Mars, o* Anjo dos Céus. Ela havia pousado aviões com o trem de pouso quebrado, turbinas em chamas e... aquela última missão... Se ela fosse um cara, nunca teria entregado o controle para o pouso, mas ela aparentava ter uma calma confiança que eu achava sensual pra caralho.

Angel conversou com o Controle de Tráfego Aéreo, enquanto nos guiavam para o chão. Com um pouso perfeito, tocamos o chão como uma pena. Geralmente, sempre havia alguma turbulência, mas ela pousou como uma autoridade no assunto. Taxiamos até o terminal privado e estacionamos ao lado do portão indicado. Por fim, pude voltar a falar livremente.

— Que pouso espetacular, Angel.

— Obrigada. — Seus olhos castanho-escuros sorriram para mim com um calor verdadeiro. — Nem sempre tenho a oportunidade de pousar. Algumas pessoas têm dificuldade em ceder o controle, então... obrigada. É minha parte favorita do voo.

Nunca me senti tão feliz por ter aberto mão da posse sufocante sobre o controle. A alegria nos olhos dela fez meu coração acelerar. De jeito nenhum diria que eu era exatamente igual a todos os outros pilotos com quem ela tinha voado.

— Faz quanto tempo que trabalha na companhia? Acho que você pode virar capitão em breve.

— Talvez daqui a um ou dois anos. Você sabe como funciona... Precisamos das horas, mas começamos do zero.

— Tenho certeza de que você tem muito mais horas de voo do que eu.

Ela deu de ombros.

— Provavelmente sim, mas pilotar um avião-tanque não tem a mesma bravata de pilotar um jatinho.

— Isso te deixa irritada?

— Na verdade, não. Quero dizer... deixaria, se fosse diferente para os homens, mas eles também precisam acumular horas.

— Quis dizer sobre os pilotos de combate receberem tratamento especial. — Queria saber se ela me achava digno do meu posto de capitão.

— Acho que depende... — Ela apoiou a mão no meu antebraço, e me surpreendi.

Não estava esperando isso. Fiquei assustado por Angel se sentir confortável o bastante para me tocar. Endureci de novo. O toque daquela mulher me deixava eletrizado.

— Não tenho como ficar comparando o tamanho do meu pau, então, para mim, é diferente. Existe inveja e concorrência mais do que o bastante. Pilotar jatinhos exige um certo conjunto de habilidades. Você precisa ser arrogante, ter colhões e dar o seu melhor. Tem certa importância... Acho que os empregadores civis te dão créditos por isso. Geralmente, se foco no meu caminho, chego aonde quero.

Seu ponto de vista me deixou desconsertado. A maior parte dos homens estaria tramando algo, competindo por promoções, pisando nos outros e conquistando inimigos, mas não a minha Angel, que chegaria no topo porque era o que merecia.

Desligamos os motores. Abri a porta externa e baixei as escadas, enquanto ela terminava de desativar o avião.

— Que voo maravilhoso... — Dex estendeu a mão. — O pouso mais suave da minha vida.

Apontei com o dedão sobre o ombro.

— Foi Angel que nos deu esse pouso suave.

Dex passou ao meu lado e enfiou a cabeça no cockpit.

— Pouso perfeito!

— Obrigada, sr. Truitt. Espero que tenham um fim de semana excelente. Leve Georgina na Fazenda das Tartarugas. É muito divertido. Ela vai ter a chance de segurar alguns filhotinhos. Ah, eles também têm uma lagoa, se ela tiver coragem de nadar com as tartarugas

— Obrigado. Parece ser divertido. E me chame de Dex, Angel.

— Pode deixar, *sr. Truitt.*

Ele deu uma risadinha.

— Quem sabe um dia, Angel... Quem sabe...

— Divirta-se, Bianca! — gritou Angel, atrás de mim.

Bianca Truitt segurava a mão da filha, e agachei para me despedir da garotinha.

— Gostou do voo?

— Ah, foi o melhor de todos! Kitty veio dormindo.

Despenteei o cabelo dela e me inclinei para sussurrar em sua orelha.

— A srta. Angel acabou de contar ao seu pai sobre um lugar cheinho de tartarugas, mas sei que dá para montar em golfinhos pertinho dali. Converse com o seu pai, talvez ele te leve.

— Muito obrigada, Logan. — Bianca balançou a cabeça. — Ela *realmente* não precisava de mais nenhum incentivo... — A mulher se ergueu na pontinha dos pés para conversar com a amiga. — Te vejo daqui a alguns dias, Angel. Não faça nada que eu não faria!

— Tchau, Bianca. Divirta-se! Georgina, não deixe Kitty se queimar com o sol. Você precisa cuidar dela.

— Não vou deixar, srta. Angel. — Georgina saltitou pelos degraus, e Bianca se apressou atrás dela.

— Hora de irmos, Bandit. — Dex tinha ido recolher a mochila da Hello Kitty de Georgina.

O galgo velhinho deles se espreguiçou e viu a porta aberta. Cheirou o ar, então, sem pressa, caminhou em direção à parte da frente do avião. Assim que viu o mundo lá fora, correu pela escada e dançou ao redor de Bianca e Georgina, que esperavam um SUV branco se aproximar.

— Vou pegar as malas de vocês. — Desci as escadas com uma leveza nos passos. Tinha três dias sem nada para fazer. Angel e eu tínhamos de fechar o jatinho, mas, depois, estaríamos a caminho do hotel.

Do nosso hotel.

Os Truitt se hospedariam na casa de um amigo no fim de semana, mas Angel e eu ficaríamos em um resort de luxo. Geralmente, dormíamos em hotéis mais baratos quando os clientes pediam que ficássemos no destino, mas Dex deu um jeitinho para que aproveitássemos as Cayman com estilo.

O mínimo que eu podia fazer era guardar a bagagem deles no porta-malas do carro. Com um aceno e dois beijos no ar – um para Georgina e outro para a gatinha de pelúcia –, eu os vi partir.

— Você tem jeito com crianças.

Fiquei assustado, pois não tinha ouvido Angel descer do avião.

— Eu gosto delas. — Não estava pronto para sossegar e ter um filho, mas tinha vindo de uma família grande, na qual ajudei a criar minhas irmãs mais novas.

— Que fofo, mas acho que a Georgina teve a primeira paixonite. Ela não conseguia tirar os olhos de você.

— Georgina é um doce. Vai deixar o pai preocupado quando fizer treze anos.

— Não são muitos os solteiros que se dão bem com crianças.

— Sou o filho do meio, tenho oito irmãos. Meus quatro irmãos são muito mais velhos do que eu. Dylan é o mais novo deles, mas ainda é seis anos mais velho do que eu, e tenho quatro irmãzinhas que paparico. Angie, que nasceu depois de mim, tem seis anos a menos, então cresci em uma terra de ninguém. Tive um monte de irmãos, mas me sentia como se fosse filho único. Nenhum deles tinha a idade certa para fazer parte do meu grupo de amigos.

— Quantos filhos. Coitada da sua mãe...

— Ela é uma santa — afirmei. — Tenho a melhor mãe do mundo.

— Parece maravilhoso. — Havia um sorriso em seu rosto, que se perdeu nas suas palavras.

Senti que aquilo era uma questão para mais tarde.

— Como estamos? — Olhei para o fundo do jatinho. Não havia muito que precisava ser feito. A equipe de solo estava tomando conta de tudo, e reabasteceríamos logo antes de partirmos. Os mecânicos dariam uma olhada no avião mais tarde.

— Tudo pronto, só preciso pegar nossas malas.

— Deixa comigo.

Ela tinha pouca bagagem para uma garota. Quando peguei as malas dos Truitt, deixei a dela no chão, debaixo da fuselagem. Eu tinha uma daquelas bolsas laterais, enquanto ela trazia consigo uma pequena mala de rodinhas.

— Posso assumir que vamos dividir a carona?

Não havia razão alguma para pegarmos dois táxis para o hotel.

— Sim, estou pronta para relaxar.

— Eu também. — Era finzinho de tarde. A hora perfeita de ir para o hotel, tomar um drinque, comer alguma coisa e passar a noite com um anjo.

Atravessamos o terminal privado, e chamei um táxi. Em menos de uma hora — graças ao tráfego —, estacionamos no hotel.

— Nossa — disse ela. — O sr. Truitt não economizou.

— Sim, melhor do que um hotel barato. E, ainda por cima, na praia! — Apontei para o passadiço no saguão. — Estou vendo um bar na praia. O que me diz? Pronta para comprar o drinque que me deve?

Ela olhou para o bar, e seus olhos se demoraram alguns segundos antes das sobrancelhas se unirem.

— Acho que vai ficar para depois. Vou para o quarto, tomar um banho e relaxar.

Ao ouvi-la mencionar que se livraria das roupas para tomar um banho, meu pau ganhou vida, mas não a deixaria escapar tão facilmente.

— Você me deve uma bebida, não ache que vai se livrar disso.

— Que insistente você, né?

— Bem, não é sempre que uma mulher me paga um drinque.

— Aposto que não. — Ela se encaminhou para a recepção. — Que tal darmos entrada e lidarmos com a bebida mais tarde?

Senti-a se afastar. Se não conseguisse fazê-la se comprometer, eu a veria de novo apenas na decolagem. Como poderia convencê-la a abaixar aqueles escudos?

— Que tal fazermos um acordo?

Ela ergueu a sobrancelha esquerda, interessada.

— Um acordo?

— Se eu prometer manter meu amigo dentro da calça e ser um perfeito cavalheiro, aceitaria tomar um drinque comigo?

— Seu amigo dentro da calça? — Ela soltou um daqueles bufos adoráveis pelos quais eu estava rapidamente me apaixonando.

— Minha rola na cueca?

— Pior ainda! — Ela bateu no meu braço.

— Conter meu pau?

Estávamos ganhando alguns olhares, mas eu não desistiria. Havia apenas uma resolução aceitável naquela conversa.

— Pare com isso! — Sua risada ganhou força. Isso apenas a deixou ainda mais linda.

— Deixar o Garanhão no estábulo?

— Ah, meu Deus, pare!

— Ótimo — disse, rindo. — Minhas ideias estavam acabando.

— Tudo bem, aviador. — Ela ergueu o dedo indicador. — Um drinque, nada mais.

— Não. O acordo era um drinque e um jantar.

— Não lembro de nenhuma menção a jantar. Você vai ganhar uma bebida, e chega por hoje.

Desanimado por ela não ter dado corda para minha sugestão do jantar, decidi aproveitar a conquista.

— Me encontra no bar às dez?

— Daqui a uma hora, ainda quero tomar banho.

— Tudo bem, uma hora. Também preciso tomar banho. Acho que vou aproveitar e bater uma para aliviar um pouco da tensão.

— Você não tem jeito!

— Ei, eu tento.

A recepcionista, que ficou em silêncio durante toda a conversa, não conseguiu evitar o sorriso. Bonita e loira, era o tipo exato de mulher que eu, normalmente, levaria para a cama. Ela entregou a Angel o cartão-chave, então, começou a fazer o meu check-in.

Angel não quis esperar e pegou o elevador.

— Se precisar de ajuda... — A recepcionista deixou bem claro que estava interessada, permitindo que o olhar se demorasse no volume saliente na minha calça. — Posso fazer um intervalo.

Se fosse um dia comum, teria aceitado a oferta, subido e feito um monte de coisas obscenas com ela, mas meu pau murchou quando considerei a possibilidade de meter nela.

Estaria quebrado?

Nunca reagi assim antes. Sempre quando confrontado com a certeza de uma transa, eu agarrava a oportunidade. Olhei sobre o ombro, para as portas do elevador, que se abriram para tirar Angel da minha visão.

O que essa mulher tinha feito comigo?

No quarto, deixei a mala no balcão e dei uma olhada no que havia trazido. Sabendo que passaria três dias nas Cayman, minha bagagem continha shorts, sungas e uma variedade de camisetas, mas nada apropriado para um primeiro encontro.

Não que aquilo fosse um encontro.

Praticamente forcei Angel a beber comigo, mas, se eu conseguisse passar da primeira bebida, poderia seguir para a segunda... Dois drinques poderiam se transformar em um jantar, e depois...

Porra, não iria aguentar mais uma hora sem aliviar a tensão que crescia no meu corpo e se concentrava no meu pau. Se Angel estava tomando um banho, eu faria o mesmo e fingiria que ela estava ali comigo.

Tirando as roupas, liguei o chuveiro e esperei a água esquentar. Minhas mãos envolveram as bolas, e um gemido escapou. Não iria demorar. Bater uma enquanto pensava em dividir um banho com Angel me faria ejacular antes mesmo de eu piscar duas vezes.

Calma, garoto.

Precisava desacelerar. O banheiro logo se encheu de vapor, e entrei no boxe de vidro. Usando o amplo estoque de xampu do hotel, fechei os dedos ao redor do pau e soltei o primeiro de muitos gemidos, enquanto meu coração martelava no peito.

Olhos escuros. Cabelo preto como a noite. Lábios que eu mal podia esperar para provar. Meus pensamentos divagaram ao esquecimento, enquanto a mão subia e descia. Apoiando-me na parede do banheiro, minha mão esquerda ia e vinha.

A pulsação aumentou lentamente com a intensidade dos afagos, quase me fazendo explodir. Fiquei ofegante quando cerrei a mão com força e fechei os olhos. Meu peito subia e descia, e o nome dela rompeu os meus lábios em uma respiração rouca.

— Angel. Porra, Angel.

Violentamente, minha mão acelerou, indo e vindo sem controle, enquanto imagens de Angel atravessavam minha mente. Imaginei a gente fodendo na parede, deixando-a de joelhos, comendo-a no balcão e dizendo foda-se para tudo e a deitando no chão.

— Quase lá...

Curvei-me para envolver as bolas quando todo o resto do mundo desapareceu. Latejando, ficava ainda mais difícil respirar enquanto murmurava o nome dela de novo e de novo.

Meu orgasmo me atingiu, e jorros de gozo subiram no ar. Meus joelhos quase vergaram, e minhas pernas tremiam tanto que precisei deslizar para o chão e abraçar os joelhos com os cotovelos. Apoiando a cabeça nas mãos, meu corpo inteiro estremeceu, porque precisei encarar uma verdade preocupante.

Angel tinha tomado o controle da minha vida.

CAPÍTULO 7

Angel

Que canalha persistente. Parecia que não iria me livrar de Logan tão cedo. A esperança de *não* o ver durante o tempo livre foi por água abaixo quando ele insistiu que eu comprasse o drinque para ele.

O que exatamente eu tinha dito?

Não me lembro.

De qualquer maneira, tínhamos três dias pela frente, enquanto os Truitt desfrutavam das curtíssimas férias em família. A hospedagem naquele hotel era um presente e tanto, e precisaria me lembrar de agradecer ao sr. Truitt quando o visse de novo.

Enquanto isso, o que eu faria nos próximos três dias? Mais importante do que isso, como minimizaria as interações com aquele homem? Ele estava começando a me irritar.

Logan não perdia tempo com as insinuações, mas era responsável pelo sorriso no meu rosto e pelo latejar constante entre as minhas pernas.

Quando realmente parei e pensei nisso, era algo bem incomum.

Escolhi uma carreira dominada por homens, mas nunca deixei nenhum colega de trabalho me afetar. Durante meu tempo na Força Aérea, recebi diversas investidas sexuais indesejadas. Por sorte, a Força Aérea tinha regras severas sobre socialização, que mantinham a maior parte dos homens sob controle.

Não que alguns não tentassem... Esses babacas, com suas conversas cheias de flerte, mais pareciam unhas arranhando um quadro-negro, e logo aprenderam a me deixar em paz.

Mas Logan?

Ele era diferente. Provavelmente, porque era o primeiro homem com quem considerei ceder ao flerte para ver aonde poderíamos chegar.

Sua voz, suave como líquido, e os olhos, cheios de malícia e diversão, combinavam com a autenticidade em seu sorriso, que me fazia sentir como se eu fosse a única mulher no mundo.

Mas ele é um mulherengo.

Eu sei.

Porra, eu sabia! E ali estava o problema, porque deveria me afastar.

Eu queria mesmo ser um de seus casos de uma noite? Se fizesse algo agora, seria uma noite seguida de dois dias agonizantes e, depois, outro voo de seis horas de volta para casa. Teria que me sentar ao lado dele durante todo o voo e fingir que Logan não tinha me usado para se satisfazer.

Mas você também o estaria usando...

Aquela vozinha na minha mente parecia não querer se calar, e, realmente, precisava que ela ficasse quieta, porque estava começando a achar que, talvez, estivesse certa.

Seria errado se eu me entregasse a uma noite de sexo sem compromisso com Logan? Teria algum problema?

Um montão.

Balancei a cabeça, pensando naqueles velhos desenhos animados, nos quais aparecia um anjo e um diabo sentados nos ombros do personagem. Eu parecia ter ganhado um par de vozes conflitantes. Uma queria que eu fosse em frente, enquanto a outra dizia: "*nem pense nisso!*".

Uma hora.

Estava cada vez mais perto de encarar o homem pelo qual eu parecia estar obcecada.

Um drinque.

Apenas devia um drinque a ele. Isso mesmo, lembrei. Tinha sido mal-educada, insultando-o, mas nada de insultos esta noite. Eu seria profissional, agradável — não lhe daria esperanças; nos separaríamos pelo resto do fim de semana e cada um seguiria o seu caminho.

Tomei um longo banho e lavei o cabelo. O hotel tinha um xampu e um condicionador maravilhosos, com cheiro de lilases e rosas. Revigorante. Estava mesmo sentindo falta de um toque feminino.

Saindo do banho, dei uma olhada no que havia trazido. Sabendo que iria para as Cayman, não coloquei muita coisa na mala. Shorts, regatas, um biquíni e um vestido preto. Não era o mais inspirador dos guarda-roupas, e o vestido era um tantinho provocante demais para o meu gosto, mas minha mãe sempre me dizia para nunca viajar sem um vestidinho preto.

Versátil e multifuncional, ficaria bom na praia ou em um restaurante cinco estrelas, apenas trocando os sapatos. E esse era o problema. Eu tinha sandálias e a bota do voo, mas havia esquecido de trazer um salto.

Bem, que merda.

Mas... talvez fosse algo bom. Se eu aparecesse no bar em um vestidinho preto curto e com saltos de sete centímetros, Logan, com certeza, entenderia tudo errado. Calçando as sandálias, tirei um momento para me olhar no espelho.

Se fosse sair com uma aparência nada chamativa, eu estava pronta, mas queria me esforçar um pouquinho para aquele encontro muitíssimo estranho.

Não é um encontro!

Eu sei!

Revirando a mala, encontrei o conjunto minimalista de maquiagem e gastei alguns minutos contornando os olhos e passando uma sombra. Era tudo o que eu faria, mas, então, decidi colocar um pouquinho de blush. Já que estava fazendo isso, melhor passar um batom. Apenas o suficiente.

Quando me afastei do espelho, não consegui evitar sorrir. Eu estava gostosa. O que Logan pensaria?

Você não deveria se importar com o que ele pensa.

Mas eu me importava.

Uma olhada no relógio me disse que eu estava vinte minutos atrasada para o encontro. Meus lábios se curvaram em um sorriso, e dei uma última olhada no espelho.

Era bom fazê-lo esperar.

Com um friozinho na barriga, desci de elevador e segui o som das pessoas rindo. Havia uma multidão no bar, e a música ressoava pelos alto-falantes. As pessoas riam e pareciam se divertir, mas, com uma rápida olhada ao redor, não encontrei Logan em lugar algum.

Estranho.

Havia um espacinho no bar, uma fileira de três bancos vazios, e escolhi o do meio. Minhas tendências antissociais chegaram com força total, mas não estava ali para conhecer pessoas novas.

Sim, você está.

Logan não é uma pessoa nova.

— Quer beber algo? — O garçom colocou um porta-copos na minha frente.

Não estava pronta para fazer um pedido, mas ele continuou parado ali, com uma expressão ansiosa. Se bebesse, contaria como o drinque que eu devia a Logan? Seria inteligente me adiantar a ele no consumo de bebidas? Boa pergunta, mas eu já sabia a resposta.

— Qual é o especial?

Ele limpou o balcão.

— Margarita de manga é o especial da noite, ou posso preparar um Mai Tai para você.

Um homem apareceu no banco ao meu lado. Com a barba recém-feita, de altura e porte mediano, vestia um terno, apesar da umidade. Tão comum que poderia passar despercebido, mas sua presença zuniu ao meu redor, como se fosse uma mosca da qual eu não conseguia me livrar.

O assento era para Logan, não para um estranho.

Ele me estudou, os olhos indo do meu rosto para o meu decote, onde pararam e se demoraram. Isso me incomodou, e ergui a mão para mexer no colar.

Ele levantou um dedo para chamar a atenção do garçom, mas os olhos estavam apenas em mim.

— Corona, e o que quer que a madame queira.

Eu me voltei para o homem de terno.

— Ah, que gentil, mas...

— Querida, você parece precisar de um drinque, e uma moça bonita como você nunca deveria beber sozinha. — Ele ofereceu a mão. — Clive Lowens, ao seu dispor.

— Angelique. — Não tive vontade de dar a ele meu nome completo.

Sua mão suada envolveu a minha, e me afastei um pouquinho. Em vez de aquilo o desencorajar, ele se curvou e tirou uma mecha de cabelo do meu ombro. Um arrepio percorreu minha espinha.

— Estou esperando uma pessoa. — Talvez isso o tirasse de cima de mim.

— Sem problema. Até ele chegar, permita que eu te pague uma bebida e te faça companhia.

Parecia rude recusar.

— Quero uma margarita de manga.

O garçom foi preparar nossas bebidas. Me virei para ver se Logan tinha chegado, mas não havia sinal algum do capitão arrogante.

Clive se inclinou outra vez, invadindo meu espaço pessoal. Sua respiração me atingiu com um cheiro de uísque, que inundou meus sentidos. Quantos drinques tinha tomado? Claramente, o bastante para achar que teria alguma chance comigo.

Ele tinha certo charme, com o brilho nos olhos e a voz macia como seda, um pouco rouca, enquanto falava como se estivéssemos na cama e não sentados em um bar. Era confiante e possuía um ar de poder — talvez poder demais, pois estava dando em cima de mim como se aquilo fosse um caso encerrado.

Se encostasse no meu ombro exposto outra vez, eu daria um soco no queixo dele.

Ele ergueu o dedo para fazer exatamente isso, mas o garçom voltou bem na hora. Peguei a bebida e dei um golinho no canudo. Pela maneira como Clive observava meus lábios, essa foi uma péssima ideia. Tirei o canudo e o repousei no balcão.

Com o alarme de esquisitice soando, ele me fez considerar sair dali, mas, por eu tê-lo deixado pagar a bebida, achei que não conseguiria ir embora. Eu deveria, mas fui criada para ser gentil.

A forma como ele me encarava, faminto e à espreita, com o sorriso falso e os olhos escorregadios, me deixava desconfortável. Me olhava como um lobo observava sua presa, com um sorriso que não chegava aos olhos, e estava fazendo mais do que simplesmente me analisar como uma pessoa normal faria.

Procurei razões para ir embora. Qualquer desculpa funcionaria, e já que Logan parecia ter me dado um cano, estava ainda mais impaciente para passar o resto da noite sozinha no quarto, longe de predadores em um bar.

Clive se aproximou, segurando minha mão. Quando tentei me libertar, ele me prendeu com força.

— Que tal sairmos daqui, docinho? Tenho um quarto, com uma cama, e a noite toda para...

— Querida! — gritou uma voz alta atrás de mim, interrompendo Clive. — Desculpa, acabei me atrasando.

Clive olhou feio para o recém-chegado. Eu me virei e encontrei Logan vindo em minha direção. Nunca fiquei tão feliz em ver um dos meus colegas. Ele deu uma olhada em Clive, e suas sobrancelhas se uniram.

Voltando a atenção para mim, Logan ergueu a sobrancelha esquerda, como se me perguntando se estava tudo bem. Sacudi levemente a cabeça.

Clive encheu o peito quando Logan se aproximou.

— A moça tem acompanhante. — Sua mão ao redor do meu pulso se fechou com ainda mais força, e ele tentou me levantar.

Algo sombrio atravessou os olhos de Logan, e ele se posicionou na frente de Clive. Logan passou o braço pela minha cintura e me arrancou do banco, colocando-me de pé, enquanto o mundo todo girava.

— Esse cara está te incomodando?

Sim!

— Estávamos só bebendo juntos, esperando você. — Logan precisava saber que não gostei de ele ter me deixado esperando.

— Ei, cara. Eu cheguei primeiro. — Clive deu um tapinha no ombro de Logan, assegurando seu direito.

— Vamos ver o que ela pensa disso.

Logan me segurou pela cintura e me prendeu, com força, contra o peito. Sua mão agarrou meu cabelo, e ele me olhou de um jeito que me fez derreter por dentro.

Um sorriso pequeno, mas provocante, surgiu no rosto dele quando minha pele toda se arrepiou. Não o tipo de arrepio de quando eu sentia frio, mas o outro tipo, que surgia quando nada mais importava, exceto o que poderia acontecer em seguida.

E eu estava cheia de expectativa pelo que Logan tinha na manga. Ele envolveu meu rosto e segurou meu cabelo com ainda mais força. Senti o coração acelerar, e não teve nada a ver com medo, mas com a onda de eletricidade repentina que percorria meu corpo.

Logan endireitou meu rosto, colocando-o exatamente onde queria. O sorriso desapareceu. Seu truque tinha chegado ao fim, deixando-o apenas com a intensidade do olhar e a promessa de que o inferno estava prestes a chegar.

Se eu fosse esperta, teria me afastado.

O pobre Clive, com certeza, parecia estar indo embora do bar, mas eu não era esperta, e era impossível raciocinar com a confusão de fagulhas que surgia em minha mente. A sensação das mãos de Logan abalou o meu mundo e, antes que pudesse perceber, reclinei a cabeça e minha boca se abriu.

Pensamentos do que era certo ou errado se dissiparam quando os lábios dele encontraram os meus, com um beijo impregnado de paixão. Estávamos prontos para dar início a uma explosão nuclear.

Agarrei o braço de Logan, incerta se eu queria mesmo aquele beijo. Sem dúvida, eu não estava entendendo nada, apenas que ele tinha surgido para me salvar de um grande canalha.

Meu coração parou de bater quando seus lábios deslizaram sobre os meus em um beijo intenso, com a boca aberta. Não houve nenhuma lambida provocativa, nenhuma hesitação. Na verdade, parecia que Logan estava esfomeado por mim.

Eu amei.

Amei todos os detalhes — como meu pequeno corpo estava pressionado contra o porte firme dele, como nossas bocas se encaixavam, como o gosto forte e sensual de Logan dominou os meus sentidos e como ele brincou com o meu cabelo, segurando-o com mais e mais força enquanto aprofundava o beijo.

Quando nos afastamos, ele me olhou com os olhos ardentes.

— Agora sim, isso valeu a pena. — Logan se voltou para Clive. — Ela está comigo, dê o fora.

Clive se afastou, resmungando, enquanto continuei parada e congelada no abraço de Logan.

Aquilo realmente tinha acontecido?

Desde o inchaço dos meus lábios ao gosto dele, que ainda perdurava na minha boca, tinha mesmo acontecido? Logan se aproximou, e nossas testas se encostaram. Ele fechou os olhos, respirando com dificuldade.

— Porra, Angel... Você tem um gosto divino.

— Por que fez isso? — Minha voz não soou mais alta do que um sussurro.

— Te beijar? — perguntou baixinho, rouco e faminto.

— Sim. — Minha voz vacilou.

— Para obrigar o sr. Zé-Ninguém a te deixar em paz. Você parecia estar precisando de um salvador. Além disso, não gostei do jeito como ele estava te tocando. — Ele percorreu um dedo pelo meu braço, deslizando-o pela clavícula. Então, girou-o na depressão da garganta. Estremeci sob o toque sensual. — E não me arrependo.

Nos afastamos, eu estava ofegante e trêmula.

— Não deveria ter feito isso.

— Mas fiz, e você gostou. Não finja que não sentiu o mesmo que eu.

— Isso não pode acontecer de novo. — Tentei fazer minha voz soar firme e forte, mas ela falhou, e estremeci quando me demorei encarando os lábios dele. Lábios que tinham me beijado, dos quais eu queria sentir o gosto outra vez.

Empurrei meu drinque quase cheio para Logan.

— Um drinque, como prometido. — Então, empurrei o peito dele e dei um passo para trás. Depois, mais outro e ainda outro, lentamente recobrando o equilíbrio, enquanto o mundo todo girava ao redor. Cacete, aquele homem sabia beijar...

Deixando Logan no bar, fui embora e praticamente corri para o elevador. Uma rápida olhada sobre o ombro me disse que ele não havia me seguido. Não tinha certeza do motivo pelo qual isso me incomodou tanto, mas de uma coisa eu sabia...

Logan Reid era um homem muito perigoso.

CAPÍTULO 8

Logan

Fiquei embasbacado.

Beijar Angel não era o que eu havia planejado. Ainda assim, tinha virado o meu mundo de cabeça para baixo. O plano de ataque lento e obstinado falhou miseravelmente.

Caralho, cheguei e ateei um inferno.

Mas o que mais eu deveria ter feito?

O canalha de terno estava com as mãos na Angel. E, pela linguagem corporal enrijecida, ela não estava satisfeita.

Eu não tinha certeza, mas não foi difícil ler os sinais.

Então fiz o que qualquer homem faria. Me aproximei e reivindiquei o que era meu, não deixando qualquer dúvida para aquele imbecil que Angel era minha.

Eu a beijei.

Realmente a beijei, e não foi um beijo suave, nem delicado. Assim que a senti nos meus braços, perdi o controle, porque a doçura dos seus lábios inundou meus sentidos. Não havia como voltar atrás. Quando senti o corpo de Angel ceder, pressionando-se no meu, eu já era um caso perdido.

Doçura? Que eufemismo.

Ela tinha um gosto celestial.

Então, por que raios eu estava parado no bar, com o pau duro e sem a minha garota?

Era uma pergunta boa para caralho.

Ela empurrou a bebida para mim e fugiu. Deveria ter ido atrás dela. Deveria ir atrás dela *agora*, mas senti que seria a pior coisa que eu poderia fazer. Em vez disso, fiquei parado no bar, com o drinque dela congelando minha mão, e tomei um golinho da porcaria da margarita dulcíssima de manga, como se eu fosse um idiota.

Se apenas tivesse chegado na hora...

Foi culpa da merda do Gabriel e da sua ligação.

Meu irmão *precisava* se gabar das boas novas. O quarto bebê estava a caminho. Acho que ele e a esposa, Veronica, tentavam superar nossos pais e parir quantos filhos fossem possíveis em tempo recorde. O bebê chegaria por volta do Dia de Ação de Graças, e ele me pediu para ser o padrinho.

Gabriel e Veronica estavam seguindo a lista de irmãos, nos transformando em padrinhos de cada um dos filhos conforme a família aumentava. Duas das minhas irmãs já tinham se casado, uma era noiva, e Lizzy havia acabado de terminar o ensino médio. Ela ainda tinha um tempinho antes de todo mundo convencê-la a se casar. Exceto por Gabriel, nenhum dos irmãos parecia interessado em optar pelo matrimônio.

Gabriel manteve a diplomacia, mas, claramente, sentia-se desconfortável em confiar a vida de seu filho ao irmão que nunca teve uma namorada firme e que tinha falhado, de novo e de novo, em levar uma garota para conhecer a família.

Eu podia ter sucesso na carreira, mas, aos olhos da minha família, deixava a desejar em um quesito importante. Acho que isso me dava uma imagem de desequilibrado, o que fazia a questão de ser padrinho um tanto delicada.

— Quer beber algo? — O garçom pegou a bebida de Angel, deixando-me sem nada. Quando foi que eu havia terminado de beber aquele desastre gelado?

— Sim, um uísque canadense e uma coca. — Precisava de uma bebida de verdade. — Duas doses.

A conversa com Gabriel estragou minha noite com Angel. Ele falava demais, juro que ele não seria mais objetivo nem se isso matasse. Sempre havia uma história que precisava de outra história para que eu entendesse o contexto.

Se tivesse chegado na hora, o canalha de terno nunca teria dado em cima da minha garota.

Então o que eu faria agora?

Tínhamos três dias nas Cayman, e eu havia acabado de perder a oportunidade de fazer Angel passar mais tempo comigo. Ou não?

Meus pensamentos se agitaram, enquanto eu bebericava o drinque.

Duas vezes, jovens mulheres se aproximaram do bar, deslizando no assento ao meu lado. Duas vezes, tentaram me fazer pagar por bebidas. Geralmente, uma – ou as duas – acabaria na minha cama, mas eu não estava no clima. Não comprei nenhum drinque para elas. Em vez disso, voltei sozinho para o quarto e ajustei o despertador para bem cedo.

Por não conhecer a rotina matinal de Angel, fiz o alarme tocar ridiculamente cedo. Acordei, fiz a barba e me vesti para tudo o que desse e viesse. Esperei no saguão, com uma vista clara dos elevadores. Quando Angel descesse, eu a veria. Tirei proveito do meu tempo, conversando com o recepcionista e organizando algumas atividades. Se não fizéssemos nada, sem problemas, mas queria ter algo na manga.

A hora do café da manhã chegou ao fim, e nada de Angel. Me contorci no sofá, incerto se deveria ir ao quarto dela. O problema era que, na noite passada, ela tinha ido embora antes de eu descobrir o número. E não estava no nível de bisbilhotar quando a recepcionista lhe entregou o cartão-chave.

Mas tentei.

Tentei fazê-los me dizer em qual quarto Angel estava, mas meu charme não foi o bastante para o funcionário robusto que tomava conta da recepção naquela manhã.

Frustrado, dei uma volta no saguão e me peguei vagueando para a praia. O calor do sol atingiu meu rosto, e a brisa suave vinda do oceano ergueu meu cabelo e ondulou o tecido da camiseta.

Brilhante e pungente, cobri os olhos com a mão para protegê-los do sol e observei as ondas que chegavam sem pressa. Era realmente um dia perfeito.

Com a praia relativamente protegida por uma barreira de corais distante, as ondas que atingiam a costa eram coisinhas minúsculas, mas empolgantes o bastante para as crianças que pulavam entre elas e tentavam surfar no que quase não passava de uma ondulação. Alguns adultos nadavam e iam mais para o fundo, esticando braços graciosos acima da cabeça enquanto atravessavam o litoral, com longas braçadas fluidas e chutes poderosos.

Mães e pais pacientes se amontoavam sob a sombra protetora dos guarda-sóis alugados enquanto tiravam fotos das crianças se divertindo.

Pela primeira vez, senti como se Gabriel pudesse estar certo. Eu estaria perdendo uma parte importante da vida? Nunca senti vontade de sossegar.

Então, vi meu anjo surgindo nas ondas. Era uma das nadadoras que atravessavam a água cristalina.

Ela tinha estado ali o tempo todo?

Que visão.

Um biquíni se esticava ao redor do quadril. O triângulo vermelho diminuto parecia expor mais do que esconder, mas todas as partes divertidas continuavam encobertas, para meu desgosto. E a parte de cima envolvia os seios, que eu mal podia esperar para explorar. Eram do tamanho perfeito para as minhas mãos — nem grandes demais, nem pequenos demais.

Ela tirou a água do rosto, com os olhos fechados e o mar na altura das coxas, em seguida, passou os dedos pela cabeça, torcendo a umidade do cabelo.

Meu queixo caiu, e o coração acelerou. Coloquei as mãos sobre a virilha para esconder o repentino aperto na bermuda. Ficar sempre duro parecia ser minha maldição quando ela estava por perto.

Quando os olhos de Angel se abriram, nossos olhares se encontraram na praia. A boca dela se transformou em um O surpreso, mas, em seguida, ela hesitou.

Não. Não. Não. Aquilo não era bom. Não queria que ela pensasse demais no nosso beijo de ontem. Bem, isso não era verdade. Eu queria que ela não pensasse em nada além do nosso beijo.

Ergui o braço acima da cabeça, apesar de não haver qualquer necessidade, e acenei para ela, que ergueu a mão e me deu um aceno muito mais discreto em resposta. Sem nenhum lugar para ir, ela olhou sobre o ombro antes de sair do mar.

Sem saber qual das cadeiras vazias com toalha pertencia a ela, enfiei as mãos nos bolsos e, sem pressa, me aproximei. Ela se inclinou um pouco para a esquerda, onde havia uma espreguiçadeira com uma toalha dobrada em cima.

Ela se curvou, e admirei as curvas suaves do seu corpo, então, soltei um gemido quando Angel enrolou a toalha ao redor da cintura. Ela olhou para baixo assim que cheguei mais perto.

— Bom dia, amor — disse.

— Bom dia, Logan.

— Não sabia que já tinha acordado e saído. Estava te esperando.

Pela forma como seus olhos se arregalaram, a confissão de a estar esperando poderia ter sido um erro, mas não me importava. Era tarde demais para fingir que não havia algo acontecendo entre a gente. Apesar de que, pela sua expressão, Angel estava pronta para recuar e fingir que nada tinha acontecido.

— Acordei cedo para dar uma corrida e nadar. Estou acordada desde às seis.

— Uma madrugadora...

— Um costume antigo. Quando eu estava na Força Aérea, treinávamos às seis. Nunca perdi o hábito.

Eu entendia. O treinamento físico do esquadrão era obrigatório para a maior parte da Força Aérea. Depois de deixar a Marinha, no entanto, passei meu horário na academia para mais tarde.

— Nunca gostei de me exercitar pela manhã.

Ela levou a toalha ao cabelo, pressionando as mechas molhadas no algodão macio. Aproveitei a oportunidade para observar seus peitos balançarem e admirar a extensão escorregadia das coxas e da barriga tonificada. Queria deslizar os dedos para baixo daquele biquíni, mas resisti ao desejo.

— Acho relaxante, sabe, me livro de qualquer tensão que trouxe comigo do dia anterior. Faz parecer que já fiz algo importante pela manhã.

— Falando sobre manhã, tive algumas ideias sobre como podemos passar a nossa.

— Logan...

Ergui a mão, com a palma exposta.

— Estou falando de coisas que podemos fazer na cidade, mas, se estiver fazendo uma oferta para voltarmos ao quarto... — Não falei mais nada, e estudei a reação dela.

Ela prendeu o lábio inferior entre os dentes e olhou para os pés, enterrando-os na areia.

— Quanto a isso... Acho que não é uma boa ideia socializarmos fora do trabalho.

— Que se foda isso. Não vai me ignorar assim, não depois daquele beijo.

— Um beijo que você roubou.

— Um beijo que te salvou de um canalha.

— Eu estava dando um jeito na situação.

— Ah, tenho certeza de que era exatamente isso que o safado queria... que você desse um *jeito* na situação dele.

— Sua mente é sempre assim?

— Sim, e fique sabendo que vai continuar sendo assim enquanto eu estiver perto de você.

— Por isso mesmo não deveríamos ficar juntos.

— Não estou falando de ficarmos juntos. — Merda, isso era o que adolescentes universitários faziam. Queria me afogar em sua presença até não conseguir respirar mais nada além dela. — Estou falando de passarmos o dia juntos.

— É a mesma coisa.

— É totalmente diferente.

Ela mordiscou o lábio inferior, e contive um gemido. Angel era uma maravilha no uniforme de voo folgado, mas naquele biquíni vermelho minúsculo, com a toalha sobre os ombros... eu mal conseguia respirar ao lado da sua beleza estonteante.

— Sobre ontem à noite... — começou ela.

— Nos beijamos, Angel. Apareci para te salvar. Aliás, de nada. Assumo total responsabilidade pelo beijo. Você não pode fingir que nada aconteceu, ou que não gostou tanto quanto eu.

Amei pra cacete aquele beijo. Ansiava beijá-la outra vez, mas mantive as mãos sob controle – não sem grande dificuldade.

— Não é isso que eu quero agora.

— Não é?

Endireitei os ombros.

— Certo, adoraria te beijar de novo, mas fazer isso *aqui*, na praia, poderia deixar os outros constrangidos.

— Faz tempo que não escuto algo assim. — As bochechas dela coraram, e mal conseguiu me olhar nos olhos. Aposto que estava pensando no beijo.

— Venha. — Estendi a mão. — Mesmas regras de antes, vou manter o meu...

Ela ergueu um dedo.

— Ah, não. Nada disso. Não vamos falar de amigos, rolas, paus nem garanhões, ou nada feito.

— Ah, que sem graça.

— Promete?

— Bem, já que não estou usando jeans, nem temos um estábulo por perto...

Ela irrompeu em riso.

— Não sei nem por que tento.

— Você tenta porque está secretamente apaixonada por mim, e já está se perguntando quando vou te beijar outra vez.

— Não estou me perguntando isso.

Ergui as sobrancelhas.

— Gosto da direção que sua mente está indo, mas temos um dia inteiro pela frente. Podemos deixar o momento picante para mais tarde.

— Momento picante? Você sabe que, quando diz isso, o coeficiente de sensualidade fica abaixo de zero, né?

— Não me importo. — Me virei em direção ao hotel e gesticulei para voltarmos. — Venha, vamos arranjar uma roupa para você. Planejei o dia todo.

— Planejou?

— Com certeza.

— Não acha um pouco arrogante? E se eu tivesse dito não?

— Tecnicamente, você nem mesmo disse sim, mas não estou preocupado. Vai ser um dia do caralho, e o que mais você tem para fazer? Tomar sol e virar uma batata frita?

— Estava pensando em ler um livro.

— Você pode fazer isso em qualquer lugar. Estamos na Grand Cayman! E temos coisas a fazer.

Ela fez uma pausa, como se considerasse bater o pé e ficar com o livro idiota, mas eu sabia que a tinha na palma da mão. Angel estava morrendo de curiosidade para descobrir o que eu havia planejado. Só esperava não parecer totalmente ridículo.

Quando chegamos ao saguão, esperei os elevadores com ela. A campainha tocou, e Angel entrou. Eu não.

— Não vai subir?

— Se for um convite para te acompanhar ao quarto, vai ser extremamente *difícil* manter minha promessa sobre... você sabe. — Apontei para a virilha. — Vou te esperar aqui.

— Tudo bem.

— E, Angel...

— Sim?

— Fique com a roupa de banho. Pretendo te deixar molhada diversas vezes hoje.

Seus olhos se arregalaram, e os lábios petulantes e volumosos formaram um O de surpresa. Dei uma risadinha quando as portas do elevador se fecharam. Em seguida, desci as mãos para reacomodar a ereção.

CAPÍTULO 9

Angel

Logan iria me deixar molhada?

Uma olhada naqueles olhos magnéticos, e eu estava perdida.

Ele veio me procurar na praia, com algumas atividades planejadas. Senti um friozinho na barriga, sabendo que ele tinha pensado em mim. Na verdade, não havia conseguido parar de pensar nele a noite toda.

Aquele beijo...

Fez algo comigo, mudou o alicerce do meu mundo, e perfurou as defesas que eu havia erguido. Me sentia uma garotinha flertando com o garoto novo da cidade.

Deixei uma risadinha escapar enquanto praticamente corria pelo corredor até o quarto. Precisei me esforçar para não sair saltitando.

Não me sentia assim desde quando Danny Long me convidou para o baile de formatura. Tonta e ansiosa, mal podia esperar para descobrir o que Logan havia planejado.

Mas eu não usaria o biquíni vermelho minúsculo para um passeio, não com o jeito como aquele homem devorava o meu corpo. Na praia, Logan tinha me comido com os olhos. O biquíni não era uma opção porque meu corpo todo se aquecia sob aquele olhar. Queria algo que eu não estava pronta para retribuir.

Aquele beijo...

Eu não tinha parado de pensar naquilo desde a noite passada. Na verdade, a melhor coisa que eu poderia fazer agora era descer pelo elevador e bater o pé. Dizer a Logan que não poderíamos nos encontrar fora do trabalho. Depois, me sentaria na praia e leria um romance ruim. O único problema era que qualquer romance ruim que eu lesse me faria pensar naquele maldito beijo.

Três dias era um tempo longo demais para evitar alguém. E, sinceramente, gostaria de pensar que eu não era tão imatura assim. Conseguiria passar o dia com Logan e ainda manter o profissionalismo.

Você não sabe mentir muito bem...

Era verdade, mas o que eu poderia fazer era ser estratégica ao longo do dia. Ele disse que iria me deixar molhada. Com todas as insinuações que fazia, Logan, claramente, tinha planejado algo que envolvia água. Pela forma como me comeu naquele biquíni e por conta do calor com que lambeu minha pele com daquele olhar, eu precisaria ser inteligente. Além disso, tinha vontade de ser um pouco pé no saco.

Logan sempre levava a melhor comigo, me provocando até minhas bochechas ficarem vermelho-vivo. Eu também sabia me divertir, e negar algo que ele tanto queria me pareceu ser, exatamente, o tipo de vingança de que eu precisava.

Por sorte, eu tinha a solução perfeita. Vasculhando a mala, encontrei um short de neoprene e um top amarelo-neon. Não a parte de cima de um biquíni, mas uma regata modesta. O short era confortável o bastante para passar o dia e serviria para o seu papel secundário de roupa de banho.

Me molharia, sim, mas seria eu quem faria Logan sofrer.

Não precisei de muito além da identidade, um pouco de dinheiro e um cartão de crédito, então não demorei para encher a pochete. Não era nada sensual, mas esse era o ponto. Hora de apagar o inferno que fervia entre a gente.

Quando desci outra vez, Logan se virou, e seu queixo caiu quando analisou meu traje.

— Que merda é essa?

Dei uma voltinha exagerada.

— O que achou? Prático e à prova d'água.

— Estava esperando um shortinho minúsculo, um top quase inexistente com aquele biquíni vermelho fabuloso à mostra, mas o que é isso? Você se enrolou em neoprene?

— Pensei que seria mais seguro.

— Seguro?

— Isso mesmo. — Lancei um olhar significativo para ele, com a intenção de continuar encarando-o, mas meus olhos deslizaram para a abundância dos seus lábios. Espremi uma coxa na outra para enfrentar o desejo repentino. Seria um dia muito longo.

— Você vai acabar me matando, Angel.

— Ei, você prometeu que o manteria na cueca. Estou apenas tentando facilitar as coisas para você.

— Isso... — ele gesticulou vagamente para as minhas roupas — não facilita. É uma decepção.

— Você diz coisas tão carinhosas. — Dei um sorriso. — É pegar ou largar, mas é isso que está à disposição.

— Você não tinha com o que se preocupar, eu *sei* mantê-lo na cueca — disse Logan, de cara feia. — Não precisava ter me deixado sem meu colírio o dia todo.

— Vamos, aviador. Feche a matraca e sossegue. Depois daquele beijo, poderíamos tirar um tempo para respirar.

— Pelo menos, esclarecemos isso.

— Como assim?

— O beijo também te abalou.

— Vamos fingir que isso nunca aconteceu.

Ele balançou a cabeça.

— De jeito nenhum. Não tem como eu esquecer de como você se encaixa perfeitamente nos meus braços, de como é bom o seu gosto nem de como os seus gemidinhos ofegantes fizeram meu pau subir e ganhar vida.

— Gemidinhos ofegantes? — Elevei a voz, indignada. — Eu não...

Ele ergueu o dedo.

— Sim, você, sim, mas não se preocupe. Por enquanto, estou satisfeito com o cinco contra um.

— Cinco contra um?

— Você sabe... Apontar o lápis?

— Oi? — Sabia o que ele queria dizer, mas nunca ouvi ninguém usar aquelas palavras para descrever a ação. Ele não apenas continuou, como se animou.

— Botar a cobra pra cuspir, esquentar a salsicha, descascar a mandioca, desentupir o cano, erguer a construção, extrair o suco, malhar o antebraço, sujar o azulejo...

— Ah, meu Deus, pare! — Eu o empurrei e olhei ao redor do saguão, morrendo de vergonha de alguém ter ouvido essa conversa sobre masturbação masculina.

— O que foi? — Ele me olhou, se fingindo de inocente. — O que aconteceu?

— Você sabe exatamente o que aconteceu. E se uma criança te ouvir?

— Amo quando você fica vermelha. — Ele estudou o saguão praticamente vazio, então, voltou sua atenção para o meu peito. — Não tem nenhuma criança aqui, amor. Estamos seguros.

— Não estou vermelha. — O calor tomou conta das minhas bochechas. Se a quentura tinha chegado ao meu rosto, com certeza, havia fogo se espalhando pelo meu pescoço e peito. Pela direção do olhar absorto de Logan, ele estava seguindo o caminho do rubor com um interesse sedento. — O dia vai ser longo... — falei, suspirando.

— Ah, espero que sim. Quero dizer, se quiser voltar antes para trocarmos carícias violentas e tirarmos uma soneca de adulto, podemos, mas planejei algumas coisas bem legais.

— Carícias violentas?

Ele apontou para um jovem casal que saía do elevador com os dois filhos.

— Estou tentando ser boca limpa, querida, para que os pequenos não saibam que estamos falando de uma noite de prazer.

— Noite de prazer? Onde você arranja essas coisas?

— Que tal um assalto com uma arma amigável? Mas, considerando que o garanhão ficou no estábulo, vai precisar esperar se quiser que eu ataque a fortaleza rosa.

Eu o empurrei em direção à saída.

— Você tem que parar com isso.

— Por quê? É divertido te ver corar.

— A sua diversão *passou* dos limites, aviador.

— Mas estou amando cada segundo.

— Isso é coisa de garotos?

— Querer transar com uma linda mulher? — Ele coçou a nuca. — Geralmente, é coisa de homem, e eu *impressiono* nesse quesito.

Revirei os olhos.

— Não foi o que eu quis dizer.

Ele abriu um sorriso travesso.

— O que você quis dizer, então?

— Vocês frequentam uma escola especial para aprender essas merdas?

— Quer dizer sobre aprendermos a fazer um congresso de amor, um pouco de entra e sai, ou do mais popular encontro picante?

— Tenho certeza de que você conhece muitas outras expressões, mas que tal pararmos de falar sobre quartos e conversarmos mais sobre os dois adultos que vão passar um tempo na cidade se divertindo?

— Não sei não... Isso me parece algo divertido que dois adultos podem fazer.

— Certo, que tal me contar o que está em primeiro lugar na sua lista de hoje?

Seus olhos brilharam.

— Ah, estou fazendo uma lista romântica.

— Não duvido, mas, se não planejou nada para hoje, tem um livro muito bom me esperando.

De jeito nenhum eu pegaria um romance para ler. Não com a imagem de Logan girando na minha mente.

Ele se aproximou e pegou minha mão. No mesmo instante, calor lambeu meu braço. Deveria ter me afastado, mas me sentia bem demais. O recepcionista chamou um táxi para nós. Depois de, relutantemente, soltar minha mão, Logan segurou a porta do carro para que eu entrasse.

Assim que afivelei o cinto, me virei para ele.

— Aonde vamos?

— Quer que seja uma surpresa, ou quer que eu te conte agora?

— Não gosto muito de surpresas.

— Justo. — Ele parecia ter recobrado o controle, largando mão das provocações e das mil e uma maneiras de dizer sexo. — Você contou a Georgina sobre a Fazenda de Tartarugas. Estive aqui algumas vezes, mas sempre passei reto e nunca a visitei. Eles deixam a gente segurar tartarugas e nadar com elas. Pensei que pudesse ser divertido. E é um lugar *público*, ou seja, é seguro ficarmos juntos.

— Seguro?

— Sim, de jeito nenhum vou me comportar em um lugar onde estejamos sozinhos. Ainda sinto o seu gosto nos meus lábios, amor. Doce pra cacete.

— Um lugar público parece bom. — Apertei a mão dele. — Vai ser muito legal ver as tartarugas, nunca visitei a fazenda. Só li sobre o lugar e pensei que pudesse ser bacana.

— Ótimo, algo que podemos experimentar juntos pela primeira vez... como duas tartarugas virgens.

— Tartarugas virgens! — Irrompi em risos.

Logan não conseguia se controlar. O homem era a encarnação de conversas sobre sexo, com uma mente eternamente suja.

— Sabe o que dizem sobre virgens? — perguntei.

Ele me olhou, com uma expressão ansiosa, mas não se intrometeu com nenhuma insinuação sexual. Quando não respondeu, continuei:

— A primeira vez, geralmente, não é tão boa. São muitos tropeços e apalpadas procurando o buraco certo e, na maioria das vezes, acaba antes mesmo de começar.

Ele levou minha mão à boca, enchendo a junta dos meus dedos com beijinhos.

— Querida, vou te fazer perder a cabeça. Não sou o tipo de cara que mete uma vez e pronto. A antecipação pode ser um pouco frustrante, mas, de vez em quando, o prêmio, no final das contas, faz a espera valer a pena. Vou maneirar durante o dia, se isso te deixar mais confortável. Eu estava apenas me divertindo antes. É difícil quando sei o que quero.

Com os lábios de Logan pressionados nos meus dedos, perdi a capacidade de pensar. Só depois de ele ter abaixado e soltado minha mão foi que percebi que ele tinha dito algo.

— Obrigada. — Pigarreei, querendo dizer que não tinha problema.

Gostava das provocações dele, mas não foi isso que eu disse. Na verdade, quando o táxi adentrou no tráfego matinal, não disse quase nada enquanto mexia na bainha do short. Queria ter vindo de biquíni. Estava aflita, com calor e desesperada.

Nos acomodamos em um silêncio esquisito. Sabia que Logan queria dizer algo, mas ele se reclinou e encarou a janela. De vez em quando, apontava algo interessante, mas, na maior parte do tempo, ficamos quietos durante a viagem.

Passamos pela famosa praia Seven Mile e pela região hoteleira. Ônibus de turismo, estacionados do lado de fora da Casa do Governador, desembarcavam turistas ansiosos que paravam para tirar fotos.

Vislumbres da praia surgiram entre as fileiras de hotéis. Depois, passamos por uma área residencial, onde caminhos estreitos entre as propriedades forneciam acesso à praia pública.

O táxi não tinha ar-condicionado, então, as janelas estavam abertas. E o som dos carros se misturava com o barulho constante do vento que soprava do mar.

Era um dia perfeito: céu azul, sol brilhante e um punhado de nuvens fofas flutuando, preguiçosamente, acima. Apesar de as tartarugas parecerem divertidas, eu queria passar mais um tempinho na praia. O lugar era um paraíso feito para ser absorvido e apreciado.

Por fim, o motorista estacionou na Fazenda de Tartarugas. Logan o pagou, enquanto eu esticava as pernas.

— Ei, estamos com sorte! — Ele apareceu ao meu lado e segurou minha mão. — Não tem nenhum cruzeiro na cidade. Não deve estar cheio.

Apertei a mão de Logan, admirada em perceber como parecia natural estarmos de mãos dadas.

— Multidões não me incomodam.

— Não?

— Bem, de vez em quando, eu acho, mas gosto de ver outras pessoas se divertindo. Gosto de observar o mundo.

— Estranho. Prefiro evitar multidões, acho que isso faz de mim uma pessoa egoísta.

— Acho que não. — Olhei para a entrada. — Nem todo mundo gosta de multidões.

— Você leu algo sobre esse lugar? — ele mudou de assunto.

— Faz muito tempo. Eu só lembro que podemos encostar nas tartarugas.

— E mais: vamos nadar com elas!

— É mesmo?

— Sim. É a primeira vez que vou te deixar molhada hoje.

Na verdade, não era a primeira vez, mas de jeito nenhum eu compartilharia isso com ele.

Logan me puxou para a bilheteria, mas, antes que eu pudesse protestar e pagar meu ingresso, ele comprou dois que davam acesso ao parque todo.

— Eles têm uma lagoa de tartarugas, onde podemos mergulhar com as adultas e, é claro, a piscina, onde podemos segurar os filhotes. Além da piscina com um tobogã, se você tiver interesse.

A animação de Logan era contagiante, e eu mal podia esperar para explorar o parque todo com ele. Seria muito melhor do que meu plano original de visitar o lugar sozinha.

— As piscinas parecem meio sem graça comparadas ao mergulho com as tartarugas.

— Eu sei, mas tem um tobogã... Ouvi dizer que é bem *escorregadio.*

— Escorregadio?

— Sim, molhado pra caramba. Muito bom para deslizar.

— É impossível você parar, né?

— Vou te deixar de queixo caído mais tarde.

— É mesmo?

— Sim, mas vai ter que esperar. Precisamos de uma boa preliminar antes. Venha, Tartaruga Virgem. Vamos logo.

Nos juntamos a diversos outros turistas para esperar o nosso guia. O ingresso incluía um breve passeio antes de sermos liberados para explorar como bem entendêssemos. O guia explicou o propósito da fazenda – na verdade, era um centro de reprodução e pesquisa. Todas as outras coisas eram apenas uma maneira de chamar a atenção dos turistas para os ajudarem a pagar as contas.

Enquanto o guia explicava o planejamento para a reprodução das tartarugas, Logan e eu observamos um casal de iguanas tomando sol. Tiramos fotos, chegando o mais perto possível dos animais, e, obedientemente, seguindo o guia até chegarmos à parte mais divertida.

— Por favor, lavem as mãos e os pés antes e depois de entrarem nos tanques... — Nosso guia nos mostrou onde se limpar e como segurar os filhotes. — Devem segurá-los sobre a água o tempo todo. Não os levem para o concreto. Nossa equipe vai ajudar.

Olhei para o concreto duro e pensei em algo mórbido. Inclinei-me para perto de Logan.

— Quantas tartarugas você acha que já foram acidentalmente derrubadas?

— Cristo, espero que nenhuma. — Ele me puxou para a fila, e esperamos, sem pressa, a nossa vez de segurar os filhotes de tartaruga. Tiramos as fotos obrigatórias para qualquer turista, que a fazenda tentou nos vender pelo preço de um rim.

Logan recusou e, de alguma maneira, conseguiu convencê-los a nos vender não *uma* foto nossa segurando dois filhotinhos na piscina por vinte dólares, mas todo o conjunto de *vinte* fotos pela metade do preço.

— Impressionante — elogiei, enquanto ele me mostrava as fotos que tinha recebido no celular.

Exibíamos grandes sorrisos, inclinados sobre a piscina hexagonal inflável com bebezinhos de tartaruga do tamanho de um prato. Os filhotes agitavam as pequenas nadadeiras enquanto tentavam se libertar. Não os mantivemos longe da água por muito tempo.

— Formamos um belo casal. — Ele apontou para uma foto particularmente boa, na qual tinha empurrado a tartaruga dele para perto do meu rosto.

Meu sorriso parecia espontâneo e desimpedido, algo que eu não sentia há muito tempo. Perto de Logan, era fácil relaxar, como se não precisasse esconder quem eu era. Não me lembrava do último homem com quem estive que não me tinha feito agir com cautela.

— Acho que vou mandar essa para o Gabriel — disse ele.

— Quem é Gabriel?

— Meu irmão mais velho, e a razão pela qual me atrasei ontem. Fiquei um pouco irritado, mas, considerando como a noite acabou, devo uma cerveja a ele.

— Como assim?

— Bem, se eu tivesse chegado na hora, o idiota de terno não teria invadido meu território, e eu não precisaria defendê-lo.

— Eu não sou um *território.*

— Não, mas sabe beijar muito bem. — Ele encaminhou a foto para o irmão e guardou o celular no bolso traseiro. — Pronta para nadar com as tartarugas?

— Mais pronta impossível — respondi, incerta se para as tartarugas ou outra coisa.

Além da piscina onde podíamos segurar os bichinhos, o lugar tinha uma lagoa de tartarugas – uma enorme piscina de, pelo menos, alguns hectares. Pegamos as máscaras e os esnórqueis na barraca perto da praia improvisada e guardamos nossos pertences nos armários indicados. Depois, colocamos o equipamento e entramos na água.

Não muito depois, nadávamos sobre as tartarugas. A lagoa artificial era uma construção de concreto com uma entrada para a praia que, rapidamente, alcançava a altura da cintura e, logo em seguida, se aprofundava a mais de seis metros. Na lagoa, havia bandos de tartarugas relaxando no fundo e nadando com gestos graciosos de suas barbatanas. De vez em quando, apareciam na superfície para respirar.

Aquecida pelo sol, a lagoa era refrescante e, surpreendentemente, límpida. Com um leve matiz esverdeado como alga, não tivemos problema algum para ver as tartarugas abaixo e ao longe. Logan mergulhou para chegar tão perto quanto as tartarugas permitissem.

Elas nem se importaram com a gente. Logo, Logan e eu estávamos mergulhando e competindo quem conseguia segurar o ar por mais tempo. Tentei nadar junto a uma delas, mas não havia como meu corpo humano e desengonçado conseguir acompanhar a sua forma aerodinâmica.

O mundo exterior desapareceu, enquanto brincávamos com as tartarugas, mas, por fim, minha barriga começou a roncar. Gesticulei para que ele se unisse a mim na superfície e me livrei do esnórquel.

— Ei, está com fome? — Tinha pulado o café para nadar pela manhã e, agora, estava me arrependendo disso.

— Com certeza. Acho que vi um lugar para comer no parque.

Voltamos para a terra firme e devolvemos os equipamentos, depois, caminhamos ao Schooner's Bar and Grill. Como esperado, tivemos de fazer uma parada na Smiley's Saltwater Lagoon.

Smiley, o crocodilo de água salgada, com seus dois metros e setenta de comprimento, se preparava para desfrutar do almoço. Pulou para fora d'água e devorou uma galinha morta, que um dos funcionários balançava acima da superfície em uma longa vara. Com certeza, eu não queria nadar naquela lagoa.

O Schooner's Bar and Grill servia comida simples, mas era exatamente do que precisávamos. Continuamos explorando o parque, demos uma olhada na exibição de borboletas, onde fiquei o mais imóvel que pude, enquanto uma borboleta azul majestosa, maior do que a minha mão, pousava no meu ombro. Logan conseguiu tirar uma excelente sequência de fotos.

Queríamos visitar a chocadeira, mas havia uma fila enorme para entrar. Uma pena, porque ficava aberta apenas de maio a outubro, e as chances de eu voltar às Cayman eram mínimas.

Depois de explorarmos a fazenda toda, Logan pegou minha mão.

— Está pronta para a segunda parte do passeio?

— Segunda parte?

— Sim, amor. Vou te deixar molhada de novo.

Intrigada, deixei-o praticamente me puxar pela lojinha de presentes. Atravessamos a rua, e eu bati palmas.

— Vamos fazer isso? Sério mesmo?

— Já nadou com golfinhos?

— Não, e você?

Adentramos o Dolphin Discovery, e Logan se dirigiu ao balcão frontal para darmos entrada. Tentei pagar outra vez, mas ele já tinha comprado os ingressos no hotel.

— O que precisamos fazer? — Fiquei parada atrás dele, enquanto o atendente nos entregava duas pranchetas com formulários de autorização para assinarmos. Assim que fizéssemos isso, seríamos levados aos tanques e conheceríamos o guia.

Nosso guia, Jacque, nos apresentou a Daisy e Pietro, dois golfinhos-nariz-de-garrafa que seriam os embaixadores da nossa experiência. Vestimos os coletes salva-vidas e nos juntamos a Jacque no tanque, onde cumprimentamos nossos novos amigos com barbatanas.

— Quer ir primeiro? — Logan me segurou em um abraço. Os coletes espessos salva-vidas deixaram tudo um pouco esquisito, mas apreciei o breve contato.

Olhei para Daisy e Pietro, exibindo suas habilidades de pulo, e decidi que não queria desbravar aquele caminho.

— Que tal você ir primeiro?

Nossa experiência com os golfinhos incluía um beijo e duas oportunidades para deslizar pela superfície com os animais. Uma era o reboque dorsal, que parecia ser a mais simples, e a outra era o empurrão com os pés.

Jacque trouxe Daisy e Pietro para um beijo e um abraço, e acariciamos a pele emborrachada para que se acostumassem com a gente. Então, chegou a hora.

Logan pulou e nadou até a extremidade do tanque, parando a uns 6 metros da parede ao fundo. Depois, esperamos o sinal de Jacque.

Ele ergueu o braço e, logo em seguida, baixou-o. Daisy e Pietro avançaram, mergulhando fundo e nadando ao redor de Logan.

Então, ele começou a se mover pelo tanque. Os golfinhos-nariz-de-garrafa encostaram os narizes na sola dos pés dele, propelindo-o para frente. A água se espalhou por toda parte, enquanto Logan se elevava acima da superfície, com um grande sorriso no rosto.

— Está vendo? — perguntou Jacque. — É fácil, só precisa manter o joelho no lugar, e as mãos fechadas ao lado do corpo.

Não acreditei nele, mas, se Logan conseguiu, eu também conseguiria.

Daisy e Pietro soltaram Logan e, vagarosamente, ele afundou até o colete salva-vidas o sustentar na superfície. Virou-se para a plataforma baixa, onde esperávamos, e encurtou a distância com braçadas fortes e determinadas.

— Foi incrível! — Ele se sentou na beirada da elevação. — Você vai gritar como uma garotinha, meu anjo. Legal pra caralho!

Antes de eu perder a coragem, saí da plataforma e nadei até onde deveria. Com o coração batendo forte e o pulso acelerado, observei Jacque erguer a mão acima da cabeça. Tinha toda a atenção dos golfinhos e, assim que baixou o braço, os animais mergulharam na água.

Confiando no processo, enrijeci todo o corpo. Com os joelhos travados e os braços pressionados na lateral, forcei as mãos em punhos na parte externa das coxas.

De repente, dois focinhos duros pressionaram o arco dos meus pés, e me ergui sobre uma cortina d'água, enquanto os golfinhos me faziam atravessar o tanque. E gritei. Gritei como uma garotinha, me esgoelando a plenos pulmões enquanto me impulsionavam. Então, comecei a afundar e a flutuar na superfície.

Daisy e Pietro voltaram à plataforma em um piscar de olhos. Em contrapartida, regressei vagarosamente. Logan se agachou ao lado dos golfinhos. Não sei se a mão dele estava em Daisy ou Pietro, mas acariciou o animal e me observou nadar de volta.

— Foi intenso — comentei.

— Jura? Amei os seus gritos, mal posso esperar para ouvir mais.

Sacudi a cabeça quando subi na elevação.

— Estão prontos para o reboque dorsal?

— Com certeza! — Logan esfregou as mãos, ansioso.

— Voltem aqui, vocês dois. É fácil, tudo o que precisam fazer é segurar firme. Daisy e Pietro cuidarão do resto.

Pulamos no tanque como duas criancinhas ansiosas e flutuamos, enquanto Jacque dava petiscos aos golfinhos. Então, assoprou o apito, e Logan e eu nos preparamos para nos segurar. Com medo de ser a turista burra demais que não tinha sido capaz de se prender, eu não daria bola fora.

Os golfinhos se aproximaram e desaceleraram. Tudo bem, talvez já tivessem feito aquilo uma ou duas vezes. Quando nos prendemos à barbatana dorsal, os golfinhos saíram nadando.

Água envolveu meu rosto, subindo pelo nariz, e acho que engoli uns quatro litros do tanque. Não quis pensar no que entrou na minha boca, mas, para falar a verdade, não me importava. Fazia anos que não me sentia tão livre e, sim, eu gritei.

Tiramos fotos com os golfinhos e, diferentemente das tartarugas, Logan não conseguiu nenhum desconto. Fomos embora com memórias incríveis e provas fotográficas irrefutáveis do melhor dia de todos.

Depois de nos limparmos, aproveitando o chuveiro do lugar para nos enxaguarmos, saímos encharcados.

— Viu só? — zombou ele, com um sorrisinho. — Eu disse que ia te deixar molhada.

— Sim, você disse. — Agarrei o braço de Logan e pressionei o corpo no dele, erguendo-me na pontinha dos pés para beijar sua barba por fazer no queixo. — Me deixou mesmo. Estou encharcada, mas com o maior sorriso da vida. O dia foi incrível, obrigada.

— Ainda estamos no meio da tarde, garota. Você acha que tenho tão pouca energia assim?

Inclinei a cabeça e sorri.

— Tudo bem, garanhão bobo. O que mais vamos fazer?

— Não zombe do garanhão, querida. Pelo menos, não antes de você dar uma cavalgada gostosa.

Meu olhar repousou na virilha dele, e o volume evidente pareceu crescer diante dos meus olhos.

— É melhor manter esse pau sob controle, tem criancinhas por aqui.

Ele se cobriu com a toalha, e um brilho malicioso iluminou seus olhos.

— Quantas palavras corajosas, meu querido anjo, mas veremos o tamanho da sua coragem quando estiver com as pernas no ar.

— Oi?

— Ah, é surpresa, mas você vai amar.

CAPÍTULO 10

Logan

Ouvir Angel gritar se tornou, oficialmente, meu passatempo favorito.

Amei vê-la se soltar e libertar as emoções. Suspeitava que ela raramente se abria assim com qualquer pessoa, e adorei ter a chance de ver uma faceta tão íntima dela.

Gostaria de ver outra faceta *íntima*, mas aquela bastaria, por enquanto.

Provoquei-a incansavelmente, era divertido demais para me segurar, e apreciei todas as vezes que fiz suas bochechas corarem. Em especial, amei a vermelhidão que se espalhou pelo pescoço e seguiu por entre os seios. Encarar seu decote — anteriormente, meu passatempo preferido e que, agora, ainda estava em segundo lugar — me fazia querer lamber todo aquele brilho rosado.

Não ouvimos nada além do sussurrar do vento, enquanto a água verde-azulada corria dezenas de metros abaixo dos nossos pés. Poderia estar exagerando, já que não sabia, com certeza, a que altitude voávamos em dupla no parapente, mas, porra, amei quando o condutor do barco nos deixou cair.

Paguei a mais para um passeio longo e ainda mais para ele nos deixar cair até os dedos dos pés tocarem o mar diversas vezes. Angel gritava e apertava minha mão em todas as oportunidades.

— Está gostando? — Era a terceira vez que caíamos na água e, agora, subíamos outra vez no ar.

— Não é nada parecido com o que imaginei. É estranhamente calmo e silencioso aqui em cima.

Ventava. Não era como se não houvesse qualquer som, mas o vento passava despercebido pela gente, manso e suave. Agarrava-se ao cabelo deliciosamente longo de Angel, fazendo-o esvoaçar. Mechas se soltaram do rabo de cavalo e lamberam a lateral do rosto, e os meus dedos coçaram para prendê-las atrás da orelha.

Tivemos o melhor dia possível, apesar de eu não saber quantos dias ruins as Cayman alguma vez tiveram. Com nossa vista privilegiada, observamos os recifes de coral abaixo. Vimos o que, depois de uma breve discussão, decidimos ser um grupo de golfinhos nadando. Eu achava que eram tubarões, mas ela insistiu nos golfinhos.

Estávamos sendo puxados pelo ar, presos a um paraquedas, mas eu tinha de concordar com Angel sobre o quanto essa experiência era maravilhosa.

— É bem silencioso mesmo. — E estávamos muitíssimo sozinhos.

— É a sua primeira vez? — Seus olhos escuros e encantadores se iluminaram, animados.

Éramos ex-pilotos militares, ou seja, treinados no uso de paraquedas, mas eu tinha de admitir – nunca tinha feito aquilo.

— Sou virgem no parapente. E você? — Eu não podia acreditar que havia deixado de perguntar.

— Primeira vez.

Segurei sua mão e trouxe-a aos lábios. Gentilmente, enchi os dedos de beijos, então, libertei seu dedo indicador e, sem pressa, chupei-o enquanto observava os olhos de Angel se arregalarem.

Eu me atreveria a dar-lhe outro beijo?

Cristo, queria grudar os lábios nos dela e beijá-la, enquanto planávamos sobre o oceano.

Soltei o seu dedo.

— Sabe, você é linda demais.

— Por favor... — Ela olhou para baixo. — Não precisa ficar repetindo isso.

— Por que não, se é verdade?

— Não, não é.

Como ela podia não enxergar aquilo? Mas não fiquei surpreso. Uma mulher como Angel gastou a vida toda competindo contra os homens. Duvido que tenha passado muito tempo se paparicando e aposto que não tinha muitas amigas.

Tive uma ideia do que poderíamos fazer no dia seguinte.

— Quero te beijar de novo. — Talvez devesse ter simplesmente a agarrado, puxando-a para um beijo, mas queria que me desejasse com a mesma paixão que eu sentia por ela.

— Eu sei.

— E vai me deixar na mão, Angel? — Eu não podia acreditar que ela diria apenas aquilo.

— Acho que não é uma boa ideia.

— Por que não?

— Porque, para começo de conversa, trabalhamos juntos.

— E? — Eu realmente não via isso como o obstáculo gigantesco que Angel o fazia parecer.

— E... as coisas podem ficar complicadas. — Ela olhou para o céu. — Lá em cima, dividindo a cabine, existe uma hierarquia muito clara. Por enquanto, você é o capitão. Eu sou a copiloto.

— Não entendi.

— Se discordarmos lá em cima, está bem claro como os problemas devem ser resolvidos. Se adicionarmos nossos sentimentos à equação, as coisas vão se complicar. Sob estresse, não precisamos dessa confusão. Nossos passageiros não precisam disso.

— Só para constar, discordo. Sou perfeitamente capaz de separar as duas coisas.

— Bem, então... a culpa deve ser minha, porque não consigo separar. Não estou interessada em passar apenas uma noite com você e ter um namorico de três dias nas Cayman. Não quero que as complicações se transformem em algo que possa comprometer minha carreira, ou de que eu possa me arrepender mais tarde. Trabalhei duro para chegar aqui.

Se arrepender mais tarde?

Mas quem eu estava querendo enganar... Tinha sugerido exatamente o que ela não queria – um namorico de três dias, porque eu não me comprometia em relacionamentos. Meus irmãos nunca se cansavam de me zombar por conta da porta giratória de mulheres que agraciavam minha cama e minhas redes sociais. Acho que o relacionamento mais longo que já tive durou só um mês.

Me destruiu perceber isso, porque foi sempre assim que controlei minha vida sexual. Encontrava uma mulher interessada, apreciava sua companhia e o sexo. Depois, seguia em frente antes de qualquer complicação surgir.

Complicação.

Não acredito que acabei de usar a mesma palavra que Angel havia dito.

— Sabe... Os problemas sempre têm solução. — *No que raios eu estava pensando?*

— Por exemplo?

— Em primeiro lugar, quando voltarmos, avisamos à empresa que não voaremos mais juntos. Depois, te promovemos a capitão. Isso vai garantir que nunca mais trabalhemos no mesmo voo. Podemos namorar sem foder com a sua carreira.

Namorar...

Namorar? Pela primeira vez, imaginei um caso que duraria mais do que algumas poucas semanas. Eu estava *mesmo* considerando um relacionamento? Com uma mulher que eu havia conhecido há pouco mais de um dia?

Acho que sim.

— Mas estamos trabalhando juntos agora — argumentou ela. — Viu como é complicado?

— As melhores coisas da vida são complicadas. Só precisa decidir pelo que vale a pena lutar e correr atrás, dando o melhor de si.

— A gente nem se conhece direito.

— Verdade, mas tem um jeito muito bom de consertar isso.

— Que tal fazermos uma pausa e simplesmente aproveitarmos o dia?

Uma pausa. Eu não queria a merda de uma pausa, mas, caralho... Eu faria isso.

Faria uma *pausa,* mas de jeito nenhum pararia. Havia algo naquela mulher, algo que nunca me era o bastante.

Quando, por fim, descemos pela última vez, o sol se punha no horizonte. Dei uma gorjeta gorda ao condutor e segurei a mão de Angel. Uma pausa não significava que eu não iria segurar a mão dela.

— Está com fome?

— Ainda estou cheia do almoço, e está meio cedo.

— Que tal um drinque?

— Isso, sim.

— Ótimo, vi um lugar interessante na praia. — E teríamos uma vista espetacular do pôr do sol. Seria romântico, e eu planejava empreender um ataque devastador para convencê-la de que uma *pausa* era a palavra errada para se usar quando se tratava da gente.

Passeamos pelo cais e paramos algumas vezes para olhar os peixes nadando ao longo dos postes. Seu entusiasmo era contagiante, e me peguei sentado ao lado dela para observar os peixinhos tropicais, que usavam a proteção da marinha como viveiro.

Tiramos os sapatos quando chegamos à praia e deixamos a areia massagear nossos pés enquanto caminhávamos pela orla. Queria jogá-la na água. Maldição, queria qualquer desculpa para colocar as mãos nela, mas estava tentando ser a porcaria de um cavalheiro.

Quando, finalmente, chegamos no bar que eu tinha visto, pegamos uma mesa com assentos privilegiados e reclinamos as cadeiras para observar a praia.

— Querem beber algo? — Uma linda garçonete apareceu para anotar os pedidos.

Loira, de olhos azuis, com peitos nos quais qualquer homem se perderia, era exatamente o meu tipo. Ainda assim, não tive nenhuma reação quando pedi duas águas e uma bebida frutada para dois.

Eu era o tipo de homem que gostava mais de uísque, mas aquela era uma das grandes taças que vinham com dois canudos, e eu estava disposto a fazer qualquer coisa que pudesse aumentar a intimidade entre a gente.

Angel se reclinou e apoiou os pés na parte baixa da cadeira que separava os assentos da areia.

— O dia foi incrível.

— Foi? Ainda temos a noite toda.

Ela esticou os braços acima da cabeça.

— Não sei se *a noite toda* é uma boa ideia.

— Por que não? — *A noite toda* parecia uma boa ideia para mim. A noite toda, a manhã toda e todos os dias e noites seguintes.

— Porque você é um homem muito perigoso.

— Gostei disso. Com certeza, parece que combino com *a noite toda*.

— Eu sei. É isso que me assusta.

Assustar? Eu amava e odiava o fato de ela estar assustada.

Enquanto o sol mergulhava no horizonte, bebericamos nosso drinque gigantesco e observamos o céu se incendiar.

Profundos tons carmesins se misturaram com amarelo vivo e laranja quente, enquanto a natureza pintava uma linda tela diante de nossos olhos.

Conversamos um pouquinho, desfrutando do momento. O dia desapareceu, e o sol se pôs.

— Que lindo — comentou Angel.

— Lindo mesmo. — Mas eu não estava olhando para o sol.

Ela me observou e percebeu que eu a encarava.

— Você realmente não precisa ficar dizendo isso o tempo todo.

O que ela tinha contra um homem dizendo que era bonita? Sinceramente, achava que as mulheres não ouviam isso o bastante, e não era como se eu estivesse mentindo.

— Te incomoda?

— Me deixa desconfortável.

Apontei para o brilho flamejante acima.

— Queria ter uma câmera. Tiraria uma foto sua no pôr do sol e te mostraria o que eu vejo.

— Logan...

— Você é fantástica, e não posso me calar sobre isso.

Ela envolveu o canudo com os lábios e tomou um gole da bebida. Vendo que era impossível segurar, soltei um gemido frustrado.

— O que foi? — Ela largou o canudo e ergueu a cabeça.

— Nada — menti.

Angel olhou para o canudo, então, para mim.

— Sua mente é muito suja. Você sabe disso, né?

— Você me ama — rebati. — Espere até me ouvir falar sacanagem.

— Vou esperar.

Cruzei os braços sobre o peito e me reclinei.

— Percebeu o que acabou de dizer?

— Eu disse que vou esperar.

— Isso mesmo.

Suas sobrancelhas se uniram.

— Não entendi.

— Você disse que vai esperar, o que quer dizer que vai acontecer. Tudo bem, querida. Vou esperar pelo tempo que for preciso. Agora, sobre amanhã... — Inclinei-me, ocupando o espaço dela, e inspirei seu suave aroma floral. — Tenho algo que você vai amar.

— Você não precisa fazer nada... Sou perfeitamente capaz de me entreter sozinha.

— Tenho certeza disso, mas amanhã você vai fazer algo que, aposto, nunca fez por si mesma antes.

— É mesmo?

— Com certeza.

— E o que vou fazer amanhã?

— Já que sei que não gosta de surpresas, vou te fazer esperar para descobrir.

— Deveria me contar, se eu não gostar...

— Você vai amar.

— Como pode ter certeza?

— Porque estou me livrando das camadas, amor. Me livrando das camadas...

Deixei a mente dela ponderar sobre aquilo por um tempinho. Erguendo a mão, chamei a atenção da garçonete e pedi outra bebida.

— Poderia trazer uma água? — adicionou Angel ao meu pedido.

— Está com fome agora?

Ela assentiu.

— Um pouquinho, quer comer algum petisco?

— Depende do que mais você trouxe na mala. Se o petisco significar que não vou ter a chance de te ver em outro vestido curtinho, não vejo problema em esperar e voltarmos ao hotel.

— Bem, acho que é mais seguro se não voltarmos para casa tão cedo.

— Casa?

— Desculpa, quis dizer hotel. Minha mãe sempre chamava de casa o lugar onde dormíamos à noite. Nos mudávamos muito, e ela dava um jeitinho para me ajudar a sentir como se estivesse sempre em casa.

A expressão de Angel se comprimiu com o que pareceram ser lembranças dolorosas. Quis sumir com o vinco em sua testa e suavizar a tensão ao redor dos lábios com um beijo, mas me contive.

Estávamos quebrando as barreiras, mas tinha a sensação de que ela não se sentia pronta para se abrir tanto com um homem que havia acabado de conhecer.

Tive a sensação de que a conhecia há uma eternidade. Parecíamos ter nos conectado instantaneamente, mas fui sensato o bastante para saber que ela precisaria de mais tempo até chegar à mesma conclusão.

— Bem, o hotel não fica longe. — Era a uns três quilômetros caminhando pela areia. — O que acha de encontrarmos outro bar na praia?

— Por mim, tudo bem.

— Podemos terminar a bebida e, depois, seguir pela praia até encontrarmos algum lugar que pareça interessante. Jantamos e, mais tarde, podemos passar em outros bares para continuar bebendo e encontrar uma sobremesa. — Queria que ela fosse minha sobremesa. — E fechamos a noite no bar do hotel. Quem sabe não encontramos aquele idiota de terno, e eu roube outro beijo?

Sua risada suave fez meu coração acelerar.

— Amo a sua teimosia.

— Está funcionando?

A garçonete retornou com as bebidas. Quando partiu, esperei ansiosamente Angel responder, mas ela encarou o céu, enquanto o amarelo escurecia e se transformava em um vermelho intenso, escuro e sombrio. Parecia perdida em pensamentos.

O céu pegava fogo, e meu coração se encheu de algo que nunca havia sentido antes. Me uni a Angel em um momento de reflexão silenciosa, tentando compreender por que ela era diferente de todas as outras.

CAPÍTULO 11
Angel

Um passeio pelos bares e pela praia parecia maravilhoso. Depois de um dia incrível, eu precisava de algo para relaxar. Com os dois drinques que dividimos no primeiro bar, seria melhor esticar as pernas e comer algo antes de ingerir outra gota de álcool.

A água gelada do mar fez cosquinhas nos meus dedos quando afundei o pé na areia. Logan caminhou ao meu lado, e nenhum de nós se importou de se molhar. Eu ainda estava com a minha pochete sensual pra cacete, junto com o short de neoprene e o top.

Queria nadar à noite, mas não havia lugar seguro para deixar nossas coisas. Aventurei-me na água até a altura da panturrilha e apreciei o aroma do sal e da areia, dos resquícios dos protetores solares e dos bronzeadores dos turistas, respirando fundo.

As praias eram meu lugar preferido. Tinha crescido perto do mar, mas me mudei para longe depois do ensino médio. Sentia falta da vida tranquila sincronizada com o ritmo da água. Mais dois dias e a realidade estaria de volta.

Precisava muito agradecer a Bianca e seu marido pelo presente inesperado.

Logan e eu havíamos caminhado pelo que pareceu ser um quilômetro e meio — provavelmente, menos — quando ele apontou para um quiosque, que emanava cheiros de dar água na boca.

— Que tal?

— Parece um boteco, mas o cheiro está divino.

— Acho que encontramos um lugar para jantar.

Ele segurou minha mão, e senti um choque de eletricidade subir pelo braço. Sempre que Logan me tocava, eu me segurava para não arfar. Eu não era o tipo de pessoa que gostava de contato físico.

Geralmente, ficar de mãos dadas me fazia imaginar palmas suadas, e eu só pensava em puxar a mão de volta, mas, com Logan, não era assim. Quente, firme e confiante, ele me segurava como se fosse a coisa mais natural do mundo.

— Humm, sinto cheiro de hambúrguer. — A voz grave e rouca de Logan vibrou no espaço entre nós.

Tão sensual que parecia pecado, tudo o que aquele homem tinha de fazer era respirar para chamar atenção. Com olhos azul-escuros, corpo musculoso e uma barba muito bem cuidada – que, a cada minuto, eu achava mais atraente –, eu não era a única mulher que não conseguia tirar os olhos daquele capitão arrogante.

— Perfeito.

Nossa sorte perdurou, e conseguimos outra mesa ótima, novamente, bem na orla da praia. Ele pediu uma cerveja, mas preferi um refrigerante. Havia álcool demais tamborilando no meu organismo, e não confiava o bastante em mim mesma para ficar bêbada perto de Logan Reid.

Aquele era um lugar cheio de más escolhas, escolhas que eu queria fazer, mas das quais sabia que deveria ficar longe.

Fizemos o pedido e nos encostamos nas cadeiras para observar os poucos banhistas arrumarem as bolsas. Enquanto a praia esvaziava e a escuridão chegava, percebi que nossa caminhada de volta ao hotel, pela praia, seria interessante.

— Ei, olhe. — Ele apontou para o horizonte na costa leste. — Uma lua cheia.

Ótimo, exatamente do que eu precisava. Um homem gostoso pra caralho. Uma praia sob a luz da lua. Uma brisa fresca vinda do oceano. Ondas suaves. Uma noite perfeita.

O universo conspirava contra mim.

Rimos durante o jantar, conversando sobre tudo e nada. Ele me contou histórias sobre a infância e sobre crescer sendo o irmão do meio, com irmãos mais velhos e irmãs mais novas. Tive muito menos a oferecer, mas não importava. Logan tinha histórias suficientes para nós dois.

Ouvi sobre o seu primeiro dia na escola, quando os quatro irmãos mais velhos o acompanharam, garantindo que ninguém intimidasse o mais novo. Todos os irmãos tinham entre um e dois anos de diferença na idade. Dylan, o mais próximo em idade de Logan, foi o escolhido para escoltar o irmãozinho.

Ele me contou como repetiram a mesma cena quando a irmã seguinte, Angie, teve o primeiro dia no jardim de infância. Ele tinha sido escolhido para cuidar dela.

Eram uma família muito unida, algo que eu nunca tive. Logan me contou histórias sobre seus primeiros anos de vida.

— Então você consegue imaginar o pobre acompanhante de Angie quando ele foi buscá-la para a formatura...

— Você não aterrorizou o pobrezinho, né?

— Nós cinco o esperamos chegar. Gabriel sentou o cara no meio do sofá, enquanto Dylan e Colt se acomodaram ao lado. Nunca vi um menino com tanto medo.

— Imagino. Quantos anos vocês tinham?

— Angie tinha quinze. Eu tinha acabado de fazer vinte e um, então Dylan tinha vinte e sete... — Ele listou a idade dos irmãos mais velhos, ao mesmo tempo em que eu imaginava o pobre garoto de quinze anos sendo interrogado, esperando a acompanhante para a formatura descer as escadas.

— Pobrezinho...

— Ah, não se preocupe. Transformamos isso em uma tradição, já que nos dava uma desculpa para visitas. Minha mãe ama reuniões familiares.

— Tenho certeza de que suas irmãs *amavam* vocês. Fizeram isso com todos os namorados? — Envolvi minhas palavras com um sarcasmo excessivo.

— Ah, sem dúvida. Lizzy, a mais nova, tentou fugir de casa para não ter que nos enfrentar.

— Ela conseguiu?

— Tentou, mas a detivemos. Trouxemos a caçula de volta para casa, ligamos para o namorado e dissemos a ele que não estávamos felizes com a tentativa dele de sair com a nossa irmã sem conhecer a família.

— O que o seu pai achava disso tudo?

Sua expressão escureceu.

— Perdemos nosso pai alguns anos depois de Lizzy nascer.

— Ah, sinto muito. — Parecia que tínhamos mais em comum do que eu pensava.

— Tudo bem, faz muito tempo. Meus irmãos ajudaram nossa mãe. E você? Alguma história louca envolvendo irmãos?

— Na verdade, não. Sou apenas eu.

— É filha única? Isso quer dizer que você foi mimada pra caralho, não é? — Por conta do brilho nos olhos dele, não quis arruinar o clima. Em vez disso, sorri.

— Minha mãe foi incrível me criando. Nunca precisei de muito. — Aprendi a desejar poucas coisas e a encontrar felicidade no que ela conseguia prover. Minha mãe e eu éramos próximas, e isso era suficiente para mim.

Deixei um bocejo escapar, atrapalhando o momento perfeito da conversa. Não queria falar sobre a minha família, nem sobre a falta dela.

— Ah, não. Nada disso. Você não pode bocejar. A noite é uma criança, meu anjo lindo.

— Pode até ser, mas tivemos um dia cheio, e não dormi bem ontem. Talvez seja melhor deixarmos o próximo bar de lado e voltarmos para o hotel.

Ele semicerrou os olhos, mas deu um aceno relutante.

— Podemos fazer isso com uma condição.

— Qual?

Contanto não fosse outra oferta para me levar para a cama, eu aceitaria quase qualquer coisa. A verdade era que eu tinha pouquíssima determinação sobrando. Se ele pedisse, eu, provavelmente, diria sim.

— Quero que me prometa que vai tomar café da manhã comigo amanhã e que vai cancelar qualquer compromisso entre as nove e as duas.

— Por quê? Vou estar ocupada?

— Bem, sei que você quer ler o seu livro. O sr. Cinquenta Tons é um competidor *ferrenho.* Preciso mesmo fazer o dever de casa e me preparar para todas as suas fantasias mais sujas.

Eu tinha planejado me deitar na praia e ler o livro – não *aquele* livro –, pelo menos, até antes de perceber o quanto Logan podia ser divertido. Agora, eu não queria passar sequer um minuto longe dele. E, exatamente por conta dessa intensidade, eu sabia que precisava de espaço. Passar o resto da noite em um bar seria perigoso demais. Meu autocontrole desaparecia mais e mais a cada minuto.

— Tudo bem, café da manhã. Serei sua das nove às duas.

— Humm... Toda minha? Para fazer o que eu quiser?

— Não foi isso o que eu disse.

— Ei, você quem escolheu as palavras, não eu, mas gostei. Preciso mesmo correr com a pesquisa... Você gosta de algemas de metal, couro ou qualquer tipo de corda serve? E seda? Gravata de seda? Ou uma das minhas camisetas serve?

— Uma das suas camisetas?

— Para a venda, bobinha. Preciso me preparar para virar o seu mundo de cabeça para baixo.

— Ah, meu Deus. Só porque eu li, não quer dizer que quero vivenciar aquilo.

— Nunca diga nunca.

— Tome cuidado, ou não vai ganhar nada, aviador. Sinto cheiro de fumaça... Não percebeu que está brincando com fogo?

— Você me prometeu sua atenção incondicional.

— Discordo.

— Você não pode desistir de uma promessa, não é assim que funciona. Ah, e vou precisar da sua atenção incondicional das seis à meia-noite.

— Isso é assustadoramente específico.

— Eu sei.

— Que tal me contar o que planejou?

— Vai ser surpresa.

— Você sabe que não gosto de surpresas.

— Por isso estou me divertindo. A provocação e a ansiedade vão manter essa sua mente suja excitada. — Ele se inclinou para perto e segurou minhas mãos. — Confia em mim?

O engraçado era que eu confiava.

— Acho que sim. — Odiava admitir, mas confiava nele inquestionavelmente. Se tivesse organizado algo que apenas chegasse perto do dia de hoje, já seria maravilhoso.

— Perfeito, mas tem mais uma coisa... — Ele se aproximou e baixou o tom da voz para um sussurro.

— Tem?

— Vamos esquecer do próximo bar na nossa caminhada pela praia e pular a sobremesa, mas daremos uma passada no bar do hotel.

— Por quê?

— Porque, se o idiota de terno estiver lá, você vai me deixar te beijar.

Era uma péssima ideia, mas o friozinho na barriga dizia que eu tinha grandes esperanças de Clive estar no bar.

— Acho que essa não é uma ideia muito boa.

— É uma ideia terrível. Depois de eu te beijar, vai ser muito difícil te soltar. E vou ter uma noite longuíssima pensando em você, mas ideias terríveis, geralmente, são o início de ótimas histórias. O que me diz? Está disposta a se arriscar? Se ele não estiver lá, fechamos a noite com um aperto de mão.

— Um aperto de mão?

— Sim, por mais entediante que isso pareça.

— Bem, combinado. O seu beijo de boa noite, agora, está nas mãos do destino.

— Espera aí, está me dizendo que eu ia ganhar um de qualquer jeito?

— Talvez...

— Nada de talvez. Você ia ou não me surpreender com um beijo de boa noite?

— Não sei quanto a te surpreender, mas era uma possibilidade.

Sem qualquer sombra de dúvida, não era uma possibilidade.

De jeito nenhum eu ia conseguir beijar Logan e não passar a noite toda fazendo tudo de malicioso e delicioso que, eu sabia, já tinha passado pela mente dele. Eu não tinha força o bastante para resistir ao seu charme, mas Logan não precisava saber disso.

— Eu sei como você pode me surpreender.

— Te jogando um beijo... à distância? — Fingi inocência, mas, pelo volume duro que crescia sob o tecido do short de banho, era impossível não entender o que ele havia dito. — Parece seguro.

A voz grossa de Logan ficou ainda mais grave com a decepção, e a rouquidão me deixou toda arrepiada.

— Nada de beijo. Mal posso esperar para sentir os seus lábios ao redor do meu pau. Vai ser divino.

— Ah, que pena. Não foi isso que te ofereci.

— Mas ia me dar um beijo de boa noite hoje, não ia?

— Acho que nunca saberemos. Beijo ou não, está tudo nas mãos do seu amigo Clive.

— Clive? Quem raios é Clive?

— O idiota de terno.

— Ah, faz sentido. Clive é nome de babaca. Combina com ele.

— O que acha de pegarmos um táxi e voltarmos agora mesmo?

As chances de eu sobreviver a uma caminhada de um quilômetro em uma praia sob a lua cheia – com Logan Reid – eram zero. Sabia que sexo na praia soava mais sensual do que realmente era. Toda aquela areia entrando em lugares que não deveria... Eu não queria isso, mas poderia considerar se, finalmente, significasse sentir a boca dele em mim.

— Vamos, e espero que Clive esteja naquele bar.

Não disse nada para encorajar Logan quando ele pagou a conta, chamou um táxi e me ajudou a descer no hotel. Fomos para o bar e demos uma olhada ao redor.

Nada de Clive.

— Sinto muito, aviador. Parece que você não deu sorte.

As sobrancelhas dele se uniram.

— Vou aceitar a derrota, mas... já que estamos aqui, que tal um último drinque?

Ele me guiou até o balcão. Desafivelei a pochete e deixei-a no assento ao meu lado enquanto me acomodava no banquinho.

Era o mesmo barman da noite anterior, e ele colocou dois porta-copos no balcão.

— O que vão beber?

— A dama quer uma margarita *frozen* de manga, e eu quero um uísque e Coca-Cola.

— Ah, você se lembra — comentei.

— Como poderia esquecer? Você me deixou com aquele drinque desastrosamente doce.

— Não precisava ter bebido, podia ter deixado no balcão.

— Como não, sabendo que seus lábios tinham abençoado a bordinha da taça?

— Você é estranho, sabia?

— E preciso mijar.

— Ah, que sutil. Muito sutil mesmo — brinquei. — Da próxima vez, apenas diga "com licença, rapidinho". Não precisa me contar o que vai fazer.

— Volto logo. — Ele me deu um sorriso e pulou do banco. — Não faça nada que eu não faria.

Logan desapareceu, e eu me virei para observar o garçom preparar as bebidas. Ele serviu minha margarita *frozen*, com dois canudos e uma piscadela, então, deixou a bebida de Logan na frente do banco dele. Uma presença surgiu sobre o meu ombro direito. Pensando que era Logan, eu me virei.

— Ainda quer aquele beijo? — Meus olhos se arregalaram quando um sorriso asqueroso se espalhou pelo rosto de Clive.

— Bem, já que está oferecendo... — Ele se inclinou perto demais, mas estendi a mão e pressionei-a na camisa de botões passada, mas molhada, dele.

— Desculpa, pensei que você fosse outra pessoa.

— O cara de ontem, o babaca?

Os cabelos na minha nuca se eriçaram.

— Na verdade, ele é um cara bem decente. Desculpa, pensei que você fosse ele. — Dei-lhe as costas, mas Clive se acomodou no banco ao meu lado.

— Que tal uma bebida?

— Hum, eu vim acompanhada.

— Parece que ele te abandonou aqui. Que tal levarmos uma garrafa de vinho para o meu quarto e nos conhecermos melhor?

— Essa garota é minha! — O grito de Logan atravessou o bar barulhento.

Clive revirou os olhos.

— Que pena, querida... Caso mude de ideia, estou no quarto 619.

O quarto dele ficava a duas portas do meu? Um arrepio percorreu minha espinha, e estremeci. O hotel acharia estranho se eu quisesse mudar de quarto?

— Acho melhor eu ir. — Clive deu uma bufada indignada e se afastou do bar. — Quando ele te abandonar de novo, pense na minha oferta. — Ele pousou minha pochete no balcão e deslizou-a para mim.

Sua piscadela me deu vontade de vomitar, mas consegui segurar tudo na barriga.

— Tudo bem? — Logan me envolveu com um braço e beijou o topo da minha cabeça, enquanto Clive se afastava em um rompante.

— Aquele cara é um idiota de primeira classe. — Segurei o braço de Logan, sabendo exatamente o que ele pretendia fazer. — Não vá atrás dele, não vale o seu tempo.

— Ele não deveria ter chegado em você daquele jeito, nem dito aquelas coisas.

— Estava com cheiro de uísque e, provavelmente, bêbado. — Apontei para Clive, que se retirava do bar. — Olhe, ele vai subir para o quarto e lamber as feridas.

— Quero dar um soco na garganta dele.

— Não vale a pena — opinei. — Que tal esquecermos do Clive e aproveitarmos os drinques?

Logan não parecia concordar comigo, mas se sentou. Eu devia um beijo a ele, mas, depois do encontro com Clive e de dividir o mesmo ar que ele, qualquer clima que estivesse rolando com Logan desapareceu.

Acho que ele sentiu, porque não me pressionou por conta do beijo. Terminamos de beber, e Logan pagou a conta. Outro bocejo me escapou.

— Quer subir? — Ele acariciou minhas costas, em um gesto tranquilizador. Eu, com certeza, poderia me acostumar com isso.

— Sim, acho que estou exausta. — Aquela última dose de álcool acabou comigo, e não conseguia mais impedir os bocejos.

Seguimos para o elevador, e ele apertou o botão para subirmos.

— Em qual quarto você está, amor? — A voz sensual de Logan me prometia tudo com que eu não estava preparada para lidar, mas que, sem dúvida, era tudo o que eu queria.

— 623... Humm.

— O que foi?

— Não consigo encontrar a chave do quarto. Será que deixei cair mais cedo? — Apesar de Logan ter pagado por tudo durante o dia todo, não conseguia me lembrar se, alguma vez, tinha aberto a pochete.

O elevador apitou, e as portas se abriram.

— Preciso pedir outra chave na recepção.

— Eu te acompanho — disse ele.

— Não tem problema. Talvez seja melhor subirmos separados. Se você me levar ao quarto, isso pode acabar te fazendo entrar, e...

— Entendi. Olhe, sem pressão, tudo bem? É para ser divertido.

— Tudo bem. — Aliviada pela compreensão, respirei fundo. — Que horas quer se encontrar para o café da manhã?

— Que tal às oito? Teremos uma hora antes de... — Ele ergueu o dedo e me deu uma piscadela. — Quase deixei escapar. Me encontre às oito. Eles têm um bufê incrível, e estou morrendo de vontade de experimentar.

— Devo vestir algo especial amanhã?

— Vista algo confortável. Deveria colocar aquele shortinho curto que não me deixou admirar hoje.

— Como sabe que tenho um shortinho curto?

— Foi só um chute. — Outro casal se aproximou, e Logan deu um passo para o lado, para que entrassem. — Vou deixar o beijo passar, mas só hoje. Amanhã é um novo dia.

Com isso, liberou as portas do elevador. A última coisa que vi foi seu sorriso e a piscadela que fez meus joelhos cederem.

Segui para a recepção e expliquei o problema com a minha chave. Em minutos, recebi uma nova e subi para o quarto.

Ainda pensando no dia maravilhoso que tive com Logan, saí do elevador e segui pelo longo corredor, passando pelos adolescentes hospedados no 621 e, então, chegando ao 623.

Uma porta se abriu atrás de mim, e parei no meio do caminho quando Clive apareceu.

— Clive?

— Estou vendo que se livrou daquele babaca no bar, não que eu te julgue por isso.

— Eu não me livrei dele.

Aproximei-me do quarto e encostei o cartão-chave na fechadura eletrônica. A tranca cedeu. Abri a porta e corri para dentro.

Fechando-a com tudo, senti dificuldade para respirar. Havia algo errado naquele homem.

Talvez fosse uma boa ideia chamar a segurança, mas o que eu diria? Um dos hóspedes saiu do quarto e perambulou no corredor? Ousou falar comigo? Não iria colar.

Virei-me ao ouvir um som estranho — o estalido baixo da tranca eletrônica cedendo. A porta se abriu para dentro, e meus olhos se arregalaram quando Clive entrou.

— Mas o que... Como você...

Ele segurava um cartão-chave igualzinho a todos os outros do hotel, mas que abria a minha porta.

— Como você conseguiu a chave do meu quarto?

Clive entrou, e a porta se fechou vagarosamente. Ele ergueu uma garrafa de vinho.

— Que tal um drinque? E estava pensando naquele beijo que você me ofereceu.

Meu coração disparou e minha mente se agitou, tentando descobrir como me livrar dele, mas Clive bloqueava a saída. Eu estava encurralada. Isso não podia estar acontecendo...

Ele deu um passo na minha direção.

— Agora que estamos sozinhos, você pode parar de fingir. Vamos festejar.

— Eu não vou festejar com você. — Apontei para a porta. — Você precisa sair agora mesmo, antes que eu chame a segurança.

A atenção dele se voltou para o celular na mesinha de cabeceira assim que dei um passo em direção ao aparelho. Em um piscar de olhos, ele me jogou na cama. Seu corpo me esmagou, e um grito esganado irrompeu da minha garganta. Sua palma suada cobriu minha boca, enquanto ele se curvava para lamber meu pescoço.

— Não resista, você sabe que quer isso. — Respirações irregulares pulsaram dele quando apalpou e apertou meu seio.

— Saia de cima de mim! — Tentei empurrá-lo, mas ele era grande demais.

Bizarramente forte, ele manteve minha boca coberta com a mão enquanto tirava a gravata do pescoço. Eu me retorci, mas Clive enrolou o tecido e enfiou-o na minha boca, distendendo e machucando meu maxilar, o que me fez engasgar com a seda. Então, tirou o cinto e abriu a calça.

— Você gosta de um homem bruto, não gosta? Sua puta de merda. Me provocando desde quando cheguei no bar... Se fazendo de difícil, mas sei que você me quer. Aquele vestidinho preto, com seus peitinhos atrevidos. Está suplicando por mim desde que nos conhecemos.

Eu me debatia sob ele, enquanto Clive abaixava a calça. Com meus olhos quase saltando do crânio, ele montou em mim e prendeu meus pulsos com os joelhos. Eu não conseguia me mexer.

Enfiou a mão sob a cintura da cueca e libertou a ereção. Agarrando-a com a mão, envolveu meu pescoço com a outra, deixando-me sem ar. Clive se inclinou sobre mim e, com gemidos baixinhos, se masturbou enquanto eu lutava para respirar.

Meu coração martelava no peito, e meu pulso ecoava nos ouvidos. Minha visão escureceu, enquanto o mundo se reduzia a um pontinho de luz.

O som de uma batida suave me alcançou, mas era difícil ouvir algo além dos grunhidos animalescos de Clive.

Eu iria morrer.

Com aquele monstro em cima de mim, eu iria sufocar e morrer.

CAPÍTULO 12

Logan

Não havia dúvida de que ir ao quarto de Angel era uma péssima ideia, mas parecia que meus pés tinham vida própria.

Antes de realmente compreender o que estava fazendo e de me convencer a mudar de ideia, fui do meu quarto no quinto andar em direção ao dela, no sexto.

Quando saí do elevador, virei à esquerda e vi o idiota do Clive apoiado na parede. Pressionou o cartão-chave na porta do seu quarto e desapareceu lá dentro.

Já foi tarde.

O canalha poderia lamber as feridas sozinho.

Tirando o homem dos meus pensamentos, segui pelo corredor, observando os números dos quartos. Procurava pelo 623 e passei pelos adolescentes antes de desacelerar. Clive tinha entrado em um dos quartos por ali...

Mas qual?

Pressionei a orelha na porta do 619, mas não ouvi nada. No 621, o silêncio novamente cumprimentou minha audição aguçada. Com o pulso acelerado e o peito apertado, aproximei-me do quarto de Angel.

A porta estava fechada, e não sei o que me dominou, mas encostei a orelha na madeira em vez de bater. Em um primeiro momento, não ouvi nada, então, sons de uma luta me atingiram.

Não poderia ser... mas o que mais explicaria?

Bati.

Nenhuma resposta.

Bati com mais força.

Nada.

Chutei a porta e joguei o ombro contra ela. Se Angel não tinha atendido, algo de terrivelmente errado deveria estar acontecendo. Uma mulher colocou a cabeça para fora no outro lado do corredor, então, voltou para dentro com os olhos arregalados e assustados.

Continuei a atacar a porta, chutando e jogando o corpo contra ela, mas parecia ter sido feita para suportar uma investida, pois nem mesmo rangeu.

Não chegando a lugar algum, virei-me e bati na porta da mulher aterrorizada. Ela não atendeu, e eu não a culpei.

— Chame a segurança do hotel! — gritei pela porta, esperando que a mulher tivesse me escutado.

Se ela não chamasse a segurança por conta do meu pedido, rezava para que tivesse chamado por causa do homem louco do lado de fora tentando arrombar a porta do quarto 623.

Me peguei perdendo a cabeça de preocupação com o que estava acontecendo no quarto de Angel.

Tornei-me um animal desvairado, chutando e xingando, gritando e jogando o corpo na porta.

Por fim, o elevador apitou e quatro homens apareceram correndo. Apontei para a porta de Angel.

— Minha namorada está aí dentro. Ela não abre a porta, mas vi um homem entrar e parece que estão brigando.

Os quatro homens passaram por mim. Dois deles me prenderam contra a parede, enquanto eu repetia:

— Minha namorada não veio abrir a porta.

— Senhor, precisa se acalmar. — Um dos homens apertou meu peito com a mão, mantendo-me na parede.

— Não estão me ouvindo, ela está em perigo!

Se não fizessem algo logo, eu ficaria furioso.

— Senhor, você precisa se acalmar.

— Abram a porcaria da porta. Se ela não estiver em apuros, podem me prender, mas, se não abrirem a merda da porta, vão se ver comigo.

Dois deles olharam de mim para o homem que me segurava, que assentiu.

— Abram.

Um deles se virou e destrancou a porta. Correram para dentro, e o canalha continuou me segurando.

Houve uma comoção do lado de dentro.

Clive gritou.

Ouvi um resmungo.

— Se não tirar as mãos de cima de mim agora mesmo, vou te arrebentar! — rosnei para o homem que me segurava, mas ele entendeu o recado. Olhei para dentro do quarto de Angel, enquanto três homens tiravam Clive de cima da minha garota.

Com a bunda de fora, o pau inchado de Clive balançava entre as pernas, e senti uma onda de bile subir pela garganta.

O homem que me segurava me soltou, e avancei para longe dele, alheio aos seguranças que derrubavam Clive no chão.

Angel estava na cama, tirando o que parecia ser uma grava enrolada da boca. Quando me viu, praticamente pulou da cama direto para os meus braços.

— Logan!

Eu a segurei e a abracei com força junto do meu peito.

— Ele estava... Ele ia...

Passei a mão pelo cabelo dela.

— Shh, tudo bem. Está segura agora, vai ficar tudo bem. Ele...

Pensamentos sobre o que poderia ter acontecido atravessaram minha mente, e agradeci às minhas pernas errantes. Uma inspeção rápida me acalmou.

Clive não parecia ser uma boa pessoa, mas eu não acreditava que ele pudesse ser capaz de estuprar minha garota. A roupa dela estava uma bagunça, mas continuava vestida. Ele não havia arrancado nenhuma peça, o que significava que Angel não tinha sido violada.

Violada?

Maldição, isso não era verdade. Tinha sido violada da pior maneira possível — atacada no quarto de hotel, onde não teve como se defender de um potencial estuprador.

Ela balançou a cabeça.

— Ele me amordaçou e me prendeu na cama. Curvou-se em cima de mim e se masturbou.

Eu me afastei, precisando ver o rosto dela. Foi então que percebi os hematomas por todo o pescoço.

— Que merda foi que ele fez?

Angel levou a mão ao machucado.

— Ele tentou me estrangular.

Os seguranças tinham Clive sob controle. As mãos haviam sido algemadas nas costas, e um dos homens se agachou para vestir sua cueca.

— O que estão fazendo? — gritou ele. — A vadia estava me implorando.

— Esperem. — Eu não queria soltar Angel, mas minha raiva não podia ser contida.

Enquanto o segurança policiava Clive, eu me aproximei, acertei-o no maxilar, dei uma joelhada na virilha e, então, finalizei com um gancho direto na garganta.

Ele chiou sob o punho, e um dos homens puxou meu braço.

— Senhor, você precisa se afastar.

Percebi que não impediram meus socos antes de um terceiro bem dado, mas assenti para o homem. Ele compreendia.

Tinham todo o direito de me deterem por ter atacado Clive, mas não o fizeram. Enquanto três deles o acompanharam para fora do quarto, o que havia me prendido contra a parede pegou um bloquinho de anotações.

— Senhora — disse ele —, aquele homem te machucou?

Angel balançou a cabeça.

Apontei para a garganta dela e ergui a voz.

— Ele a estrangulou! Olhe as marcas.

— Logan, estou bem. — Sua voz macia e delicada estremeceu.

Angel estava longe de estar bem, mas era forte pra cacete. Pude ver que mal conseguia segurar as pontas. Lágrimas brilhavam nos olhos, e o corpo todo tremia como uma vara verde.

— Tudo bem uma ova. Aquele canalha merece morrer pelo que fez.

— Por favor... — ela implorou, com olhos suplicantes, e foi quando notei as lágrimas que tinham atravessado as barreiras e escorriam pela bochecha.

Merda. Não queria ser culpado pelas lágrimas de Angel. Ela não queria que eu explodisse e piorasse tudo. Ela precisava de algo muito diferente.

— Que droga, Angel. Desculpa. — Puxei-a para mim, aconchegando sua cabeça embaixo do meu queixo. Passei os dedos pelo cabelo dela, desembaraçando-o e me livrando de qualquer marca da luta.

— Não é culpa sua. — Seus ombros se curvaram. — Mas se você não tivesse vindo...

— Ainda bem que vim. Caralho, eu precisava te ver. Não queria te deixar sozinha e não sabia como ia passar a noite sem você. Eu ia te fazer descer comigo e ver as estrelas a noite toda, se fosse preciso.

Ela enxugou as lágrimas da bochecha.

— É mesmo?

Na verdade, não.

Eu queria convencê-la a me deixar entrar no quarto, onde tinha planejado algo completamente diferente, mas depois do que aconteceu com Clive, de jeito nenhum mencionaria qualquer coisa que pudesse ser associada ao sexo.

— Sim — menti. — Não me canso de você.

Uma garganta pigarreou atrás de nós.

— Que bom que veio, senhor. — O homem tamborilou o lápis em cima do bloco de notas. — Me chamo Juan. Sinto muito pelo que aconteceu no corredor, mas pensamos que o senhor fosse a ameaça.

— Bem, obrigado por finalmente me ouvirem.

O homem voltou sua atenção para Angel.

— Quer uma carona para o hospital?

— Não, ele não me estuprou. Acho que não era isso que ele queria... Meu pescoço está doendo, mas ele não me machucou.

— Preciso do seu depoimento. — Ele parecia pesaroso quando abriu o bloco, segurando o lápis acima do papel.

— Eu sei. — Ela se virou para mim. — Pode pegar um pouco de água, por favor?

— É claro. — Cacete, como odiei sair do lado dela.

Fui rapidamente ao banheiro e enchi um copo de água. Quando voltei, ofereci-lhe a bebida e franzi a testa ao ver que sua mão tremia.

Levei-a para o sofá. De jeito nenhum ela se sentaria naquela cama. Droga, de maneira nenhuma ela dormiria naquele quarto.

Ajudei Angel a se sentar, então, acomodei-me ao seu lado, mantendo um braço ao redor dos seus ombros o tempo todo. Eu não iria tocar nela, principalmente depois do que tinha acontecido, mas Angel parecia reconfortada com meu toque.

Ela se apoiou em mim e se ajeitou no abraço. Fiquei grato por trazer conforto a Angel com a minha presença. Faria tudo que pudesse para emprestar minhas forças a ela.

Quando pensei no que Clive tinha feito — no que estivera prestes a fazer —, ideias de assassinato inundaram minha mente. Ainda bem que o tinham tirado do quarto. Se eu soubesse para onde o levaram, o canalha do Clive não sobreviveria para ver a luz do dia.

Juan fez uma série de perguntas a Angel, forçando-a a reviver o ataque, enquanto meu sangue fervia de raiva. Estava zangado com a situação, nervoso por não ter estado ali para prevenir o abuso e aterrorizado com o que poderia ter acontecido com ela.

Com a minha garota.

Com o meu anjo.

Quando Juan terminou, levantou-se e olhou ao redor do cômodo.

— Senhora, vamos te ajudar a fazer as malas e a mudar para outro quarto. Tudo bem?

— Sim. — Angel assentiu, trêmula.

— Ela vai ficar comigo. — Apertei-a com força quando anunciei. — Não vou te deixar sozinha.

— Não precisa fazer isso.

— Sim, preciso. Não vou te deixar sozinha hoje à noite. — Virei-me para Juan. — Eu faço as malas dela.

— Em que quarto você está hospedado, senhor?

— 514.

— Sem problema. — Ele guardou o bloco no bolso traseiro. — Vão te fazer mais perguntas, srta. Mars. Tenho certeza de que a polícia vai querer conduzir um inquérito, mas vou segurá-los até de manhã.

— Angel... — Me inclinei para sussurrar em seu ouvido. — Pode me dar um segundo? Quero conversar com Juan.

O assentir trêmulo dela acabou comigo. Minha garota estava entrando em choque, mas eu levaria apenas um minuto.

Gesticulando para Juan, fiz com que ele me seguisse para o corredor.

— Vamos prestar queixas, mas ela não precisa reviver tudo.

— A polícia tem que fazer outro relatório.

— Não podem usar o que você tem?

— Infelizmente, não.

— Olhe, planejei um dia de spa para ela amanhã. Ela precisa esquecer dessa confusão terrível; não quero que a polícia interfira.

— Quando vão embora?

— Daqui a dois dias.

— Tudo bem, vou ver o que posso fazer.

— Obrigado.

Juan se despediu. Entrei novamente no quarto e encontrei Angel fazendo as malas.

— Quer ajuda?

Lágrimas escorriam por suas bochechas.

— Eu estava com tanto medo. A mão dele... Eu não conseguia respirar, e sua expressão... Acho que nunca vou conseguir tirar isso da cabeça.

— Aquele homem é um monstro e um predador, mas não pode mais te machucar.

— Eu sei. — Ela jogou os ombros para trás, endireitando a postura. — Pode não parecer agora, mas estou bem. Vou superar.

Parecia que tinha de dizer isso mais para si mesma do que para mim. Apesar de eu acreditar que Angel seria capaz de superar tudo, de jeito nenhum a deixaria sozinha. Não importava de como precisasse de mim, eu a ajudaria a passar por aquilo.

— Eu sei, amor. Não vou sair do seu lado.

Dentro de minutos, tudo tinha sido guardado. Ela tinha uma mala pequena, então não demorou. Enquanto ela aguardava no corredor, dei uma última olhada no quarto, me certificando de que não havíamos esquecido nada. Tirei o carregador de celular da tomada perto da cama e encontrei-a no corredor.

— Venha. — Segurei sua mão e arrastei a mala.

Quando chegamos ao meu quarto, deixei a bolsa em cima da cômoda.

— O que posso fazer por você?

Angel estava no meio do cômodo, esfregando os braços com as mãos, parecendo incomodada com algo.

É claro que tem algo a incomodando, idiota. Ela foi assediada.

Merda, eu sabia disso, mas não sabia do que ela precisava. Deveria abraçar Angel? Dar espaço a ela?

Não havia como dar a ela nenhuma privacidade. Era um quarto modesto de hotel, com duas camas *king size*, um sofá de dois lugares e uma mesa acompanhada de uma cadeira.

— Não sei. — A voz dela soou baixa e fraca. Pude ver certa cautela assumir o controle assim que o seu corpo começou a tremer.

— Ei, que tal tomar uma ducha quente e demorada? Ou passar um tempo na banheira? Vou estar bem aqui, não vou te deixar.

Estava claro que ela não queria ficar sozinha, mas precisava de um momento para se recuperar. Angel era uma mulher forte e independente. Notei que não estava acostumada a ser vista como fraca e necessitada. Não havia nada que eu pudesse fazer por ela agora, mas poderia lhe dar um momento para se reestruturar.

— Sim, isso parece bom. Me sinto... suja.

Segurei seus braços e a encarei profundamente.

— Você não tem culpa do que aconteceu. Sabe disso, certo?

— Sei, mas ainda parece errado.

— Vou arrumar o seu banho.

Dex Truitt tinha se superado ao reservar o hotel para descansarmos nas Cayman, mas estávamos hospedados em um quarto comum sem muitos confortos. Assim que Angel entrasse no banho, eu pretendia cuidar disso. No topo da lista estava um daqueles roupões macios no qual ela poderia se aconchegar.

— Obrigada.

— Chuveiro ou banheira?

— Prefiro o chuveiro.

— Pode deixar comigo.

Ela pegou a mala, abrindo-a. Fui ao banheiro ajeitar minha bagunça. Coloquei uma toalha no chão, fechei a tampa da privada e deixei duas toalhas em cima dela. Então, saí e vi Angel segurando as roupas contra o peito, curvada e soluçando.

Corri até ela, abraçando-a por trás.

— O que posso fazer? — Queria apagar aquelas memórias e amenizar sua dor.

— Você já está fazendo, obrigada. Vai demorar um tempinho.

— O banheiro está pronto, vou ligar para a recepção e ver se não podem nos colocar em um quarto maior. Você não vai sair da minha vista.

— Não precisa fazer isso.

— Eu sei, mas vou.

Hoje, dividiríamos o quarto, mas, nos próximos dias, enquanto ela se recuperava, não queria deixá-la desconfortável, forçando-a a ficar em um espaço apertado comigo. E, sem dúvida alguma, não poderia fazer tudo o que queria com ela. Não depois do cara de bunda do Clive ter arruinado as coisas.

Levei Angel ao banheiro e, com cuidado, fechei a porta. Ela teria a privacidade necessária para desabar e se reconstruir outra vez antes de precisar me encarar.

Toda a tensão sexual de antes tinha evaporado, mas não significava que uma força indescritível havia parado de nos aproximar. Parecia ter envolvido meu coração, incessante e irresistível, e eu sabia que ela sentia o mesmo.

Mas o que faríamos agora?

Vai com calma.

Certo, porque era exatamente isso o que Logan Reid fazia.

Quase ri alto. Nunca levei as coisas com calma. Havia uma razão pela qual eu tinha conquistado meu apelido.

Mas, por Angel, eu faria qualquer coisa.

CAPÍTULO 13
Angel

O calor lavou meu corpo, enquanto eu me livrava de qualquer traço do Clive. O banheiro se encheu de vapor, e o espelho ficou embaçado.

Que bom.

O vislumbre que tive do meu reflexo não era algo que eu queria ver de novo.

Logan.

O que raios eu faria com Logan?

Em seu papel de protetor, ele havia pairado sobre mim, me sufocando, quando tudo o que eu queria era me encolher, chorar um pouco e, então, recolher os cacos.

Mas não havia muitos cacos. Eu não tinha sido estuprada. Acho que Clive não tinha a intenção de me violar assim, ele parecia mais interessado em gozar enquanto me estrangulava.

Acho que ele pretendia me matar.

Que pensamento sombrio. Eu poderia mesmo ter morrido.

Bem, que merda. Isso apenas piorava tudo.

Demorei no banho e tirei Clive de mim, depois, me aninhei no chão, com os joelhos encostados no peito.

Com o queixo apoiado nos joelhos, chorei. Coloquei tudo para fora. Seria o único momento em que eu me permitiria perder o controle.

Chorei até as bochechas queimarem e os soluços pararem. Não fazia ideia de quanto tempo fiquei no banho, mas meus dedos se transformaram em ameixas secas. Por sorte, a água ainda estava quentinha.

O banheiro havia se transformado em uma sauna, e respirei o ar pesado, deixando-o me revigorar de dentro para fora. O espelho estava completamente embaçado, e me senti grata por isso.

Sabendo que minha pele ficaria mais do que seca depois de um banho desses, aproveitei a loção hidratante e ensaboei a pele com o produto.

Logan bateu na porta.

— Ei, Angel. Achei um roupão macio pra você, se tiver interesse.

Um roupão macio seria divino. Minha pele cintilava com uma fina camada de transpiração. O banheiro estava quente e vaporoso demais para que eu conseguisse me enxugar direito.

— Obrigada. — Abri um pouco a porta, e meu olhar colidiu com duas piscinas incrivelmente azuis. Sua expressão suavizou, e um sorriso curvou seus lábios para cima.

Ele me entregou o roupão, e fechei a porta para vesti-lo. Então, respirei fundo e me fortifiquei contra a gentileza incessante de Logan. Eu não precisava de gentilezas agora.

Eu precisava da normalidade.

Mas, quando saí do banheiro, ele deu tapinhas ao seu lado na cama. Ri quando vi o filme que tinha escolhido na televisão.

— *Frozen?* Você está vendo *Frozen*?

— *Nós* estamos vendo *Frozen*, mas, já que você monopolizou meu banheiro por *tanto tempo*, me adiantei e comecei sem você. Não é tão ruim.

— Que maravilha, você pode cantar as músicas com Georgina no voo para casa.

— Não sei não. — Ele apontou para o pomo de Adão. — Não canto muito bem.

— Acho que a Georgina não se importa.

— Acho que não. — Ele olhou para o banheiro. — Tudo pronto? Porque eu meio que preciso mijar...

— De novo com as suas necessidades? Você não precisa anunciar ao mundo o que vai fazer.

Suas brincadeiras amenizaram meu medo de continuar sendo tratada como se fosse uma criança. Tudo parecia estar de volta ao normal, e agradeci, em silêncio, quando Logan pulou da cama e foi usar o banheiro.

Esperando, encolhi-me na cama. Logo notei uma garrafa de vinho e diversas sobremesas. Ele deve ter pedido o serviço de quarto, enquanto eu tomava banho.

Acomodei-me, amando a sensação do roupão felpudo envolvendo meu corpo, e afofei os travesseiros.

Logan voltou.

— Eu não sabia o que você queria fazer, mas pensei em assistirmos a um filme, dividir uma garrafa de vinho e comer algo gostoso. Algo para te fazer parar de pensar em...

— É perfeito, mas parece caro.

— Ah, não se preocupe. Foi presente do hotel. E, boas notícias! Vão mudar a gente para um quarto maior amanhã.

— A gente?

— Sim, não vou te deixar sozinha, ou não percebeu ainda?

— Não precisa.

— Eu sei, mas não tem o que argumentar. Pedi dois quartos. Não precisa se preocupar; sou um cavalheiro. — Ele fez questão de me lembrar da sua promessa anterior. — Hoje, vai precisar dividir o quarto comigo. Pelo menos, temos duas camas, mas, se ficar de gracinha comigo no meio da noite, posso ou não tentar me defender.

Dei um tapa no braço dele e sorri.

— Obrigada por isso.

— Pelo quê?

— Por simplesmente ser pervertido.

— Ei, eu estava apenas sendo sensual. Ainda nem começamos a explorar a conversa pervertida... Tenho que terminar a pesquisa sobre o seu livro preferido.

— Não é meu livro preferido. — *Na verdade, era.*

— Mesmo assim, você o leu um monte de vezes e assistiu ao filme.

— Eu não te contei isso.

Certo, eu estava prestes a perder o debate e a entrar em um território que ainda não estava preparada para explorar.

— Não foi preciso e, só para constar... Você acabou de confirmar. Obrigado por facilitar meu trabalho. Então, se não se importar de esperar até amanhã à noite para pular em cima de mim... — Ele não terminou a frase, deixando-me decidir o que mais teria dito.

— Que tal terminarmos de ver *Frozen*? Mal posso esperar para contar a Georgina o quanto você amou o filme.

Nosso voo para casa seria torturante para ele. Eu me certificaria disso. Georgina tinha uma quedinha pelo piloto arrogante. Assistir a um filme todo com ele seria o máximo para ela.

A cada hora, eu conhecia mais e mais de Logan, e tinha certeza de que ele nunca decepcionaria uma garotinha.

Assistimos ao resto do filme, e ergui a voz a cada canção, fazendo cosquinhas nele quando se recusava a cantar o refrão comigo.

Apesar do que tinha dito, sua voz rouca soava divina quando cantava. No entanto, logo ficou aparente que eu não conseguiria mais evitar os bocejos nem manter os olhos abertos.

— Venha, querida. — Ele se levantou e foi para a outra cama, onde ajeitou as cobertas. — Vamos te colocar na cama.

Eu precisava dormir. Não havia como negar, mas a ideia de dormir sozinha revirou minhas entranhas.

— Humm... — Olhei para a cama. — Seria muito estranho se dividíssemos a cama?

— Você *quer* dormir comigo?

— Sim, sendo *dormir* no sentido literal. Não estou me sentindo muito bem, e acho que dormiria melhor se não ficasse sozinha.

— Você não está sozinha, amor. — Ele me deu uma piscadela. — Mas, se for dormir na minha cama, vai precisar de algo além desse roupão. Sugiro sutiã, calcinha e... Porra, deveria colocar aquele short horrendo de neoprene e uma camiseta. Tem algo com mangas longas? Caramba, você deveria dormir de uniforme.

— Meu uniforme está na lavanderia do hotel, sendo lavado a seco para a viagem de volta, e não tenho nada além de shorts e regatas. Não trouxe muita coisa.

— Então vai ser aquele neoprene horrível, e pode usar uma das minhas camisetas.

— Posso usar uma das minhas regatas, mas não vou colocar aquele short para dormir. É quente demais, sem mencionar que vai feder pela manhã. — Neoprene não era o tecido mais arejado do mundo, porque, bem, esse não era o papel do neoprene.

Eu não disse nada sobre o fato de ter assistido a um filme todo, sentada ao lado dele, enrolada apenas no roupão.

— Tudo bem. Vista qualquer coisa, mas a camiseta vai ser uma das minhas.

— Eu trouxe camisetas.

— Não importa, essas são as regras.

— Regras? — questionei, bufando.

— Sim, as regras para dormir na minha cama.

— Ah, que interessante. E essas são as regras para todas as mulheres que dormem na sua cama?

— Sim, para as que *dormem.* — Ele piscou para mim. — Se quiser fazer algo que não seja dormir, tenho outras regras.

— É mesmo? — Não consegui evitar. O papo dele sobre regras e dormir na cama estava me excitando.

— Sim, mas não vai ficar sabendo quais são até praticarmos as atividades na cama que não envolvem dormir.

— Atividades que não envolvem dormir?

— Sim, atividades picantes.

— Sabia que odeio quando você diz isso? Acaba com o clima.

— Ah, eu estava criando um clima? Pensei que estávamos nos preparando para dormir.

— Ah, mas estamos.

— Então não se preocupe comigo acabando com o clima. Deus sabe o quanto isso vai ser torturante. Preciso que esse clima desapareça.

— Bem, então nada de atividades picantes.

— Isso mesmo. Agora, levante da cama e vista alguma coisa. Nem pense que não fiquei sentado aqui imaginando tudo que você *não* estava vestindo sob o roupão. Está me matando não poder te tocar, o filme foi terrível.

— Tudo bem, vou vestir algo.

Ele foi até a mala e pegou uma camiseta. Jogando-a para mim, baixou o tom da voz:

— Vista isso, agora.

Droga, a ordem dele me deixou palpitante. Antes das coisas esquentarem, fui ao banheiro e vesti uma calcinha, um short, um sutiã e a camiseta dele.

Quando saí, o queixo de Logan perdeu forças e caiu, me admirando.

— Caralho, a noite vai ser longa. — Ele balançou a cabeça. — Vou ser um cavalheiro, mas precisa me prometer que não vai tirar proveito de mim quando eu...

— Quando você esguichar?

— Oi?

— Quando você tiver uma ereção natural?

— Haha! Muito boa, mas, sim. Quando meu esguicho te acertar nas costas, é melhor não me tentar. Porque isso, com certeza, vai acontecer.

— O que acha de falarmos menos e dormirmos mais?

— Não acredito que, na primeira vez que consegui te levar para a cama, não posso te tocar.

— Bem, na verdade... Você acha que poderia me abraçar?

Meus nervos estavam à flor da pele, e me sentia mais vulnerável do que queria admitir. Dormir nos braços de um homem forte era exatamente do que eu precisava. Lidaria com os outros problemas depois.

Com mais alguns resmungos, Logan, por fim, deitou na cama comigo. Nos mexemos um pouco antes de acertarmos a posição. A perna dele se curvou ao meu redor, e os braços musculosos me envolveram como uma coberta reconfortante.

Enquanto crescia, éramos apenas eu e minha mãe. Quando eu tinha um dia ruim, ou precisava de um pouco mais de amor, ela me abraçava exatamente daquele jeito. Não que estivesse comparando Logan com a minha mãe. *Eca, que nojo!* Mas era como se eu estivesse novamente em casa. Nos braços dele, me sentia completa.

Eu me sentia segura.

E adormeci, pensando no homem que me abraçava carinhosamente, em vez de no homem que havia tentado me estrangular.

Quando acordei, a extensão dura da ereção de Logan me cutucava na bunda. Queria me espreguiçar, mas, se fizesse isso, acabaria me esfregando nele. E, caramba, havia muito no que me esfregar.

Tinha visto sua ereção erguer o tecido da calça. Ele a guardava com determinação, mas senti-la pressionar a abertura da minha bunda mudava tudo.

— Se você rebolar a bunda no meu pau mais uma vez, juro que não me responsabilizo pelo que pode acontecer em seguida.

Sua voz baixa e rouca percorreu minha pele, enviando ondas de eletricidade que acendiam cada nervo do meu corpo. E eu realmente queria dizer *todos* os nervos. Apertei as coxas com força, e ele gemeu.

— Estou falando sério, amor. Não me responsabilizo.

Deslizei para longe dele.

— Eu não estava rebolando no seu pinto.

— Prefiro pau, mas podemos chamá-lo como você quiser. — Ele se virou e se espreguiçou, e meu queixo caiu ao ver o tamanho da ereção que empurrava o tecido macio da cueca. — Talvez seja melhor você usar o banheiro enquanto ainda tem chance. — Ele apontou ligeiramente para a virilha. — Algo me diz que vou ficar lá mais tempo do que o normal.

— Com certeza, você não tem vergonha.

— Do meu pau? Ou de você ter dominado os meus sonhos a noite toda? Ah, as coisas que fiz com você...

Queria perguntar sobre as *coisas*, mas sabia que era melhor manter a boca fechada.

— Acho que vou dar uma passadinha no banheiro.

Depois de cuidar das minhas necessidades e de escovar os dentes, avisei a Logan de que o banheiro era todo dele. Ele passou os dedos pelo cabelo e coçou a barba.

— Tirando os sonhos eróticos, foi a noite mais bem dormida que tive em anos. Talvez eu devesse te manter por perto, como colega de cama.

— Colega de cama?

— Por que não? Se não vamos transar, podemos tirar proveito de uma boa noite de sono. — Ele apontou para a minha mala. — Não se esqueça de arrumar tudo. Vamos mudar para o quarto maior depois do café da manhã.

Ele desapareceu atrás da porta do banheiro. Não demorei para guardar o que eu tinha, o que me obrigou a ficar sentada na beirada da cama, esperando. Foi então que ouvi os sons baixinhos e roucos vindos de dentro do banheiro.

Deveria ter ficado onde estava. Provavelmente, deveria ter me acomodado no sofá esquecido do outro lado do quarto.

Mas... o que eu fiz?

Eu me aproximei sorrateiramente da porta do banheiro e pressionei a orelha para ouvir Logan se dando prazer.

Minha respiração acelerou, enquanto seus grunhidos se intensificavam. Minha boceta pulsava cada vez que ele dizia o meu nome. Não havia dúvida de quem estava sob os holofotes nas fantasias dele.

— Porra, Angel. Porraaa. — Seus gemidos se transformaram em uma respiração irregular enquanto o orgasmo chegava.

O que raios eu estava fazendo parada ali, sendo uma *voyeur*, enquanto um homem fantasiava comigo? Deveria estar ali dentro... com Logan.

Ele caminhou pelo banheiro, os passos pesados se aproximando da porta. Então, houve um baque e a madeira estremeceu sob o meu ouvido.

— Da próxima vez, querida, quero você aqui dentro comigo.

Evitei arfar. Quando ele havia descoberto que eu estava parada ali?

Merda. Merda. Merda.

Sua risada me fez ir correndo para o sofá, onde eu deveria ter ficado em vez de agir como uma pervertida. Ele ligou o chuveiro e notas cantaroladas de *Frozen* chegaram aos meus ouvidos. Aquele merdinha estava tirando sarro de mim.

Tudo bem. Ele pode ter me pegado o ouvindo se masturbar, mas eu o pegaria mais tarde. Ele não fazia ideia do quanto algumas garotinhas eram fanáticas pelos filmes da Disney, ou de como ficavam encantadas por suas primeiras paixonites.

Isso mesmo, Logan Reid. Continue se arriscando a tirar sarro de mim.

CAPÍTULO 14

Logan

Os passos suaves de Angel me alertaram da sua presença do lado de fora do banheiro. Eu estava no cinco contra um, mas não conseguia alcançar o clímax. Cada vez que chegava perto de gozar, me lembrava do que Clive havia tentado fazer com a minha Angel.

Nada conseguiria acabar mais com o clima e fazer meu pau murchar.

Minha frustração chegou a dez em uma escala de dez.

O caminhar leve, enquanto ela se aproximava lentamente, soou atrás da porta. Houve silêncio por um longo tempo, no qual pensei ter imaginado tudo, mas a leve respiração e uma arfada quase imperceptível me contaram o que eu precisava saber.

Minha garota estava me ouvindo bater uma.

Garota safada.

Porra, amei aquilo. Sabendo que ela estava ouvindo, o sangue subiu pelo meu pau fraco. Minha ereção voltou, e minhas bolas se retesaram com a promessa do gozo.

Não demorou.

Tê-la por perto pareceu ser o segredo. Apesar de não termos transado, saber que ela não estava apenas interessada, mas que se sentia curiosa o bastante para bisbilhotar, me deixou excitado pra cacete.

E eu me divertiria com as tendências pervertidas de Angel.

Primeiro, teríamos um dia incrível planejado por mim. Seria perfeito para fazê-la parar de pensar no que havia acontecido na noite passada. Não que eu tivesse imaginado que algo assim aconteceria quando fiz a reserva no spa. De vez em quando, o universo nos entregava o que precisávamos no momento exato.

Gozei com força, subindo e descendo, e grunhi ao ter um orgasmo épico. Então, corri para o banho para que pudesse me juntar a Angel no quarto.

Ela ergueu os olhos, e suas bochechas ficaram vermelho-vivo. O brilho rosado abriu caminho pelo pescoço em direção aos seios. Meu olhar acompanhou aquela trilha deliciosa e abafei um gemido.

Um dia.

Um dia, ela me deixaria tocá-la do jeitinho que eu precisava.

— Me sinto muito melhor. Agora, preciso encontrar minha cueca e guardar o...

Ela ergueu a mão.

— Por favor, não diga nada.

Meu sorriso cresceu de orelha a orelha.

— Depois do meu trabalho Solo, meu Wookiee ficou exausto. Está pronta para o café da manhã? Guardou tudo?

Eu estava com uma toalha enrolada na cintura, e não deixei de notar como ela me olhava. Segurando a toalha de maneira exagerada, virei o quadril.

— Quer fechar a sua bisbilhotada com a coisa de verdade? Ou vamos fingir que não estava me ouvindo enquanto eu me masturbava?

Ela soltou suspirou e cobriu os olhos.

— Não vou olhar.

— Mas, querida... Você quer olhar! Por isso se chama "bisbilhotar".

— Podemos... não falar sobre isso?

— Ah, tenho certeza de que vamos falar sobre isso o dia todo. Vou dar um jeitinho de lembrar disso toda hora apenas para te fazer espernear. Pode ser difícil, mas, com certeza, vou encontrar os momentos e oportunidades perfeitas para enfiar isso na conversa.

Ela pegou um travesseiro e o arremessou contra mim. Quando fui me defender, a toalha se soltou e caiu no chão. Segurei o travesseiro junto ao peito, enquanto os olhos dela saltaram para fora da cabeça ao me estudar, peladão e com meu glorioso pênis totalmente ereto.

Sem pressa alguma, abaixei o travesseiro para esconder o membro inchado.

— Vai cobrir os olhos ou não? — Minha voz soou baixa, rouca e cheia de tesão.

— Você, Logan Reid, não tem jeito. — Ela pressionou as palmas contra os olhos e se reclinou no sofá. — Por favor, cubra esse monstro.

— Monstro? Você quis dizer garanhão, não? Podemos deixar o garanhão à solta, você pode dar uma cavalgada nele e...

— Aff! — Sua bufada frustrada me fez rir. — Se você disser algo sobre guardá-lo no estábulo, eu te mato.

— Sem graça — reclamei, zombeteiro.

Me vesti rapidamente, passando o elástico da cueca sobre a ereção sobressalente. Eu tinha gozado minutos antes, mas já estava duro outra vez... Essa mulher me fazia sentir um tesão infinito.

Vesti a camiseta e o calção de banho. Tinha planejado passar um tempo na praia, enquanto ela estivesse no spa. Uma ligação rápida para a recepção me informou que nos mudaríamos para outro quarto logo depois do almoço, mas já podíamos deixar as nossas coisas com eles.

— Pronta?

Ela se sentou no sofá e mordiscou as unhas, parecendo distraída.

— Angel?

— Oi?

— Perguntei se estava pronta. — Apontei para a mala dela. — Tudo certo? Vamos deixar as nossas coisas na recepção até o quarto ser liberado.

— Sim, desculpa. Estou pronta.

Agarrei a bolsa e joguei-a sobre o ombro, então, desci a mala dela para o chão. Puxando a alça, segui para a porta, abri-a e esperei Angel. Quando passou por mim, parecia preocupada.

— No que está pensando?

— No Clive. — Isso foi tudo o que ela disse, mas entendi.

Lembranças da noite anterior perdurariam por algum tempo. Meu trabalho era distraí-la o máximo possível, mas não havia como apagar o que tinha acontecido.

Larguei nossas coisas na recepção e dei uma gorjeta para os funcionários, então, peguei a mão de Angel e segui para o restaurante do hotel e o bufê, sobre o qual havia lido tanto.

A hostess nos colocou em uma mesa com vista para a praia, e pedimos mimosas antes de dar uma olhada no cardápio.

— Tudo parece delicioso — disse ela. — Não sei por onde começar.

— Vou começar aqui... — Apontei para o canto esquerdo, onde estavam as opções de frutos do mar. Então, movi o braço em um arco. — E acabar aqui. Vão ter que me rolar para fora do restaurante quando acabarmos.

— Humm, estou pensando em começar pelas panquecas.

— Vá em frente, estou de olho nas ostras cruas... para me ajudar a ter mais energia.

— Duvido que precise de ajuda com isso.

— Só tem um jeito de descobrirmos... mas, se quiser pular em cima de mim, vai ter que esperar. Você tem um horário marcado das nove às duas. Depois, das seis à meia-noite, você é minha.

— Quando vai me contar o que planejou?

— Nada disso, você não vai me convencer a abrir a boca. — Dei um tapinha brincalhão na bunda dela. — Agora, vá pegar as panquecas, enquanto eu me encho de ostras frescas.

Ela recompensou o tapinha com um sorriso, em vez de com uma cara feia, o que me deixou animado. Isso dava abertura para possibilidades e insinuava mais do que apenas uma transa comum.

A estação das panquecas estava congestionada, ou seja, voltei para a mesa antes de Angel. Peguei o celular e dei uma olhada no grupo de mensagens do qual todos os meus irmãos faziam parte.

Tínhamos dois grupos da família; um com a minha mãe, e outro sem. Então, os irmãos tinham um terceiro só para garotos. Acho que as meninas tinham o delas também, mas ninguém nunca confessou nada.

Verifiquei o da minha mãe primeiro, no qual contei onde eu estava e o que andava fazendo. Mensagens comuns como "Se cuida!" e "Não pode ser!" rolaram para cima.

Então, a conversa com todos os irmãos apitou, com uma mensagem de Lizzy, que tinha algo que parecia ser um anel no dedo.

Eu: Que porra é essa?
Lizzy: O que você acha que é, Ás?
Eu: A gente te deu permissão?
Angie: Relaxa. Ele é gente boa.
Colt: Gabriel e eu estamos fazendo uma pesquisa.
Eu: Por que só fiquei sabendo disso agora? Mamãe já sabe?
Lizzy: Ainda não! Fica quieto! Vai ser surpresa.

Conversamos sobre o noivado da nossa irmã caçula por um tempinho, enquanto eu mordiscava o que tinha no prato, esperando Angel voltar.

Lizzy tinha acabado de sair do ensino médio. Daqui a um mês, começaria a faculdade; jovem demais para ser noiva. Não que eu quisesse que minha irmãzinha fosse curtir a vida, mas precisava conhecer o mundo antes de sossegar. Abri a conversa apenas com os irmãos.

Eu: Que merda!

Colt: Relaxa, deixa com a gente.

Eu: Muito maneiro vocês terem me deixado de fora.

Colt: Ninguém te deixou de fora. Literalmente, acabou de acontecer.

Ryder: E aí, Ás! Como tá o paraíso?

Eu: Quente pra caralho.

Ryder: Que vida difícil... Alguma gatinha?

Que pergunta capciosa.

Colt: Ele está quieto demais. Cara, o que tá rolando?

Ryder: Haha Tá enrolado, Logan?

Eu: É complicado.

Gabriel: Ei! Deixem a Lizzy em paz. E que merda "complicado" quer dizer?

Tentei fazer com que o assunto voltasse a ser nossa irmã mais nova, não eu.

Eu: Lizzy é jovem demais para se casar. Não acredito que estão deixando isso acontecer.

Gabriel: Ela não vai se casar tão cedo assim. Se casar, não vamos pagar a faculdade dela.

Nossa mãe era incrível. Criou nove filhos, mas pagar faculdades não era possível para uma viúva. Por sorte, os irmãos mais velhos entraram em cena para sustentar os mais novos.

Gabriel, Colt e Ryder foram patrocinados pelo nosso pai antes de ele morrer, portanto, conseguiram pagar a maior parte das anuidades. Dylan ganhou uma bolsa de estudos por conta do futebol americano, e eu estudei com uma bolsa para treinamento de oficiais.

Quando chegou a vez das garotas irem para a faculdade, os irmãos fizeram uma vaquinha. Demos um jeito.

Eu: Ela sabe disso?

Gabriel: A gente conversou ontem à noite. Agora, me conta, o que tá complicado no paraíso?

Fui salvo pelo maldito gongo – Angel finalmente tinha voltado.

Eu: Tenho que ir, minha garota acabou de chegar.

Dei um risinho dissimulado quando fechei o grupo e me levantei, enquanto Angel se aproximava. Os quatro teriam de usar a imaginação para descobrir sobre o que eu estava falando. Iam ficar putos. Por mim, não tinha problema. Preferia conversar com Angel a com os meus irmãos a qualquer hora, em qualquer lugar.

— Nossa, ele tem modos. — Os olhos dela suavizaram com o sorriso.

— Ficou surpresa? — Exagerei quando puxei a cadeira e a deslizei outra vez quando Angel se sentou.

— Inesperado, mas, na verdade, não me surpreende. Você é um homem interessante, Logan Reid. As contradições te definem.

— Humm, amo quando você diz meu nome desse jeito. Ele rola pela sua língua, encharcado de pecado e sedução.

— Você também tem uma imaginação hiperativa.

— Se acha que a minha imaginação é hiperativa, espere até ver minha libido.

— Pensei que tivéssemos conversado quanto a não misturarmos trabalho e prazer.

Merda, o clima tinha ido por água abaixo, mas eu estava preparado.

— Não temos como resistir ao inevitável. Sabemos que vai acabar rolando, é melhor cedermos.

— E lá se vai o cavalheiro... dando lugar ao babaca com tesão.

— Você pode acabar gostando do babaca, mas não se preocupe. — Queria tranquilizar a mente dela. — São apenas palavras e uma conversinha picante, por enquanto. Não estrague toda a minha diversão me roubando isso.

— Eu nem sonharia e acho que não seria possível. — Ela apontou para o meu prato e para as ostras que eu ainda tinha de comer. — Sem fome?

— Estava te esperando.

— Parecia bem focado nesse seu celular. Tudo bem?

— Ah, estava falando com os meus irmãos. Temos um grupo. Só assim para mantermos contato.

— E você tem quantos irmãos mesmo?

— Oito. Quatro irmãos mais velhos e quatro irmãs mais novas.

— Que doideira.

— É bem legal.

— Como você sabe quem é quem?

Essa era uma pergunta estranha. Eu podia ter um punhado de irmãos, mas cada um era incrivelmente único. Desde Gabriel e seu escritório de advocacia, Colt com o seu consultório médico, Ryder e seus carros, e Dylan com seus esportes, éramos um grupo eclético.

Não era muito diferente com as garotas. Angie estava seguindo os passos de Gabriel, conquistando um diploma em Direito. Christina era professora em uma escola. Delia era a residente genial, trabalhando com uma ciência que eu não sabia nem pronunciar, então, havia Lizzy.

— Aposto que é assustador quando você leva alguma namorada para conhecer a família.

— Deve ser, mas eu não teria como saber.

— Como assim?

— Nunca levei nenhuma garota para casa.

— Nunca?

— Bem, namorei no ensino médio, mas todos os meus irmãos já tinham saído de casa, e eu não passava muito tempo com as minhas irmãs. Para falar a verdade, eu as evitava sempre que podia. Eram todas criancinhas, irritantes pra caralho. Aprendi rapidinho a não levar ninguém para casa. E, quanto às reuniões familiares, nunca estive com ninguém que valesse a pena apresentar para a família.

— Nunca teve um relacionamento sério?

— Ainda não, mas espero que isso mude. — Peguei outra ostra. — E você? Algum relacionamento sério?

— Um ou dois, mas não deram certo. — Ela se reclinou e me encarou por um momento desconfortavelmente longo. — Descobri que ele era um mulherengo, e não gosto de homens infiéis.

— Ah. — Senti que a hesitação dela comigo provinha de quem quer que esse cretino fosse. — Não julgue todos os homens por causa de um idiota.

— Certo, diz o homem que fode em vez de namorar. Por isso, por mais divertido que as provocações sejam, devíamos parar por aqui.

Isso era exatamente o que *não* deveríamos fazer, mas como eu a convenceria a se arriscar com um aviador arrogante que pegava todas, como se fosse algum tipo de esporte? Ainda mais quando tudo o que eu tinha feito era me gabar das minhas conquistas. Com certeza, tinha dado uma bela bola fora. Era hora de remediar os danos.

— Talvez a garota certa ainda não tivesse aparecido. Talvez eu a estivesse procurando esse tempo todo, mas só a encontrei agora.

— A garota certa?

— Sim. — Peguei uma ostra e comi. — Você.

Ela ergueu dois dedos.

— Faz dois dias que você me conheceu. Você não me conhece.

— Sei que está caidinha por mim...

Ela cruzou os braços sobre o peito.

— E?

— Você gosta de me ouvir gozar quando estou pensando em você.

Ela se ajeitou na cadeira, observando as mesas próximas, mas não havia ninguém perto o bastante para ouvir nossa conversa.

— Foi um lapso momentâneo de julgamento.

— Eu te deixei molhada?

— Logan!

— É uma pergunta sincera.

— Que eu não vou responder.

— Não precisa, já sei a resposta. E, quanto a te conhecer melhor, a noite de hoje é para isso. Vai ser uma noite sem sexo. Mesmo se me implorar mais tarde: nada de sexo. Vamos jogar "vinte perguntas", e vai ter que me dizer a verdade.

— Parece perigoso.

— Bem, pode concordar em responder minhas perguntas com honestidade, ou podemos pular na cama e, finalmente, acabar com essa comichão entre a gente. Já conheço o gosto da sua boca, e estou morrendo de vontade de descobrir se o resto do seu corpo é tão doce quanto.

— E... voltamos a falar de sexo.

— Com certeza. — Enfiei um pouco de ovo na boca e observei-a do outro lado da mesa.

Ela teve muitas chances de me rejeitar. Angel não me disse que gostava das brincadeiras, mas acredito que, mesmo se gostasse, não deixaria transparecer.

Era importante para ela lutar contra a louca atração entre a gente. Eu estava tranquilo com isso, porque não tinha problema algum em tomar a liderança.

— O que vai acontecer entre as nove e as duas? — ela rebateu, desviando do assunto. — São horas estranhamente específicas.

— Entre as nove e as duas você vai ser tratada da maneira que merece. — Virei o pulso para verificar o relógio. — E falta menos de trinta minutos. Se for gastar mais tempo na fila das panquecas, sugiro que faça isso agora.

Ela limpou a boca com o guardanapo.

— Nada disso, tenho outra coisa em mente. — Saindo da cadeira, me deu uma piscadela. — Volto em um segundo, aviador.

Enquanto ela se foi, dei uma olhada nos grupos do celular. No da minha mãe, tinha cerca de dez mensagens, o que era normal. No com todos os irmãos e irmãs, mais de vinte. As garotas, provavelmente, deveriam estar conversando sobre o noivado de Lizzy. No dos irmãos, havia mais de duzentas mensagens, e não consegui evitar dar uma risadinha.

Minha vida sexual era uma fonte constante de divertimento para os meus irmãos. Não compartilhávamos esse tipo de merda com as meninas. E, precisava admitir, algumas das minhas aventuras sexuais tinham sido incentivadas por eles.

Foi Ryder quem me desafiou a participar da primeira suruba. Dylan me encorajou a prender uma garota e fazer algumas daquelas porcarias de *Cinquenta Tons.* Sim, eu poderia – ou não – saber uma coisa ou outra sobre o livro preferido de Angel.

Meus irmãos viviam, indiretamente, através de mim, mas não tinha compartilhado mais nada com eles sobre a garota atual.

Uma parte de mim queria contar tudo sobre Angel a eles.

Sobre quando nossos olhares se encontraram naquela pista, e meu coração acelerou. Estava desesperado para contar tudo, mas, egoistamente, manteria Angel apenas comigo.

Ela voltou com um prato cheio de ostras frescas, e meu queixo caiu.

— Que porra é essa? Não preciso de mais, juro que o meu short ficou dois números menor desde quando nos sentamos.

Ela ergueu uma ostra, chupando-a.

— E quem disse que elas são para você?

Porra.

CAPÍTULO 15

Angel

Não sei o que raios me dominou para provocar Logan daquele jeito, mas comi quatro ostras cruas e gosmentas na frente dele. Exagerei, lambendo, chupando e comentando sobre a textura e o gostinho salgado. Seus olhos quase pularam para fora do crânio, e amei como ele se retorceu na cadeira.

— Se gosta tanto disso, tenho algo aqui para te alimentar. — Ele praticamente rosnou para mim.

— Tem?

— Sim, boneca. Tenho pra caralho.

Uma jovem família tinha acabado de se sentar na mesa ao lado, e a mãe lançou um olhar feio para Logan depois do palavrão. Ele tentou esconder a ereção, mas a garotinha de seis anos o encarou.

Foi muito mais divertido do que deveria, e não consegui, de forma alguma, me conter.

Ele baixou a voz a um sussurro.

— E, se não tomar cuidado, vou enfiá-lo na sua boca aqui mesmo. — Logan fingiu derrubar o guardanapo e arrumou o que precisava ser ajeitado enquanto se curvava para pegá-lo.

— É mesmo?

— E vou bater na sua bunda por ter me provocado, tudo ao mesmo tempo. Você ia gostar, não ia?

Um latejar desejoso surgiu entre as minhas pernas. Espremi as coxas, tentando amenizar o sofrimento. Não funcionou. Eu estava quente, irritada, e minha calcinha, molhada.

O casal, por fim, tirou as crianças dali depois de pedirem as bebidas, empurrando-as para o bufê, enquanto os olhos de Logan se semicerravam.

— Vai pagar caro por ter me provocado.

— Oi? — Pisquei de maneira exagerada. — Não faço ideia do que você está falando.

— Quando finalmente me deixar te tocar, você vai sofrer, meu doce anjinho nada inocente. — Com a intensidade da promessa, ele apertou os olhos, e foi a minha vez de me remexer.

— O quê? Foi apenas uma paquera inocente! — Joguei as palavras dele de volta, e isso chamou sua atenção.

— Então vai ser assim? Porque não vou parar. Sou um homem com uma missão, e não vou parar até minhas bolas estiverem bem fundas dentro de você.

— Achei mesmo que não fosse parar, mas estou cansada de ficar vermelha. Você pode não corar, mas sei como te deixar animadinho.

— Muito engraçado. — Ele apontou com o dedo indicador para mim. — Se lembre disso quando minha cabeça estiver no meio das suas pernas, e você estiver me implorando para gozar. É uma via de mão dupla, querida. E, se quiser transformar isso numa competição, pode contar comigo.

Bem, que droga. As coisas não seguiram como o planejado.

— Retiro tudo o que disse. — Olhei para o relógio na parede. — Na verdade, são quase nove horas. Não temos um compromisso?

— Ah, você tem o pavio curto?

Torci os lábios.

— Sabe, nunca gostei dessa metáfora. Na verdade, não sei nem se é uma metáfora.

— Anotado. Vou dar uma olhada nisso, mas, se já terminou de comer... podemos começar a segunda parte do dia.

— Mostre o caminho, aviador.

Ele se levantou em um pulo e contornou a mesa, ajudando-me a sair da cadeira. Não sei por que, mas ele parecia ter intensificado as atitudes cavalheiras.

Apoiei a mão na dobra do braço de Logan, quando ele o ofereceu, e mordi o lábio inferior. Eu não gostava de surpresas, mas estava na hora de vestir minha atitude confiante. O que quer que ele tenha planejado, mesmo se fosse uma porcaria, eu me obrigaria a reagir com um sorriso colado no rosto.

Voltamos ao saguão e viramos em um longo corredor. Foi quando vi a placa.

— Um spa? — Meus passos desaceleraram, e ele parou.

— O que foi?

O sorriso que deveria estar no meu rosto desapareceu, falhando comigo.

— É que... Não sou o tipo de garota que frequenta spas.

— Imaginei, por isso mesmo planejei isso.

— Humm... — Estava tentando processar o que ele havia dito.

— Providenciei um dia todo de mimos, algo que tenho cem por cento de certeza que nunca fez para si mesma. E você tem carta branca.

— É mesmo?

— Sim, as únicas coisas que você precisa fazer é uma massagem, manicure e pedicure, cuidar do rosto e dar uma passada no cabelereiro.

— Ah, só isso?

— Deixei a depilação como opção, caso queira experimentar. Não que eu esteja dizendo que deveria, nem que eu tenha qualquer tipo de preferência. Queria apenas te tratar como uma rainha por um dia. Cabelo, unhas, pés, rosto e uma massagem para aliviar toda e qualquer tensão que possa estar sentindo. — Sua expressão se anuviou.

— É um presente maravilhoso, que amável da sua parte.

— Então quer dizer que estou certo? Você nunca foi a um spa?

— Nunca, mas... cinco horas? É muito tempo. Vai entrar comigo?

— Sendo sincero, considerei uma massagem para casais, mas você precisa de um dia só seu.

— Provavelmente essa foi a coisa mais verdadeira que você disse desde que nos conhecemos.

— Como assim?

— Está desistindo de passar um tempo comigo para que eu possa relaxar.

— Sim, generoso pra caralho da minha parte, não acha?

Mais do que ele achava. Clive tinha me atingido como um caminhão desgovernado, mas, nas horas seguintes, quando tentei manter o controle e agir como uma pessoa normal, e nos pesadelos que se seguiram, o estresse tinha chegado a um nível intolerável.

Eu precisava de uma válvula de escape. Passar o dia no spa poderia não ter sido minha escolha, pois ficar sentada sem fazer nada deixava os pensamentos obsessivos ainda piores. Tinha esperanças de ser uma trilha pesada, ou algum outro tipo de exercício físico, mas faria aquilo. Faria porque Logan gastou tempo e energia planejando algo legal para mim.

Além disso, ele tinha razão. Eu nunca havia feito aquilo por mim; valeria a pena experimentar algo novo.

— O que você vai fazer? — perguntei.

— Vou relaxar na praia e ler um certo livro. Fazer uma pesquisa sobre uma ou duas... coisas.

— Coisas?

— Sim, coisas.

— Não se precipite muito, aviador.

— Estou apenas esperançoso. Então, você topa?

Não ficou claro se ele estava falando sobre o spa ou sobre as *coisas.* Não que importasse, eu toparia qualquer coisa.

— Eu tenho escolha?

— Bem, não posso te forçar a fazer nada que não queira.

Desta vez, pelo seu tom, com certeza, ele não estava falando sobre passar um dia no spa.

No spa?

De tudo o que imaginei, isso nunca tinha aparecido na lista de planos. A ideia de ficar sentada sem fazer nada por cinco horas, enquanto outras pessoas me paparicavam, me soava um pouco incômodo, mas como eu diria não àqueles olhos azuis?

Ele me deixou com um beijo na bochecha e prometeu que voltaria às duas.

O dia começou sem qualquer dificuldade. Preenchi um questionário básico sobre a minha saúde, então, vesti um roupão e um par de pantufas. Eu tinha duas massagens marcadas. A primeira seria uma de noventa minutos dos tecidos profundos, e pareceu que eu estava no paraíso quando os músculos foram amassados e forçados a se entregarem.

Meu cabelo longo foi profissionalmente avaliado pelo cabelereiro. Não fiz muita coisa além de ajeitar o corte e estilizar. Optei por secar o cabelo e amei a textura sedosa dos fios. Escuros como ébano, brilhavam como eu nunca tinha visto antes.

A manicure e pedicure vieram em seguida. Não gostava muito que mexessem no meu pé, então aguentei tudo com um sorrisinho e dentes cerrados. A manicure também não foi fácil. Havia algo nas lixas de unha que eu não conseguia suportar, mas pedi uma francesinha, e o resultado ficou lindo.

Almocei no spa, desfrutando de uma taça de champagne enquanto ponderava as opções que foram deixadas em aberto. Eu teria uma massagem facial e rejuvenescedora de cinquenta minutos ao fim do dia, o que me deixou debatendo sobre os prós e contras de me depilar.

Poderia ajeitar as sobrancelhas com cera... Isso era sequer possível? Uma rápida pesquisa na internet me revelou a resposta, que, rapidamente, me fez mudar de ideia. O que me fez considerar a virilha.

Já que havia depilado as pernas no banho, não fazia sentido passar cera nelas, mas e *lá embaixo*? Nunca tinha feito isso antes, e a variedade de opções do que era possível rapidamente me impressionou.

— Você decidiu? — indagou minha terapeuta do spa, uma linda e pequena mulher chamada Brittny (acho que os pais se esqueceram de uma vogal quando lhe deram o nome), que era a responsável por me guiar de um tratamento ao outro.

— Na verdade, não sei o que fazer.

— Já depilou a virilha antes?

— Não, e parece um pouco invasivo.

Como a depilação seria realmente feita? E quem havia decidido que a paixão de sua vida era trabalhar arrancando pelos púbicos de vaginas?

— Não é, e nossas funcionárias são profissionais. As pessoas, geralmente, têm uma noção errada do que acontece. Tem interesse na depilação normal ou na completa?

— Pode me explicar um pouco mais sobre a completa? Por que alguém preferiria essa à primeira?

Um sorriso sereno atravessou o rosto de Brittny.

— Algumas mulheres amam se sentirem lisinhas lá embaixo, e muitos dos parceiros preferem assim. Para algumas, o prazer sexual aumenta. Se você nunca tentou, recomendo que experimente pelo menos uma vez. Vai ser uma grande surpresa para o seu namorado, e sua noite pode acabar sendo divertida.

— Então... você já fez isso?

— Não tenho nenhum pelinho, e meu namorado ama. Se você me permite ser um pouco mais direta...

Direta... Aquela garota não tinha nenhum filtro, mas acho que fazia parte do trabalho dela me educar.

— Por favor. — Gesticulei para que ela continuasse.

— O sexo oral fica mais gostoso para os dois, e a maciez da pele intensifica todas as sensações. Recomendo muito. Se você não gostar, é só deixar tudo crescer outra vez.

— Mas dói, não dói?

— A beleza dói, mas, acredite em mim, vale a pena.

Mordi o lábio inferior. Fazer aquilo significava que eu estava, mentalmente, tomando a decisão de dormir com Logan, mas quem eu queria enganar? Era uma eventualidade determinada apenas por quanto tempo eu conseguiria me segurar.

Não dormir com colegas de trabalho costumava ser importante para mim quando eu era militar. Havia apenas um ou dois pilotos para quem fui mais do que uma amiga, mas nunca tinha passado dos limites.

Eu não era mais militar, e essas regras e regulamentos não valiam mais. Do que eu estava com medo?

De ser usada e jogada de lado.

Isso me acertou em cheio, mas senti que esse não era o caso com Logan. Ele poderia transar com praticamente quem quisesse. O sexo em pessoa, ele era o sonho erótico de toda mulher. Se iria me foder e me descartar, por que se esforçar tanto com uma mulher que se fazia de difícil?

O homem estava no paraíso, no lugar perfeito para encontrar um caso de uma noite. Ainda assim, tinha ficado do meu lado. Me levou para praticar voo livre, nadou no golfinho comigo, e mergulhamos com as tartarugas. Caminhamos juntos na praia, não fazendo nada além de darmos as mãos. E, quando ele me beijou, tinha sido para censurar o idiota do Clive.

Aquele beijo... Fechei os olhos ao me lembrar daquele momento. Eu queria mais.

— Vou me arriscar. — Devolvi o folheto para Brittny.

— Maravilha, vou preparar tudo. Quer outra taça de champagne?

Se iriam arrancar todos os meus pelos pubianos, eu precisaria de mais *duas* taças de champagne.

— Por favor. — Engoli o restinho do líquido cheio de bolhas e entreguei a taça vazia. Segurando o roupão ao redor do corpo, aceitei minha decisão.

Às duas da tarde, eu estava exausta de ser paparicada. Os bocejos não paravam de chegar. Quando saí do spa, Logan me esperava no pequeno saguão. Bronzeado e musculoso, estava lindo de calção e camiseta, que se esforçava para conter todo o volume dos músculos.

— Como foi? — Seu sorriso carismático me deixou sem ar.

— Na verdade, foi incrível.

Era verdade. Minha região inferior ardia por conta da depilação, mas eu já sentia a diferença. Não sabia se Brittny tinha me dito a verdade ou não, mas eu conseguia *sentir* a calcinha tocando as minhas partes sensíveis. Nunca considerei essa possibilidade, nem nunca senti nada igual.

Era um pouquinho sensual, e me senti um tanto pervertida, como se eu tivesse um segredo que mal podia esperar para contar.

— Do que você mais gostou?

Sinceramente, da depilação. Não porque foi bom. Doeu pra porra, mas por conta do que eu esperava sentir mais tarde. De jeito nenhum contaria a ele o que eu tinha feito.

— A massagem corporal foi bem intensa, mas a facial meio que me surpreendeu. Muito relaxante. E acho que decidi nunca mais fazer as unhas.

— É mesmo?

— Sim, parece que fiquei arranhando as unhas em uma lousa. Não gostei.

Ele ergueu uma das minhas mãos e estudou-as.

— Bonito.

— Obrigada.

— Falando nisso, você está incrível. Deslumbrante, na verdade. Amei o que fizeram com o seu cabelo.

— Obrigada. Você se divertiu na praia? Terminou a pesquisa?

— Sim, aprendi um bocado de coisas interessantes.

— Que bom. — Tirei a mão da dele e fingi me afastar. — Estou interessada em saber o quanto você aprendeu.

A falta de resposta dele trouxe um sorriso ao meu rosto. Me virei para vê-lo balbuciando.

— Você vem ou não?

— Caramba, mulher. Quase gozei no short. Deveria planejar mais dias de spa para você.

— Não se precipite. Estou cansada de tanto relaxar, e não dormi bem ontem.

Os pesadelos me mantiveram acordada, assim como a longa e dura extensão dele que me cutucou a noite toda. Hoje, isso não seria um problema.

— Acho que vou tirar uma soneca.

— Uma soneca? Tipo, uma soneca *mesmo,* ou vai ser algum tipo de troca agressiva de carícias? Porque eu topo as carícias.

— Uma soneca *mesmo.* Vamos deixar as carícias agressivas para hoje à noite.

Os olhos dele se arregalaram.

— Hoje à noite?

— Sim, aviador. Mais tarde...

— Porra. — Ele abaixou as mãos para segurar a virilha, e sorri ao ver o volume sobressalente que ele se esforçava para esconder.

Deixando um Logan frustrado no saguão, subi para o quarto dele, então, voltei poucos minutos depois, chateada. Aparentemente, não apenas esqueci de que nossas malas estavam na recepção, mas que iríamos nos mudar para um quarto maior. Culpei Logan pela minha incapacidade de pensar direito.

Ele estava parado no balcão da recepção, com um cartão-chave em mãos.

— Esqueceu de alguma coisa?

Tentei roubá-lo da mão dele, mas Logan ergueu o braço, afastando a chave de mim. Tentei outra vez, e brincamos mais um pouco, mas eu perdi.

Por fim, pus as mãos na cintura e soltei um suspiro frustrado.

— Me dê. — Quase bati o pé, mas decidi não fazer isso por conta do sorrisinho estampado no rosto dele.

— Ah, vou te dar.

— Não foi isso que eu quis dizer.

— O que você quis dizer, meu anjo sem-vergonha? Estou falando do cartão. Estava pensando em outra coisa? — Seus olhos desceram para o pau.

Meu olhar o acompanhou. Nenhum volume. Ele parecia ter domado o monstro que estava à solta no short.

— Quis dizer o cartão-chave.

— Ah, parecia que estava falando de outra coisa.

— E?

— E... o quê?

— Você vai me dar?

— Com certeza, logo depois da sobremesa.

Minhas bochechas ficaram vermelhas.

— Mas preciso de uma amostra agora. Vamos fazer um acordo.

— Algo me diz que não vou gostar disso. — Suspirei, frustrada, mas não tinha como negar que curiosa e cheia de tesão.

— Provavelmente, não, mas acho que vai ficar satisfeita.

— O que você quer?

— Um beijo pela chave.

— Um beijo?

— Isso mesmo.

— Só um beijo? — Senti que havia certa malícia no ar.

— Sim, só um beijo.

— Mas...

— Bem, sim. Tem um porém. Você, meu querido anjo, precisa me beijar. Se fizer um trabalho aceitável, eu te dou o cartão.

— Eu poderia simplesmente pedir outro na recepção.

— Poderia, mas você e eu sabemos que desse jeito não tem graça. Além disso, nossas atividades noturnas já estão planejadas, você está segura de qualquer assédio inapropriado com uma arma complacente. Juro.

— Não me diga... — Ri baixinho. — Um bom trabalho? Só precisa ser *bom*?

— Sim. Pode guardar a parte sensual para mais tarde, quando for beijar... outra coisa além da minha boca.

— Humm. — Lambi os lábios, imaginando qual seria o gosto dele.

— Isso mesmo, faça isso de novo.

— Sabia que você é um pervertido? E trocar um beijo por algo que é meu por direito é extorsão.

— Do melhor tipo possível. E aí, o que vai fazer? Me dar um beijo e tirar uma soneca no quarto? Ou nada de beijo e nada de soneca? Acredite em mim, é melhor que você esteja bem descansada para hoje à noite.

— Isso depende se vou tirar uma soneca *sozinha*... Estou exausta. — Mais mental do que fisicamente.

Fisicamente, meu corpo zumbia. Queria tudo o que Logan estava me prometendo e mais. Um desejo cresceu entre as minhas pernas quando pensei nisso, e, com a pele exposta lá embaixo, o desejo ganhou vida própria.

— Contanto que esteja pronta para jantar às seis.

— Devo vestir algo específico?

— Aquele vestidinho preto.

Perfeito. Era exatamente o que eu havia planejado usar.

Sem pensar muito, enrolei os braços ao redor do seu pescoço, puxando-o para mim até nossos lábios roçarem.

— Era isso que você queria?

— Você sabe o que eu quero. Quero a sua boca nos meus lábios, no meu pau. Te quero em todos os lugares ao mesmo tempo.

As palavras dele eram mágicas. Minha calcinha ficava mais molhada a cada respiração irregular. Ele estava na palma da minha mão, e eu sabia exatamente quais eram suas fantasias, mas aquilo era culpa minha.

Ele queria me beijar e não pediria duas vezes. Cheio de teimosia, segurava o maldito cartão acima da cabeça.

Mas, primeiro, eu o deixaria louco. Em vez de beijá-lo, fiquei na pontinha dos pés e chupei o finzinho da orelha dele. Logan abaixou as mãos e apalpou minha bunda enquanto um gemido baixinho lhe escapou.

Ele estava duro, e pude sentir sua ereção me pressionando.

Meu corpo estava queimando.

Aquela era uma ideia terrível, mas eu não conseguia desligar o meu corpo. Não conseguia parar de imaginar como me sentiria quando Logan, finalmente, deslizasse para dentro de mim.

Ele era grande o bastante para me deixar preocupada com o quanto eu teria de me esticar. Sentiria dor mais tarde, mas o prazer acabaria comigo.

Mordisquei sua orelha, provocando-o com breves lambidas.

— Apesar de isso ser gostoso pra caralho, minha raposinha, essa não é a minha boca. Me dê a porra dos seus lábios antes que eu te vire e te coma na frente de todas essas pessoas.

Ele não faria isso de verdade, faria?

Bastou uma olhada em como suas pupilas tinham crescido de desejo para eu saber a resposta.

Logan gemeu quando lambi a abertura da sua boca, roçando os lábios nos dele.

— Você tem que me prometer que vai me soltar quando o beijo acabar.

— Prometo.

— Quando eu disser que acabei.

— Porra, Angel! Me beija logo, caralho! Está me matando.

E se ele não gostasse do jeito que eu beijava? Foi ele quem havia me beijado, controlando todos os aspectos daquela experiência arrasadora. Eu era mais tímida e incerta.

Mas esse era o *meu* beijo.

Mais do que ciente de estarmos em um local público, me aproximei e nossos lábios se tocaram em uma explosão de eletricidade.

E todas as minhas decisões morais desapareceram, porque Logan Reid poderia muito bem ser a pior decisão da minha vida. Não que eu desse a mínima para isso.

Queria que o beijo fosse breve e provocante. Meu objetivo era torturá-lo. Falhei miseravelmente, pois, quando nossas bocas se encontraram, precisei de mais.

Meus braços envolveram o pescoço de Logan, e pressionei o corpo com força contra ele, esfregando-me sem qualquer vergonha na ereção. Lambi e mordisquei, exigindo que me deixasse entrar em sua boca.

Ele abriu as portas, e desci o seu braço para que apertasse minha bunda. Praticamente me obrigando a escalar o corpo, ele friccionou a virilha na minha pélvis, enquanto nossos lábios se entrelaçavam e dançavam. Meus dedos percorreram o cabelo dele, puxando os fios, enquanto eu devorava sua boca.

Revirei os olhos quando Logan levou a mão ao meu cabelo. Prendendo os dedos na minha nuca, deu um puxão brusco que separou nossas bocas.

— Vamos subir *agora.*

— Logan... — Minha voz soou ofegante e escaldante.

— Eu não ligo para qualquer merda que você tenha dito, preciso meter em você agora mesmo. É sua chance de dizer não. Fale agora ou cale-se para sempre, porque vamos transar.

— E hoje à noite?

— Vamos transar a noite toda, mas não vou esperar nem mais um segundo. Sim ou não, Angel? O que você quer?

Mordi o lábio e olhei para os elevadores.

— Acho que o seu silêncio quer dizer sim.

Ele me puxou pelo saguão e apertou o botão para chamar o elevador. Quando as portas se abriram, me soltou e entrou, apoiando as costas na parede.

— Última chance, querida. Você pode ficar aqui, se quiser, mas, se entrar no elevador, só há uma possibilidade: eu dentro de você.

Dei um passo e mais outro, até meus seios o encontrarem. Cada respiração fazia os mamilos se esfregarem no peito de Logan, transformando-os em pedregulhos tesos.

Ele passou um braço pela minha cintura, e qualquer espaço que existia entre a gente desapareceu.

— Você é minha, anjinho lindo, mas vou te fazer pagar.

Suas palavras emitiram uma fagulha, e o inferno ardeu em nós. Meus braços envolveram seu pescoço, e ergui os lábios para responder à paixão dele com a minha.

Fiquei surpresa de termos conseguido chegar ao quarto com as roupas intactas.

CAPÍTULO 16

Logan

E assim os meus planos para o jantar acabaram no lixo. Abri a porta do quarto e puxei Angel para dentro. Nada que aconteceria em seguida seria gentil. Eu precisava meter em Angel e precisava que fosse naquele instante.

Mas me forcei a respirar fundo e a desacelerar as coisas. Com força não significava com pressa, e eu pretendia saborear a nossa primeira vez juntos.

Meu olhar recaiu sobre o corpo pequeno, mas firme de Angel. O jeitinho como sua boca se movia, enquanto a língua lambia o lábio inferior... Ela estava de olho em mim.

— Mal posso esperar para sentir seus lábios me chupando — baixinho e rouco, quase rosnei as palavras. Se fosse qualquer outra mulher, eu a faria ficar de joelhos e me chupar enquanto eu me satisfazia.

Tinha sonhado e fantasiado vezes demais com aquele momento, sempre com a mão ao redor do pau.

Engoli em seco quando ela me deu uma piscadela e desceu os olhos para o meu short. O tecido fino não ajudou em nada a esconder a ereção feroz. Os olhos dela, lentamente, se voltaram para os meus.

Fora dos padrões, a nossa química eletrizava o ar. A energia entre nós percorria toda a minha pele, queimando todos os nervos ao mesmo tempo.

— Consegue sentir o ar crepitando?

Ela assentiu vagarosamente, e a língua rosada surgiu para lamber a boca outra vez. Eu me aproximei, empurrando-a em direção à porta até suas costas a atingirem com um baque.

— Quero te foder contra a porta. Quero deslizar para dentro do seu corpo e sentir aquilo que tenho sonhando desde o primeiro segundo que te vi, mas não vou fazer isso, sabe por quê?

Quando ela não respondeu, coloquei um dedo em seu queixo, forçando-a a erguer os olhos e me encarar.

— Me responda.

— Quero que você me coma.

— Garotas más não conseguem o que querem, e você tem me provocado o tempo todo. Eu te disse que ia te fazer sofrer, e isso começa agora.

Os olhos dela se arregalaram.

Sem dizer nada, me virei e apontei para o sofá.

— Tire a roupa, e quero você sentada no meio daquele sofá, com as pernas abertas e as mãos nos joelhos.

— Logan...

— Estou falando sério, Angel. Você é minha. Isso quer dizer que posso fazer o que eu quiser, e acho que me lembro de prometer que te faria suplicar. Agora, tire a roupa e se sente naquele sofá como uma boa garota.

Para minha total surpresa e maravilhamento, ela se afastou da porta e seguiu para o centro do quarto.

Era gigantesco, com uma sala de estar e duas portas, uma de cada lado, mas foda-se, eu não estava interessado na arquitetura. Tudo o que vi foi a porra do meu anjo se curvar e segurar a bainha da camiseta.

Lentamente, ela a tirou pela cabeça. Fiquei parado na porta, não confiando em mim mesmo para me mover, abrindo e fechando os punhos, com o desejo de sair correndo e arrancar todo o tecido que insultava o corpo dela.

Angel jogou a camiseta no chão. Em seguida, levou as mãos ao fecho do sutiã. As alças caíram pelos braços, e ela me encarou, quase como se pedindo permissão.

— Largue isso. — Meu rosnado ecoou pelo espaço entre a gente, e ela soltou o sutiã de renda.

Os seios perfeitos, com os mamilos duros, suplicavam por mim. Queria beijá-los e apalpá-los. Caralho, queria mergulhar o rosto neles, chupar e lamber os mamilos. Porra, queria deslizar meu pau entra aqueles lindos seios, devagarzinho, até não aguentar mais.

— O short, livre-se dele.

Ela parecia muitíssimo excitada com as minhas ordens, movimentando-se para seguir cada uma delas. Sua obediência fez o sangue se acumular no meu pau. Era doloroso demais, e eu não sabia como ainda não tinha explodido.

Seu short encontrou o chão, e apontei para a calcinha.

— Tudo. Tire tudo para mim.

Seus dedos se enrolaram na parte de cima da calcinha. Quando deslizou-a pelas pernas, soltei um gemido baixinho.

Ela rebolou o quadril, e minha boca ficou seca enquanto eu ofegava. Caralho, estava me esforçando para não gozar na cueca.

— Você está sem pelo algum... Fez isso para mim?

Ela deu um aceno breve.

Porra. Ela pediu uma depilação completa no spa... para mim.

— Caralho, que delícia. — Apontei para o sofá. — Sente-se no meio e me mostre a porra da sua boceta. Está molhada para mim?

Ela assentiu outra vez. Aparentemente, Angel havia perdido a voz. Não tinha problema. Eu achava aquilo sensual pra cacete e estava amando a submissão.

Eu tinha palavras o bastante para a gente. Enquanto ela se acomodava, me afastei da porta, libertando-me da última amarra que me impedia.

— Abra as pernas.

Ela bateu um joelho no outro, então, respirou fundo. Os seios subiram e desceram, e seus joelhos, lentamente, se abriram, revelando a umidade cintilante que eu mal podia esperar para provar.

Lambendo a boca, abri o velcro que fechava meu short e usei a mão para libertar meu pau inchado. Com a mão nele, lentamente subi os dedos até a palma encobrir a cabeça.

Angel estava molhada.

Eu estava molhado pra caralho.

Logo, estaríamos molhados juntos.

Fodendo.

— Mãos nos joelhos. Angel...

Os olhos dela, que estiveram fixos no meu pau, subiram para o meu rosto e se arregalaram.

— Se você tirar as mãos do joelho, vou parar. Vou guardar meu pau na cueca, e vou sair desse quarto. Vai ter que esperar o jantar para tentarmos outra vez. Cheia de tesão, quente e incomodada. Entendeu?

Ela engoliu a saliva com tamanha força que pude ouvir, mas continuou sem dizer nada.

— Te fiz uma pergunta. Você entendeu?

Merda, estava ficando mais excitado do que achava possível com todo aquele poder. Eu apenas tinha experimentado algo assim antes, mas... com ela? Com aqueles olhos, cheios de inocência, acompanhando todos os meus movimentos? Era inebriante.

Ela recobrou a voz e respondeu, trêmula:

— Sim.

— Boa garota.

Continuei esfregando meu pau. Não deveria me estimular, porque era bom demais. A probabilidade de eu gozar prematuramente era altíssima, mas não consegui me segurar. Precisava de algo para amenizar o sofrimento.

A porra da mesa de centro estava no meio caminho. Precisei tirar o móvel dali, deslizando-o pelo tapete. Parei na frente de Angel, orgulhoso e com a mão no pau.

Tudo o que ela precisava fazer era se inclinar para a frente. Os lábios rosados estavam na altura perfeita para me chupar por completo. Teria de me lembrar disso mais tarde.

Porque, agora, eu não era o centro das atenções.

— Vai poder ter um pouco disso depois. — Soltei meu pau, guardando-o, enquanto me ajoelhava entre as pernas dela. — Porra, consigo sentir o seu cheiro, e você está molhada pra caralho.

Deslizei as mãos sob as coxas de Angel, puxando-a para a beirada do sofá e, praticamente, expondo toda a sua bunda. Posicionando os ombros entre as pernas dela, forcei-a a se abrir toda para mim.

Sem esperar nem mais um segundo, enterrei o rosto entre suas coxas e saboreei um gosto divino. Sentir minha boca no corpo dela pela primeira vez me deixou louco, e a maciez da sua pele era divina.

Um gemido baixinho me escapou, enquanto eu a devorava como um animal feroz. Nunca seria o bastante. Estava desesperado e precisei me obrigar a desacelerar.

Usei a língua, chupando, lambendo e provocando, ao passo que aprendia o que a fazia perder o controle.

Angel soltou um longo grito, e continuei lambendo a abertura e mordiscando seu clitóris. Prometi que seria torturante, e tinha a pretensão de fazê-la sofrer por cada ereção que precisei aguentar desde que a vi pela primeira vez.

A barba por fazer se esfregou no interior das suas coxas, mas Angel não parecia se importar. Nem eu me importava, e a possibilidade de ela ficar marcada pela minha barba por um dia todo, ou dois, era maravilhosa.

Angel se lembraria de mim por dias.

Acomodei-me em uma posição confortável com um gemido, e usei a língua para trazê-la à beira de um orgasmo. Então, parei e ri baixinho quando ela gritou:

— Porra, Logan! Eu estava quase lá.

— Quer mais?

— Claro!

— Suplique.

— Ora, mas que caralho!

— O caralho vem depois... e você viu meu pau. Não tem nada de pequeno nele. Se quiser gozar, vai ter que suplicar.

— Canalha.

— Isso se chama vingança.

Enquanto conversávamos, aproveitei a oportunidade para meter um dedo na boceta dela. Levei meio segundo para encontrar a pequena região durinha que era o seu ponto G. Esfreguei-a de leve e ri quando Angel revirou os olhos e jogou o quadril para a frente.

Ela ergueu a mão.

— Nada disso. Coloque a mão no joelho, você sabe o que acontece se mexer as mãos.

— Te odeio pra cacete. — A mão voltou ao joelho.

— Amo o fato de você me odiar agora. — Enfiei outro dedo e deslizei-os para dentro e para fora. A cada vez, pressionei o ponto G, amando o som dos gemidos baixinhos de Angel. — Você tem um gosto divino. Agora, suplique.

Rosnei sobre o clitóris e dei uma soprada no ponto sensível até os gritos ficarem ofegantes. Então, contornei-o com a língua. Enterrei o rosto inteiro entre as pernas dela, determinado a dar-lhe o melhor sexo oral e o orgasmo mais intenso da vida.

— Ah, meu Deus, eu te odeio! Mas, por favor, não pare.

Usei as mãos para segurar a bunda de Angel no meu rosto, deslizando a língua para dentro.

Foi tudo de que ela precisava.

Ela gozou rápido, mas durou uma eternidade, e não me levantei até Angel parar de tremer e o corpo ficar mole. Suas mãos caíram dos joelhos, mas isso não tinha mais importância.

— Preciso meter em você. — Mas onde eu tinha deixado a porra da camisinha? — Merda, espere aí.

Fiz uma rápida inspeção em um dos banheiros e encontrei minha bolsa. Vasculhei-a até achar uma camisinha. Quando voltei para Angel, eu já tinha rasgado a embalagem metálica, e meu pau estava protegido.

Parei diante dela, e suas pálpebras se abriram.

— Isso foi... — Angel soava bêbada com o sexo.

— Não foi nada.

Ajoelhei-me diante dela outra vez. Meu pau e sua boceta estavam na altura perfeita para uma foda vigorosa. O olhar dela se desviou para o meu pau, e ela estendeu a mão.

— Posso tocá-lo?

— Vou entrar em você daqui a um segundo. Acho que tudo bem se você tocar.

Os dedos delicados me envolveram, e soltei um gemido baixo. Ela subiu e desceu a mão, me masturbando.

Afastei a mão de Angel e, sem aviso, ergui sua bunda até a boceta estar alinhada com o meu pau.

— Faz tanto tempo que espero por isso...

A risada suave de Angel me pegou desprevenido.

— Faz apenas dois dias.

— Foram os dois dias mais longos da minha vida. — Baixei os olhos para que pudesse observar o momento em que eu mergulhasse no calor molhado dela. A extensão grossa do meu pau esticou a entrada de Angel, e fiz uma pausa para garantir que ela estava bem.

— Que gostoso.

Encorajado, movimentei-me mais rápido do que queria, metendo com um impulso repentino e incontrolável do quadril.

— Porra, que delícia! — O quadril de Angel se moveu para acompanhar meu desejo, e sua pequena arfada me incentivou a continuar.

Eu a fodi.

Sem calma.

Sem cuidado.

Agarrei seu quadril com força o bastante para deixar hematomas, mas não me importei. E ela também parecia não se importar. Meu quadril se moveu como um pistão, e eu a penetrei com todo o meu vigor.

Não mais capaz de sequer ter um pensamento coerente, fiquei sem palavras. Eu a fodi com força, e os gemidos dela perfuravam o ar.

— Você é linda pra caralho, Angel. — Inclinei-me para aprisionar os lábios dela, e suas mãos envolveram meu pescoço.

— Mais força, Logan. Mais. Não ouse pegar leve comigo, eu não vou quebrar.

Não percebi que estava me segurando, não parecia que eu estava.

— Você fica tão linda com o meu pau aí dentro... Queria que você pudesse ver. — Meu quadril girou em movimentos circulares, enquanto eu tentava esfregar seu clitóris durante a foda. Metendo até as bolas, havia me encaixado perfeitamente nela.

— Você é tão gostosa. Porra, estou quase lá.

Ela enrolou as pernas no meu quadril, deixando-me entrar ainda mais fundo do que antes. Queria deitá-la no chão, cobri-la com meu corpo e penetrá-la, mas Angel balançou a cabeça quando tentei nos mover.

— Só mais um pouquinho... Ahhh... — Contraindo-se a cada espasmo, seus músculos apertaram meu pau, enquanto o orgasmo tomava conta dela. Angel disse, com uma voz sensual e rouca: — Foi intenso.

— Esprema meu pau com a boceta, querida. Me engula por inteiro.

Quando os músculos dela se fecharam ao meu redor, meti com ainda mais força. A razão desapareceu, e alguma outra coisa tomou o seu lugar. Eu era uma fera no cio, reivindicando o que era meu.

Seu cabelo tinha se transformado em uma confusão maravilhosa, e os olhos ardiam. Para mim, Angel nunca tinha parecido tão gostosa quanto agora, com o corpo nu envolvendo o meu. Os sons escorregadios das nossas excitações em conjunto e o roçar de nossas peles preencheram o ar.

— Você ainda vai me sentir entre as pernas pela manhã.

— Espero que sim. Mais força, Logan. Por favor, me foda.

Movimentei o quadril, ficando mais agressivo ao libertar a fera dentro de mim. Meus impulsos ganharam velocidade, e eu a beijei sem qualquer cuidado na boca. Não havia mais nenhum resquício da delicadeza de antes.

Metendo, senti o gostinho viciante de Angel e abandonei sua boca pela vastidão encorpada dos seus seios. Encontrei um mamilo e lambi, depois, mordi com força até ela gritar.

O gemido endureceu minhas bolas e, por fim, abandonei o bloqueio que havia depositado em meu gozo. O orgasmo me acertou em cheio. Sons guturais ecoaram pelo quarto, enquanto meu corpo convulsionava ao redor do dela. Continuei entrando e saindo ao passo que o orgasmo desaparecia.

— Você é tão... maravilhosa — disse. — Porra, quero fazer isso de novo.

— Eu também, mas, da próxima vez, você vai ficar no sofá, e vou te engolir todinho.

— Que música deliciosa para os meus ouvidos. — Minha Angel parecia ser mais aventureira do que eu havia pensado. — Mal posso esperar para sentir seus lábios ao redor do meu pau, mas preciso de um momento para me recuperar.

— E ainda quero tirar uma soneca. Que tal um pouquinho de carícias não violentas? O que acha de me abraçar enquanto durmo?

— Você liga se o meu pau cutucar sua bunda?

— Nem um pouco.

Peguei-a no colo, levando-a até uma das camas. Tínhamos dois quartos distintos, mas senti que utilizaríamos apenas um deles. Eu planejava tirar proveito de cada superfície daquele quarto, tanto horizontal quanto verticalmente, para fodê-la, mas, por enquanto, dormiríamos.

CAPÍTULO 17
Angel

O corpo forte de Logan se curvou ao redor do meu. Nossos corpos se encaixavam como duas peças de um quebra-cabeça incomum. Os braços dele me envolveram, e me aconcheguei no abraço, sentindo-me saciada e incrivelmente feliz.

Outros pensamentos tentaram ganhar força, mas os afastei. Lidaria com eles mais tarde.

Enquanto eu adormecia, sua longa extensão endureceu e pressionou a linha da minha bunda. Deveria ter me virado e ajudado Logan a aliviar a ânsia, mas a exaustão me dominou.

Perto das quatro da tarde, acordei. Logan ainda dormia, e tirei um momento para admirar os contornos suaves do seu rosto. Forte e poderoso, havia uma vulnerabilidade de tirar o fôlego em seu descanso.

Perambulei até a sala de estar. Os resquícios do sexo estavam espalhados pelo quarto. Peguei a camiseta dele, trazendo-a para perto e inundando os sentidos com o aroma singular de Logan. Então, decidi vesti-la. Amei a ideia de ter o cheirinho dele me envolvendo.

Na pequena cozinha, enchi um copo com água, depois, segui para as janelas majestosas, que iam do chão ao teto, para admirar a vista do lado de fora.

No finzinho da tarde, a praia não estava lotada, e percebi que talvez não tenha sido a melhor ideia ficar parada na janela, usando nada além de uma camiseta que mal cobria minha bunda.

Encarei o mundo e saciei a garganta seca. De repente, arrepios percorreram o meu corpo. Virei e encontrei Logan apoiado no batente da porta do quarto, com os olhos azul-escuros me estudando.

— Você é linda pra caralho, sabia?

Agora que não estávamos no auge da paixão e do sexo selvagem, uma estranheza me dominou. Enquanto seus olhos famintos metralhavam meu corpo, todos os nervos ganharam vida, cantando de desejo e de necessidade que eu sentia dele. Em vez da minha sede por Logan ter sido saciada em nossa sessão anterior, estava, agora, dez vezes pior.

Ele não vestia nada e estava perfeitamente confortável com a nudez, enquanto eu procurava algo para me cobrir. O que não fazia sentido, pois queria me livrar da camiseta e fazê-lo me comer outra vez.

Uma necessidade dolorosa surgiu entre as minhas pernas.

— Tire isso. — Seu comando baixinho não soou mais alto do que um sussurro, mas fez meu coração acelerar.

— Mas... as pessoas.

— Não me faça pedir outra vez.

— Mas...

— Não dou a mínima. Tire isso e venha aqui. — Logan descruzou os braços e esperou, como se eu fosse fazer exatamente o que ele havia ordenado.

E eu fiz.

Caminhei até ele, tirando a camiseta pela cabeça. Logan arrancou-a das minhas mãos e jogou-a no chão.

— Não aguento ver nada cobrindo o seu corpo. Não quando temos apenas mais algumas horas juntos.

Seu pau, totalmente duro, havia se elevado entre as pernas. Fechei os olhos e tirei um momento para desfrutar do olhar caloroso que lambia minha pele. Queria os lábios dele em mim, mas, por enquanto, ficaria satisfeita com seu olhar sensual.

— Você toma anticoncepcional?

— Quê?

— Você toma?

— Sim.

— Vamos transar, e isso vai acontecer muitas outras vezes. Posso descer para comprar uma caixa de camisinhas, se for preciso. Usei a única que eu tinha... Não tenho nenhuma doença. Se você estiver tomando anticoncepcional, e não tiver problema, prefiro não ter que me vestir e ir lá embaixo.

— Tudo bem.

— Vire-se para a parede. — A forma como Logan assumia o controle durante o sexo parecia ser minha criptonita, pois, imediatamente, fiquei molhada.

Ele se inclinou sobre mim, deixando o pau se esfregar na minha bunda enquanto posicionava o quadril. Beijando minha nuca, segurou meus pulsos e, gentilmente, ergueu meus braços acima da cabeça. Quando os encostou na parede, rugiu no meu ouvido:

— Não se mexa. — O comando veio acompanhado de uma risadinha, que ele sabia que me excitava. — Preciso meter em você, e vai ser obsceno e violento.

Logan colocou a mão entre as minhas pernas, e os dedos procuraram minha abertura.

— Molhada pra caralho, você é incrível. — Ele deslizou dois dedos para dentro da minha boceta, então, preparou o quadril. A pontinha quente do seu pênis pressionou meus sulcos. — Você gosta de pegar pesado, não gosta?

— Sim.

— Com força?

— Muita força. — Minhas pernas estremeceram quando admiti o desejo.

Sem avisar, ele me penetrou com um empurrão poderoso, fazendo-me arfar com a dor repentina quando seu pau alargou minha abertura. Meteu sem qualquer cuidado, fazendo-me gritar, ao passo que ele caçava o próprio prazer.

Não foi nada gentil o que aconteceu depois, e havia algo incrivelmente erótico na forma como ele usava meu corpo para satisfazer as próprias necessidades. Não que eu não tivesse respondido à altura.

Pressionada na parede, com Logan metendo por trás, gozei rápido. Enquanto meu orgasmo se alastrava, ele agarrou meu cabelo e puxou-o para trás, sua boca engolindo a minha. Meteu com força, grunhindo ao gozar e livrando-se do leite do seu clímax.

Ficamos ali parados, sem fôlego e exaustos.

Quando Logan parou de se mover, tirou a boca da minha e fitou meus olhos.

— Minha, porra. Agora, você é minha. Estou viciado em você, cacete. Sabia disso?

Eu não sabia o que dizer, então fiquei em silêncio. Alguns pensamentos giraram na minha mente, todos negativos e podres — não conseguia me livrar da sensação ruim.

Eu conhecia Logan Reid.

Esse homem fodia.

Ele não namorava.

Eu não queria que aquilo chegasse ao fim, mas poderia ser diferente.

Em breve.

Provavelmente, no fim do trabalho.

Ele partiria. Não sabia como eu sobreviveria à deserção, ao abandono e à perda, mas eu daria um jeito.

E sobreviveria com um sorriso no rosto.

Eu estava tão fodida; literal e metaforicamente.

Ele saiu de dentro de mim e deu um tapinha na minha bunda.

— Venha, vamos tomar um banho. Precisamos nos arrumar para o jantar.

Apoiei-me na parede, não querendo sair de onde ele tinha me fodido. Havia algo primitivo e incrivelmente sensual quando ele tomava o que queria, mas me movi, envolvendo os braços ao meu redor e admirando a bunda firme e muscular dele, enquanto Logan seguia para o banheiro.

— Não quer pedir a comida aqui no quarto? — perguntei.

— Não quero nunca mais sair daqui e quero te comer a noite toda. — Ele me deu uma piscadela. — Estou viciado, e a minha droga é você, mas planejei algo incrível.

Ele usou a boca e os dedos para me fazer gozar mais uma vez no banho. Segurei o pau dele e, lentamente, acariciei-o até ele jorrar gozo por meus seios e barriga.

— Você fica tão linda toda gozada. — Ele espalhou o suco pela minha pele, massageando meus peitos, em seguida, me ajudou a lavar tudo. — Você sabe que isso faz você ser minha, não sabe?

Assenti brevemente.

— Sim. — Quis ter completado com "por enquanto", mas não o fiz. *Ignore esses pensamentos negativos.*

No entanto, não consegui e, enquanto me vestia, esses pensamentos reviravam a minha mente, ficando cada vez mais fortes e presentes.

Passei o vestido preto pela cabeça, e Logan chegou por trás. Ele me puxou para seu corpo, inclinando-se para me beijar.

— Se eu te dissesse para não usar sutiã, nem calcinha, quais as chances de você me obedecer? Gosta quando te digo o que fazer?

Se eu gostava? Considerando o pulsar repentino entre as minhas coxas, acho que gostava.

Segurei o lábio inferior dele entre os meus dentes e dei uma mordidinha.

— Parece que eu li a sua mente, não estou usando nenhum dos dois.

— Bem, que merda. Agora quero te foder de novo.

— Vamos nos atrasar para o nosso encontro às seis.

— Eu sei. Acredite em mim, estou considerando as opções...

— Poderíamos ficar aqui, pedir comida...

— Você faz isso parecer muito tentador, mas não quero perder a chance.

— Perder a chance de quê?

Teimosamente, Logan se recusou a me contar quais eram os planos, exceto pelo fato de eu ser dele das seis à meia-noite.

— Você vai ver. Agora, calce o sapato e vamos sair daqui antes que eu te dobre naquele balcão e te foda por trás.

Isso parecia muito divertido.

— Tem certeza de que não quer ficar aqui?

Ele bateu mais forte na minha bunda do que antes, fazendo-me pular.

— Ei, isso doeu!

— Não era para fazer cosquinha... Meu autocontrole está desaparecendo, hora de ir. Confie em mim, você não vai querer perder a chance.

— Tudo bem, você ganhou.

Peguei minha pochete. Não combinava com o vestidinho preto, mas, como eu não havia trazido muita coisa, a pochete era a única opção. Saindo do quarto, ele agarrou minha bunda e deu um apertão.

— Gostosa pra caralho, já estou duro.

Eu poderia ter dito algo. Qualquer coisa teria sido suficiente para fazê-lo dar meia-volta e passar o resto da noite naquele quarto. Poderia ser um tanto egoísta da minha parte, mas tínhamos só mais uma noite nas Cayman, e eu queria que a passássemos inteirinha enrolados um no outro.

Amanhã à noite, levaríamos os Truitt para casa e deixaríamos o paraíso no passado. Pude sentir os minutos passando, enquanto nosso tempo chegava ao fim.

Descemos pelo elevador e atravessamos o lobby. Esperava que fôssemos seguir até o estacionamento, onde entraríamos em um táxi e acabaríamos em algum restaurante chique. O que eu não esperava era que Logan me levasse até a praia.

Os funcionários do hotel tinham ancorado um catamarã. Não era um daqueles monstros que levavam os turistas para mergulhos e passeios ao pôr do sol, mas uma versão menor. Logan me guiou até o barco.

— O que é isso?

— Um passeio ao pôr do sol, jantar e um joguinho de vinte perguntas. Ou você se esqueceu?

— Lembro das perguntas, mas isso é incrível! Vai ser só a gente?

— Sim, queria algo íntimo em um lugar onde você meio que estivesse presa comigo. Sabe... sem saída? Como uma prisioneira... O que acha?

Sensual pra cacete.

— É hora de eu descobrir os seus segredos, meu doce anjo.

— E eu, os seus.

— Verdade.

— Mas não vai ser um jantar muito íntimo... Não em um barco desse tamanho, mais a tripulação.

Logan deu uma risadinha.

— Querida, vamos ser só eu e você.

— Mas...

— Me chame de Capitão Reid, aviador e navegante, ao seu dispor.

— Uau, já aprendi algo novo.

— Fui ensinado a navegar quando moleque e mexi uns pauzinhos no hotel para me emprestarem o barco. Foi isso que fiquei fazendo à tarde. Precisaram me ver em ação para garantir que eu não estava apenas me vangloriando. Temos até meia-noite.

— Então vai ser mesmo um passeio *íntimo* ao pôr do sol?

— Muito íntimo. Sei no que a sua mente suja está pensando.

— Humm, vou confessar algo.

— O quê?

— Estava pensando em pedir ostras cruas de sobremesa, para te provocar, chupando-as.

— Você já me provocou o suficiente no café da manhã. Gosto do que você anda pensando, mas eu deveria te punir por ter pensamentos tão impuros...

Se os castigos dele se parecessem com os de mais cedo, eu me comportaria mal o tempo todo.

Logan saiu de perto de mim para conversar com os funcionários que cuidavam do barco. O mar estava calmo, e a embarcação balançava nas pequenas ondas que quebravam na costa. Uma brisa suave vinha da água, e o sol mergulhava no horizonte. Ainda tínhamos uma ou duas horas de luz antes do pôr do sol.

Depois de embarcarmos, Logan ajudou a nos afastar da praia. Ele subiu a bordo e ficamos à deriva. O motor logo ganhou vida, e ele nos guiou até passarmos pelo recife de corais, onde as ondulações se transformaram em gentis ondas fluidas.

Logan desligou o motor e andou pelo barco, guardando as velas.

— Quer ajuda?

— Pode deixar. Relaxe e curta o passeio.

— Seria bom... Ainda não montei no garanhão.

Ele congelou no lugar e se virou para mim.

— Estamos perto demais da praia para nos divertirmos, mas, com certeza, você vai ter uma chance. Mal posso esperar para ver seus peitos pulando enquanto você me cavalga, mas estou em um dilema.

— Um dilema? Que complicado...

— Por mais que eu ame a ideia de você me foder, estou com vontade de meter o pau na sua boca e descobrir se os seus lábios são tão gostosos quanto eu imagino. Entende o dilema?

— Entendo. — Eu me reclinei e absorvi o sol. Então, dei uma olhada em Logan. — Acho que estou nas suas mãos, capitão. O seu desejo é uma ordem.

— Porra, Angel. Você está me matando!

— Então, o que vai escolher, capitão? Chupar o seu pau ou montar no garanhão?

Ele olhou para as ondas, depois, marchou até mim. Uma das mãos abriu a calça, e a outra agarrou meu cabelo. Com um puxão, fiquei de joelhos, com os olhos na ereção gigantesca dele.

— Abra.

Eu o queria na minha boca, queria sentir o seu gosto e talvez dar vida a uma fantasia. Ele assumiria a situação, ou me permitiria fazê-lo perder o controle?

Acomodando-me, olhei para ele e vi sua expressão sombria.

— Você fica gostosa pra caralho de joelhos, querida, mas vai ficar deslumbrante com meu pau na boca. Agora, abra.

A respiração dele, já irregular, ficou pesada e rouca assim que envolvi a base do seu pau com as mãos. O comecinho da ejaculação fez a cabeça cintilar. Inclinei-me para frente e lambi.

Suas mãos seguraram meu cabelo com ainda mais força, e eu sabia que não teria controle por muito mais tempo. Logan gemeu assim que lambi a pontinha. Quando olhei para ele, o sol estava ao fundo, se pondo no horizonte. O rosto de Logan estava escondido pela sombra, mas imaginei seus olhos se revirando enquanto puxava meu cabelo.

— Não me faça esperar, me engula.

Ele guiou minha cabeça em direção ao seu pau, e eu abri a boca. Com o controle em mãos, meteu o pau até a minha garganta. Chupei e lambi, acariciando a pele macia da sua extensão grossa e acompanhando o contorno das veias inchadas.

— Sim, perfeito. Chupe, meu amor. Me engula todo. Quis isso desde que te vi, você não faz ideia do que estou sentindo.

Ele tensionou a bunda, e o tanquinho ondulou quando contraiu o corpo. Chupei com mais força, movendo a mão, em sua base, no ritmo do boquete.

Mas logo ficou claro que ele havia perdido o controle. Apertei as coxas dele com as mãos, enquanto Logan controlava minha cabeça, impulsionando o quadril para frente e para trás, deslizando para dentro e para fora da minha boca. Mantive os lábios fechados ao redor do seu pau, lambendo sempre que possível.

Então, o corpo dele começou a tremer.

— Vou gozar.

Ele começou a se afastar, e fiquei grata, mas, por alguma razão, queria que não precisasse encurtar seu prazer. Agarrei as pernas dele e me inclinei para a frente, apertando os lábios em sua extensão.

— Porra, Angel... Você vai me deixar... Argh... Vou explodir.

Dei um tapinha nele com os dedos, avisando-o de que eu estava bem. Com um impulso final, ele se enterrou no fundo da minha garganta e convulsionou com a ejaculação. A porra quente disparou pela minha garganta, e eu engoli tudo.

Ele era o primeiro homem que eu deixava gozar na minha boca. Acima de mim, Logan tentava recuperar o fôlego, ofegando com a força do orgasmo.

Quando olhei para cima, foi para vê-lo me encarando. Logan parecia gloriosamente desarrumado – um deus grego no mar –, com sua mulher de joelhos diante dele.

— Não vai querer saber no que fiquei pensando o tempo todo, querida. Porra, como você chupa bem. Tudo bem eu ter...

Assenti.

— Gosto de quando você assume o controle, é bruto, poderoso e...

— Te excita? — De repente, ele soou sério. — Está molhada?

— Muito molhada.

— Entendido. E, só para constar, isso me dá muito tesão. Deveríamos explorar mais a situação.

— Como quiser.

— Caralho, amo quando você diz isso. Venha aqui.

Ele se curvou e me ergueu, segurando-me em seus braços.

— Vamos transar como coelhos, você e eu, porque parece que nunca vou me cansar, mas, agora, chegou a sua vez.

— Não precisa ser olho por olho. Tudo bem se você só precisar...

— Vou foder com os seus peitos mais tarde, ainda tenho muito a explorar. E, quanto ao olho por olho... Quero ver os seus peitos. Você, oficialmente, está desprovida de roupas pelo resto do dia.

— Mas e se alguém nos vir?

— Vão precisar da porra de um telescópio para te ver. Olhe ao redor, não tem nenhum barco por perto. Você é toda minha, e deve fazer o que eu quiser. Agora, quero você pelada, de costas e com as pernas ao redor da minha cabeça.

— Não vamos perder o controle do barco?

— Estamos no meio da porra do oceano. Temos espaço para ficarmos à deriva. Agora, de costas.

Não discuti, e ele precisou de pouquíssimo tempo para me fazer gritar. Sabendo que não havia ninguém por perto, não me segurei e deixei os gemidos explodirem dos meus pulmões.

Nos acalmamos depois disso. Eu, nua diante do pôr do sol, e ele, sem camisa. O calor do dia perdurou, então eu estava quente o bastante, mas o pôr do sol não seria tão divertido se eu não estivesse pelada.

— Está pronta para nos conhecermos melhor?

Ele pegou um cooler, posicionando-o diante de mim.

— O que você tem em mente?

— Vinte perguntas, você tem que me contar a verdade. Não importa o que seja.

— E se eu não quiser responder à pergunta, ou não puder?

— Pode pular cinco perguntas, mas só cinco. Se usar as suas chances no começo, terá que responder todas as outras. Use-as sabiamente.

— Isso também vale para você?

— Com certeza.

— Sei que vou me arrepender depois... mas vamos jogar.

— Tudo bem, primeira pergunta...

— Você começa? E o que aconteceu com o "damas primeiro"?

— Nesse jogo, é melhor ir por último. A última pergunta é a mais incriminadora, mas posso te deixar começar, se você quiser.

— Hum, não. Tudo bem. Pode perguntar.

CAPÍTULO 18

Logan

Você poderia achar que, depois de todo o sexo, minhas bolas estariam vazias. Não estavam. Meu corpo não se cansava de Angelique Mars.

Meu anjo.

Mas senti que precisava respirar um pouco. Havia tanto que eu ainda queria saber sobre ela, sua vida e seus sonhos. Queria conhecer a mulher pela qual estava me apaixonando, em vez de gastarmos todo o nosso precioso tempo juntos só fodendo.

Não que transar não fosse divertido, mas quem era Angelique Mars? E por que eu estava loucamente atraído por ela? Essa mulher que tinha me feito perder o controle, quais eram os seus segredos?

— Primeira pergunta... — comecei.

— Estou pronta. — Ela se sentou na minha frente e cruzou as pernas.

A embarcação balançava nas ondulações leves, e o mar banhava todo o casco. Límpida, estávamos acima de doze metros do fundo, mas eu ainda podia ver, com clareza, o recife de corais abaixo. Queria mergulhar com Angel, nadar entre os peixes, explorar e desbravar um novo mundo.

Com ela.

Ao meu lado.

— Sexo dominador. Gosta ou odeia?

Essa, provavelmente, não era a pergunta mais urgente que eu tinha a fazer. Se a pressionasse demais, poderia acabar arruinando o que tínhamos antes mesmo de descobrirmos o que realmente estava rolando entre a gente.

Eu amava sexo, e não tinha medo de me divertir um pouco com isso. Merdas como essa não me definiam. Eu não era um ultraconservador que sempre dominava a transa, apesar de gostar de um pouquinho de controle durante a atividade. Se dependesse disso, poderia abrir mão. A coisa mais importante era que nós dois nos divertíssemos.

— Humm, gosto.

Isso! Um ponto para mim.

— Sua vez — encorajei-a a entrar no meu joguinho. Vinte perguntas não pareciam muita coisa, mas o assunto poderia ficar arriscado rapidamente.

— Relacionamento mais longo?

Porra. Se eu respondesse a verdade, que tipo de dúvida se instauraria na mente dela? Mas o objetivo era ser honesto. Eu era digno de me manter fiel a minha palavra.

— Um mês, talvez menos, mas éramos mais colegas de foda do que um casal. Acho que nunca quis estar com alguém... até agora.

Deveria ser o bastante, mas, pela maneira como seus lábios se retorceram, não tive tanta certeza.

— Agora? — O tom curioso dela me incentivou, mas iríamos jogar de acordo com as regras.

— É a minha vez de perguntar.

Angel semicerrou os olhos, não aprovando o fato de eu ter desviado do assunto.

— Você gosta ou odeia sexo anal?

— Não sei, nunca fiz.

A maioria das garotas com que eu havia saído tinham testado quase tudo. Parecia que Angel não era tão aventureira quanto eu havia pensado. Manteria isso em mente, e não a pressionaria tanto. Meu objetivo não era fazê-la fugir, mas mantê-la comigo.

— Isso significa que é uma possibilidade, ou não? — Eu estava curioso.

— Você está se adiantando nas perguntas. — Ela me provocou por fazer exatamente a mesma coisa pela qual eu a havia punido antes. Garota esperta.

— Tudo bem, sua vez.

— Você se vê tendo filhos?

Merda, ela não perdeu tempo testando o território, mas eu tinha tudo sob controle.

— Agora não, mas sempre me vi sendo pai algum dia.

— Justo.

— E você?

— Sempre coloquei minha carreira em primeiro lugar. Acho que nunca encontrei alguém com quem me vi tendo uma família. Estou ficando velha. Se essa oportunidade estiver no meu futuro, está em um futuro muito mais próximo do que estou preparada.

— Entendo. Para mim, parece uma eventualidade. Família é importante, mas minha carreira também vem em primeiro lugar.

Estávamos nos soltando um com o outro, compartilhando mais do que as perguntas demandavam, mas, com Angel, era sempre assim. Me abrir parecia tão natural quanto respirar.

— Minha vez — disse. — O que pensou quando me viu pela primeira vez?

Ela baixou a cabeça, escondendo um sorrisinho.

— Te achei um canalha arrogante e fiquei irritada por ter se atrasado. Por quê? Chegou atrasado, quero dizer? Não me pareceu muito profissional.

Considerando que eu tinha acabado de meter o pau em sua garganta e transado com Angel algumas vezes nas últimas horas, não quis responder.

— Vou pular.

— Mesmo? Vai pular? Não foi uma pergunta difícil. Achei mesmo que você tivesse demorado por ter que largar alguma loira pernuda...

— Não vou responder, e é a minha vez de perguntar.

— Tudo bem.

— Quantos relacionamentos sérios você já teve?

Ela torceu a boca. Por um momento, achei que fosse pular a pergunta, mas, por fim, respondeu:

— Não muitos. Na verdade, dois. Um foi sério, e o outro... Achei que chegaríamos a algum lugar, mas nenhum deu certo.

— Eu diria que lamento, mas estou feliz por não terem dado certo.

Ela mudou de posição, apoiando as pernas na frente do corpo.

— Posição sexual preferida?

— Resolveu me perguntar algo fácil?

— Estou fazendo uma pesquisa.

— Bem, você nunca vai adivinhar minha posição sexual preferida... mas aposto que vai amar.

— É mesmo?

Eu me inclinei para a frente e sussurrei no ouvido dela:

— Minha posição preferida é quando estou no controle.

Ela corou, ficando vermelha da cor da incandescência no céu.

— Sua família é grande? — Percebi que não sabia quase nada sobre a família dela.

— Não.

— Pode elaborar?

— É a minha vez de fazer uma pergunta. Alguma vez desejou ser filho único?

— Nunca. Apesar da diferença de idade, meus irmãos e eu somos próximos. Na verdade, somos melhores amigos, e as garotas estão ficando cada vez mais toleráveis.

— Mais toleráveis? Interessante...

— Elas são muito mais novas do que eu, e nunca as entendi. Minha vez. Você não tem uma família grande, mas tem algum irmão?

— Não. Acho que já te disse isso... Quantos anos você tinha quando perdeu a virgindade?

— Ah, voltamos a falar disso?

— Sim, acho que você foi precoce. Treze? Quatorze?

— Na verdade, até que demorei. Transei pela primeira vez na noite da minha formatura do ensino médio.

— Tá de sacanagem?

— Isso foi uma pergunta?

— Não, é que eu te imaginava como o reizinho da escola.

— Na verdade, eu era bem prudente. Foi depois da escola de voo que as coisas mudaram. Por alguma razão, as mulheres se interessam por pilotos. Ficaram caidinhas por mim.

— Nossa, que surpresa. — O tom sarcástico de Angel não passou despercebido.

— E você? Quando perdeu a virgindade?

— Foi o de sempre na formatura... Ficamos bêbados e pensamos, por que não? Foi quase um desafio. Ele gozou rápido, e eu... não. Não gosto muito de lembrar disso.

— Ah, eu sempre ficava nervoso. Queria me sair bem. Como eu disse, fui bem conservador. Todos os meus amigos no ensino médio estavam transando e assumiram que eu também. Quanto mais eu ficava quieto, mais as histórias aumentavam. Tinha muito medo de transar com as garotas, porque precisaria ser espetacular. Posso ter me preocupado um tiquinho demais com a minha reputação.

— Você coloca muita pressão em si mesmo. Ninguém é tão bom assim no ensino médio, todo mundo ainda é bem atrapalhado.

— Eu não. Não transei até saber como impressionar uma garota, e eu pesquisei pra caralho.

— Pesquisou?

— Porra, é claro que sim. Aprendi tudo o que eu podia sobre dedar uma garota, como encontrar o ponto G e fazer o melhor sexo oral. Estudei tudo.

— Bem, posso dizer, por experiência própria, que você sabe se virar bem.

— Bem? Prefiro pensar que virei o seu mundo de cabeça para baixo. Pelo que me lembro, você estava suplicando.

— Só porque você foi um canalha.

— Sim, foi divertido. É a vez de quem?

— Minha.

— Vá em frente.

— Com quantas mulheres você já dormiu?

— Honestamente? Não sei. — Inclinei-me para a frente e segurei a mão de Angel. — Olha, já explorei muito. Nós dois sabemos disso, e já fodi mais mulheres do que deveria, mas, por favor, não use meu passado contra mim. É uma das poucas coisas que te peço. Agora, você é a única mulher na minha vida. E eu não brinco com essas coisas. Apesar de ter comido muitas, sou do tipo de cara que fica com uma mulher de cada vez.

Merda, aquilo tinha soado terrível. Pela maneira como os ombros dela se curvaram para baixo, desejei não ter dito a última frase.

— Por quanto tempo? — Ali estava sua insegurança, trazida à superfície. Eu era um cuzão que não conseguia evitar se vangloriar do passado que não queria que Angel usasse contra mim.

— Não posso te prometer nada, exceto dizer que nunca me senti assim com mais ninguém. Não estou pronto para que isso acabe. É o melhor que posso te dar... E, fique sabendo, você fez duas perguntas.

— Não precisa se preocupar comigo. — Ela se afastou, nos distanciando.

— Como assim?

— Eu não sou grudenta e não estou tentando te fazer assumir um compromisso nem nada do tipo. Somos duas pessoas se divertindo, certo? Sem compromisso.

Ouvi as palavras, mas não acreditei. Mais preocupante do que isso, no entanto, foi o fato de terem me irritado.

Não havia nada casual em como me sentia. E, sim, tínhamos transado —

transado muito –, mas eu não a tinha usado, e sabia muito bem que ela também não havia me usado.

— Não estamos tendo um caso. — Era algo mais, mas não estava pronto para dizer isso em voz alta.

Por alguma razão, Angel estava tentando me oferecer uma saída. Ela não sabia o que eu sentia?

— Perdi a noção de quem é a vez. — Ela esfregou os braços quando o vento lambeu a superfície do mar. Com o sol se pondo, a temperatura começava a baixar.

Meu humor ficou ácido.

— É isso que você pensa de mim?

— É uma das suas vinte perguntas?

— Foda-se as perguntas, é isso que pensa de mim?

— Não sei do que você está falando...

— Acha que estamos apenas fodendo? Que isso não significa nada?

— Não é *exatamente* isso que estamos fazendo? Olha, você mesmo disse. Você não namora, nunca fez isso. E, por mim, tudo bem. — Angel se encolheu e se recusou a encontrar o meu olhar.

Sua linguagem corporal me dizia que não estava tudo bem para ela. Eu podia ser o cara que fodia tudo que tinha uma boceta, mas Angel, não. Ela transava com todo o coração, e estava abrindo a alma para mim.

Ela compartilhou o seu maior medo, e o problema era que eu era esse medo. Ou tinha sido.

— É diferente. — Eu me inclinei em direção a ela, mas Angel se afastou.

— É mesmo?

— Você não sente? Como o ar estala ao nosso redor? Como os nossos corpos se encaixam, como se tivessem sido feitos um para o outro?

— Temos uma química intensa... Então, sim, eu sinto. E o sexo tem sido incrível, mas...

— Nada de "mas". Porra, eu disse que você era minha, e é verdade. Se eu tiver que te provar isso todos os dias, pelo resto da sua vida, eu vou.

Minha voz se ergueu, e precisei me esforçar para não gritar. Era difícil, porque a raiva fazia meu sangue borbulhar.

Ela não sabia? Não sentia? Não acreditava que eu nunca partiria seu coração?

Uma olhada nos olhos dela me disse a verdade.

— Caralho.

— O que foi? — Seus longos cílios roçaram as bochechas quando Angel piscou, vagarosamente.

— Nada. Não foi nada.

Ela estava certa. Eu tinha acabado de perceber que havia me apaixonado.

Meu mundo todo girou, e parecia que alguém tinha me dado um soco na barriga.

Se ela me deixasse, por medo de que eu poderia quebrar seu coração ou não, eu nunca me recuperaria.

— Vamos fazer uma pausa, querida. Vou servir o jantar e pegar o champagne.

— Champagne? Escolha interessante.

— Bem... É um jantar ao pôr do sol em um barco. — Apontei para a água e para o cenário em chamas acima da nossa cabeça. — O champagne pareceu uma escolha boa, considerando que estava planejando te seduzir até a cama e tudo mais.

— Ah. — Angel baixou a cabeça. — Acho que nos precipitamos, desculpa. Arruinei a sua ilustre tentativa de sedução.

Pelo menos, seu humor estava de volta. As provocações eram o nosso ponto forte, assim como a conexão física. Ela comeria na minha mão, e eu tinha a ideia perfeita de como fazer isso.

— Eu não abriria mão das últimas horas por nada, e não me importo de termos nos precipitado. Na verdade, você pode arruinar minhas tentativas sempre que quiser.

Sinceramente, eu me importava. A crença de Angel de que eu a abandonaria fez minhas entranhas revirarem. Porra, minhas bolas se ergueram e endureceram quando percebi para onde a conversa estava indo.

— Pensei que você quisesse me ver montada no garanhão. — Um brilho malicioso atravessou os olhos dela.

— Sim, quero. — Iríamos transar outra vez. O ar crepitava com essa promessa, mas seria de acordo com a minha vontade.

Não tinha como ignorar nossa atração física nem minha necessidade de meter nela outra vez. Não importava o que fosse preciso, mostraria a Angel que isso significava mais do que um romance de verão ou de conveniência.

E eu estava mais do que ciente do seu corpo nu.

Apontei para o convés.

— Deite-se de costas.

— Oi?

— Você me ouviu. Bem ali... — Apontei para a lona esticada entre os cascos paralelos do catamarã. Aquilo ia demorar, e quis garantir que ela estivesse confortável.

— Você me quer de costas?

— Foi o que eu disse.

— Mas pensei que iríamos jantar.

— Nós vamos.

As sobrancelhas dela se uniram.

— É meio difícil comer se eu estiver deitada de costas.

— Acho que você tem uma escolha... Pode fazer o que estou mandando e ver o que acontece. Ou não, e ficar imaginando o que eu tinha em mente. — Deixei que minha voz engrossasse, tirando proveito dos tons mais graves do meu alcance vocal, e transformei minhas palavras em uma ordem. — O que vai fazer, Angel? Vai me obedecer, ou vou precisar te deitar no meu colo?

Os olhos dela se arregalaram, refletindo o brilho avermelhado do céu. Com um gritinho, ela foi correndo para a lona e se esticou para mim.

Eu estava duro outra vez.

Por enquanto, jogaríamos jogos de adultos.

CAPÍTULO 19

Logan

Peguei o cooler que os funcionários do hotel encheram para o nosso passeio noturno. Sentando-me ao lado de Angel, encarei seus olhos de ônix e senti algo se revirar dentro de mim.

— Por que estou de barriga para cima? — Ela piscou lentamente.

— Porque seus seios são bonitos pra caralho, sua barriga é tão lisinha quanto um trampolim, e sua boceta é divina.

— Hum, tudo bem...

— Deixe-me dizer de outra maneira. — Peguei o petisco, o coquetel de camarão, e mostrei-o a Angel. Em vez de colocá-lo na minha boca, ou dar para ela, repousei-o em seu peito.

— Logan...

— Quietinha, você é o meu jantar. Vamos começar pelo coquetel de camarão, acompanhado dos seus seios deliciosos. — Espalhei três camarões ao redor dos peitos dela. Em seguida, derramei o molho do coquetel sobre os mamilos.

Ela se contorceu.

— Eu sou o seu jantar?

— Tipo isso. Agora, silêncio.

Peguei o recipiente com o macarrão Alfredo. Ia virar uma bagunça, mas deixaria tudo muito mais divertido.

— O macarrão é o prato principal e vem acompanhado da sua barriga deliciosa. — Abri a tampa com um breve estampido, e esparramei a massa por toda a barriga de Angel. O molho estava grosso o bastante para não pingar do seu corpo, mas escorreu apetitosamente pelas laterais. Eu iria me divertir lambendo tudo aquilo.

— Isso é loucura.

— É perfeito. — Voltei ao cooler e peguei o bolo de chocolate. — E essa é a sobremesa.

— E onde isso vai ficar? — As coxas de Angel se comprimiram, e eu apostaria um milhão de dólares que ela estava molhada.

Posicionei o bolo no triângulo entre as pernas dela.

— O jantar parece delicioso.

— E como vou comer?

— Eu vou te dar a comida.

— Tem certeza de que não vai se distrair com o banquete?

— Não prometo nada. Shh, a mesa não deveria falar.

— Você vai roubar a minha voz?

— Estou controlando a situação, tudo bem para você?

— O que faço com as minhas mãos?

— Pode fazer o que quiser, desde que fique deitada e quietinha.

Ela se esticou e colocou a mão na minha ereção saliente. Eu me assustei, porque não esperava aquilo.

— Você poderia tirar o short — sugeriu Angel.

— Poderia, mas, se eu fizesse isso, nenhum de nós jantaria, porque eu subiria em você e te foderia até não aguentar mais. Agora, vai me deixar desfrutar da refeição em silêncio, ou vai dar uma de tagarela?

Ela mordeu o lábio inferior, apertando os lábios. Sua mão continuou no meu pau, me provocando sobre o tecido do short. Coloquei minha mão sobre a dela.

— Amo te sentir no meu pau. Vamos nos divertir, pode ser?

Ela assentiu brevemente.

— Você pode brincar comigo enquanto janto, mas não vou tirar o short. Se eu gozar antes, você tem carta branca para fazer o que quiser comigo pelo resto da noite. Se eu te fizer gozar primeiro, o privilégio vai ser todo meu. O que você acha desse joguinho?

Um jogo que já estava no papo, não tinha como ela vencer.

Angel assentiu outra vez, mas com mais cuidado. Seus dedos rodopiaram na cabeça do meu pau. Leve como uma pena, seu toque delicado era mais uma cosquinha do que o que eu realmente queria. Um gemido me escapou quando fiquei duro sobre ela. Seria muito difícil se Angel continuasse fazendo aquilo.

— Vamos começar. — Com isso, me curvei e lambi os seios dela. Devagarinho, aproximei-me do primeiro camarão. Chupei-o, depois, bebi o molho com a língua.

Ela arqueou as costas assim que brinquei com o mamilo. Então, Angel gritou quando o mordi com força. Mantive-a deitada, com uma mão pressionada no quadril, e a outra no ombro, enquanto Angel se retorcia. Precisando de mais molho, lambi e chupei, fazendo-a estremecer sob mim.

Dei um sorriso malicioso.

— Isso vai ser muito divertido.

Ela respondeu afundando as unhas no meu pau, e meu quadril se impulsionou para frente, pressionando-o na palma dela. Angel riu sob mim, mas tudo bem. Os dois poderiam brincar nesse joguinho.

Dei um camarão a ela, demorando-me para deslizá-lo pela extensão umedecida do seu seio. Era necessário, disse a mim mesmo, garantir que o camarão estivesse completamente lambuzado de molho. Então, coloquei a cauda na minha boca e me inclinei até os nossos olhos se encontrarem.

Seus pequenos lábios petulantes se abriram para mim, e eu a alimentei boca-a-boca. Nossas bocas roçaram quando ela sugou o camarão de mim.

— Humm. — Ela lambeu os lábios e sorriu.

— Com certeza, essa é a refeição mais gostosa que já fiz. Hora do outro seio... Quero dizer, camarão.

Os olhos de Angel se iluminaram por um segundo, pois sabíamos exatamente o que eu faria.

Uma lambida.

Uma chupada.

Um toque da minha língua.

Torturei-a até ela se contorcer e seus gemidos ofegantes preencherem o ar. Então, posicionei a mão entre as pernas dela, mergulhando os dedos em sua abertura. Em seguida, passeio-os pela cobertura do bolo.

O corpo de Angel se arqueou quando soltei uma risada baixa e rouca.

— Nunca consegui deixar a sobremesa por último. — Exagerei quando lambi os dedos, amando ver suas pupilas se dilatando e o corpo estremecendo, mas o macarrão estava esfriando.

— Está com fome?

— Sim, por favor.

Dei a ela um fiozinho da massa por vez, amando vê-la sugar o macarrão. Isso me lembrou da sensação maravilhosa dos seus lábios ao redor do meu pau, mas acho que essa era a intenção de Angel. A minha garota sabia brincar, e seus dedos habilidosos não queriam soltar minha ereção.

Geralmente, eu precisava de uma mão firme, mas os toques levinhos estavam sendo maravilhosos.

Terminamos o Alfredo, e desfrutei de mais longos minutos, limpando seus seios e a barriga com a língua. Faltava apenas mais uma coisa a ser feita. Minha cueca estava apertada, mas meu alívio continuava longe. Angel, por outro lado, lutava contra o dela.

Achei excitante ver o quanto seus mamilos eram sensíveis e o quanto ela reagia ao meu toque.

— Desculpa, mas acho que não posso compartilhar a sobremesa com você. Vou ser egoísta e comer *tudo* sozinho.

Fiz exatamente isso. Mergulhei entre as pernas de Angel, e não demorou muito para o orgasmo tomá-la por completo. Queria fodê-la, mas me segurei.

Quando seus gritos suaves se aquietaram, e a respiração voltou ao normal, beijei-a lenta e gentilmente, deleitando-me com como nossos lábios deslizavam um contra o outro, e como seus dedos se enroscavam no cabelo da minha nuca.

— Precisamos te limpar.

— Isso foi incrível. Com certeza, foi a primeira vez que fiz algo assim.

— Você sabe nadar?

— Oi?

Segurei-a nos braços e perguntei outra vez:

— Você sabe nadar?

— É claro que sei.

— Ótimo. — Prontamente, caminhei até a lateral do barco.

— Ah, não. Nada disso. — Ela prendeu os braços ao redor do meu pescoço.

Eu tinha pedido uma escada de mergulho mais cedo, antecipando o nosso banho noturno. Minha ideia era jogá-la ao mar e me divertir um pouco, mas, pela forma como Angel se agarrava ao meu pescoço, isso não aconteceria como eu havia planejado.

— Sim.

— Logan!

Tentei jogá-la, mas ela enrolou o corpo no meu. Então, optei pela outra melhor opção e caminhei até a parte de trás do barco.

— Ah, não, você não vai...

Abaixei-me e me agarrei a uma corda de tração. Isso nos permitiria ficar na água e, ao mesmo tempo, presos ao barco.

O que ela estava preste a dizer se perdeu quando pulei na água. Afundamos sob as ondas. Ela cuspiu e chiou, e eu me revesti com meu maior sorriso. Rompendo a superfície ao mesmo tempo, ela jogou água no meu rosto.

— Seu canalha!

— Ei, era o jeito mais fácil de nos limparmos depois do jantar.

Por um momento, ela considerou o que eu disse. Então, apertou os lábios, mas não falou mais nada.

— Dá para acreditar nas cores do céu? — Ela inclinou a cabeça e flutuou de costas.

Aproximei-me dela e segurei sua mão, enquanto boiávamos e encarávamos o céu.

Vermelho-escuros, laranjas flamejantes e amarelos dispersos coloriam o quadro vivo. Abrindo caminho, direto do paraíso, uma camada de roxos, azuis e pretos trazia a noite.

— É de tirar o fôlego — comentou ela.

— Não acredito que estamos tendo a chance de fazer isso... Queria que todos os nossos clientes fossem como os Truitt.

— Não é? Vai ser difícil superar isso.

— Quando voltarmos, podemos conversar sobre o que vai acontecer depois?

— Acho que sim.

— Você não parece muito interessada.

Angel se virou, endireitando-se na água ao meu lado.

— Não quero pensar em nada além deste momento.

— Por que não?

— Porque assim que isso acabar...

— Eu não tenho qualquer pretensão de que isso acabe.

— Não precisa dizer isso, sei o que estamos fazendo.

— E o que *exatamente* você acha que estamos fazendo? Acha que estamos transando por diversão?

— Não estamos?

— É muito mais do que isso, caralho. Porra, Angel... Estou me empenhando para termos algo mais.

— Mais? O que isso quer dizer? Você me quer como amiga de foda?

— Isso me magoou.

— Por quê? Não é isso que você faz? Já me machuquei antes, e entrei nessa conhecendo os riscos. Sei que você não namora.

— Não, você tem razão. Eu não namoro. Eu transo com mulheres com as quais não me importo e uso-as para acabar com uma comichão. É isso que pensa que estou fazendo com você?

— Eu só não quero complicar as coisas. Estamos nos divertindo, e isso é ótimo, mas...

— Mas o quê? Está tentando me dar o fora?

— Não quero que as coisas fiquem estranhas entre a gente.

— Já parecem bem estranhas para mim. Talvez você precise tirar o algodão do ouvido, porque, com certeza, não me ouviu quando eu te disse que você era minha. Não sei o que está rolando entre a gente, mas é mais do que sexo casual. Gosto de transar, gosto do lado selvagem que isso desperta, mas não quer dizer que vou te comer e te abandonar.

— Achei que...

— Achou errado. Achou *tudo* errado. Você e eu vamos transar hoje, amanhã e todos os dias daqui pra frente, porque nunca vou te deixar. Não sei o que estou sentindo, mas nunca me senti assim antes. É complicado o bastante para você?

— Bem complicado...

— Por quê? — Eu não sabia de onde a raiva vinha, deveria querer algo fácil, descomplicado e sem nenhum compromisso.

— Porque não podemos voar juntos.

— Por que não? Porque estamos dormindo juntos?

— Porque estamos fazendo bem mais do que dormir juntos.

— Bem, pelo menos você resolveu desenterrar a cabeça da areia. Você e eu? Estamos juntos nisso, estamos juntos nessa sensação louca e insana de nunca mais querer ficar sem você.

— Isso é complicado. E intenso.

— Não deixe isso te assustar.

— Eu mal te conheço e acho que luxúria não é uma boa base para se construir um relacionamento. É isso o que temos. Concordo com você, é insano, e a nossa química é intensa pra cacete, mas o que realmente sabemos um do outro? Isso sem mencionar que, antes de te conhecer, eu tinha um ódio profundo de todo e qualquer piloto de combate.

— O quê?

— Você me ouviu. Rivalidades de lado, pilotos arrogantes são umas das pessoas de que menos gosto no mundo. São imbecis que se acham, canalhas convencidos.

— Canalhas convencidos? — Eu ri. — Parabéns pela aliteração, mas espero que tenha mudado de ideia quanto a *todos* os pilotos. Posso ser arrogante e convencido de vez em quando, mas, no geral, não sou imbecil, e gosto de pensar que me livrei do orgulho há muito tempo. Eu te admiro e também o que você conquistou na sua carreira. Preciso manter minha imagem, como parte da máquina publicitária da Marinha. Você faz o trabalho de verdade, e o seu histórico de voo fala por si mesmo. E, como podemos ver, eu me curvo perante suas habilidades todas as vezes.

— Obrigada, mas não precisava ter dito tudo isso. Eu não estava atrás de validação, queria que soubesse como me sinto. Dois dias atrás, eu te odiava por conta do seu emprego.

— E... agora que me conhece?

— É diferente.

— Então resolvido.

— O que está resolvido?

— Você e eu somos, oficialmente, um casal. Se quiser, posso dar um jeito de não voarmos juntos, de manter o pessoal e o profissional separados.

— Acho que é melhor assim, você não acha? Nada de emoções complicadas na cabeça.

— Qual cabeça? — Dei uma piscadela. — Pronta para voltar ao barco?

Subimos a bordo e transamos. Observamos as estrelas e transamos. Procuramos estrelas cadentes e, depois, transamos mais.

No entanto, em algum momento, tudo termina.

Nossa noite terminou à meia-noite quando ancoramos o catamarã e subimos para o quarto, onde desabamos, exaustos, na cama.

CAPÍTULO 20

Angel

Logan e eu acordamos em um emaranhado de membros, e ficamos na cama pelo tempo que conseguimos. Nosso voo seria apenas no começo da noite, mas tínhamos de fazer o checkout e verificar se o jatinho estava pronto para a volta para casa.

— Pronta? — Logan deu uma última olhada no quarto, certificando-se de que não tínhamos deixado nada para trás.

— Pronta. — Fechei a mala e coloquei-a no chão.

Era estranho, talvez até um pouco surreal, saber que os nossos poucos dias no paraíso estavam acabando.

E a outra questão?

E eu não queria pensar no que aconteceria quando voltássemos para a vida real. Parecia que tínhamos existido em uma bolha esquisita nos últimos dias, separados do mundo real.

Quando voltássemos, seria eu apenas outra conquista em uma longa lista de casos de uma noite só? Ou Logan tinha dito a verdade ontem à noite?

Terminamos o jogo de vinte perguntas quando as estrelas cadentes brilharam no céu noturno, e aprendi um pouquinho mais sobre a família, a carreira e as esperanças de Logan para o futuro.

Minhas respostas foram mais evasivas, mas não menti nenhuma vez.

Almoçamos a caminho do aeroporto, compartilhando um silêncio confortável, enquanto remexíamos a comida no prato. Parecia que nenhum de nós estava muito interessado em dar continuidade àquele dia.

Um pouco depois do meio-dia, estávamos de volta ao aeroporto, fazendo a checagem externa do jatinho. Enquanto Logan completava a volta ao redor da aeronave, dei uma olhada nos registros mecânicos.

— Como estão as coisas? — Logan bisbilhotou sobre o meu ombro e passou a mão pela minha cintura, trazendo-me para perto.

— Perfeitas. Tudo certo para o voo. O caminhão de combustível está a caminho, e acabei de receber uma mensagem da Bianca. Devem chegar uma hora antes do esperado. O sr. Truitt quer chegar em casa antes da hora de Georgina dormir.

Com o avião abastecido, Logan e eu relaxamos na cabine principal, esperando nossos clientes chegarem. Bianca me manteve atualizada com uma torrente de mensagens.

Meu celular apitou, e olhei para baixo.

— Acabaram de chegar.

Levaria alguns minutos para passarem pela segurança, mas Logan e eu saímos do jatinho para esperá-los.

— Vou ajudar com as malas. — Ele limpou as mãos na calça. Logan parecia um pouco distante, mas... eu também não parecia animada e feliz.

As portas duplas do terminal de passageiros se abriram, e Georgina deu um gritinho ensurdecedor quando viu Logan. Livrando-se do pai, correu de braços abertos direto para o abraço dele.

— Ei, oi. — Logan pegou-a no colo e girou-a em um círculo. Ele era mesmo bom com crianças.

— Sr. Logan, a gente fez aquilo! A gente fez aquilo! — Seus guinchos alegres me fizeram sorrir.

— O que vocês fizeram, querida?

Ele podia estar falando com Georgina, mas a voz grossa e rouca me deixou toda arrepiada. Estava mais do que ciente das horas que eu passaria sentada bem ao lado dele em uma cabine apertada, incapaz de nos tocarmos.

— Nadamos com os golfinhos — explicou Georgina. — Mamãe e papai foram empurrados por um deles, e eu montei no outro!

— Que incrível!

— Oi, Georgina. — Dei um tapinha nas costas dela. — Você nadou mesmo com eles?

— Sim, e foi muito divertido.

— Posso te contar um segredo? — perguntei.

— Sim! — Sua voz se transformou em um sussurro.

— Nós também nadamos com eles.

Seu rosto se iluminou.

— Eles te empurraram pela água como fizeram com a mamãe e o papai?

— Sim, foi bem divertido. Fico muito feliz por você ter tido essa experiência.

— Sim! Brincamos com as tartarugas e passamos o dia todo na praia... Papai fez um castelo de areia gigante, enquanto a mamãe dormia.

— Está pronta para decolarmos, garotinha? — Logan aconchegou Georgina em seus braços. De repente, girou-a, deixando-a de barriga para baixo, com os braços esticados acima da cabeça. Então, começou a correr com ela, imitando o barulho das turbinas.

Georgina riu e pediu a ele que corresse mais rápido.

Aproximei-me de Bianca e puxei-a para um abraço.

— Como foi o fim de semana?

— Foi ótimo. Georgina se divertiu horrores. Ela nos avisou que quer um golfinho de Natal.

Bandit surgiu ao lado de Bianca e farejou o ar, desconfiado. Cachorro inteligente, ele sabia que estávamos prestes a forçá-lo a aturar, outra vez, a indignação de voar.

— Ei, garoto. — Agachei-me e cocei entre suas orelhas. Em seguida, ergui os olhos para Bianca. — Um golfinho? Tipo, um de verdade ou um de pelúcia?

— De verdade.

— Ah, nossa... — Cobri a boca e tentei disfarçar a risada.

— Sim, minha filha também decidiu que vamos construir uma praia para as tartarugas de estimação dela.

O sr. Truitt estava com os braços cheios de itens da Hello Kitty, com algumas novas adições: um golfinho e uma tartaruga de pelúcia.

— De quem será que ela puxou isso? — Ele mirou Bianca, e as bochechas dela coraram sob o olhar do marido.

Era assim que eu ficava quando Logan voltava sua atenção a mim?

— Bem, parece que você conseguiu alguns substitutos antes de precisar comprar animais de verdade — disse. — Estou vendo que a Kitty ganhou alguns amigos.

— Sim. Claramente, sou babá deles. — Ele deu uma risada carinhosa.

Tirei o golfinho e a tartaruga dos braços do sr. Truitt, amenizando um pouco o seu fardo. Não tivemos de ajudar com as malas, pois os funcionários do aeroporto já tinham dado um jeito nisso.

— Vamos acomodar vocês dois, enquanto Logan e Georgina brincam de pilotar.

Com Logan distraído, baixei minha voz a um sussurro:

— Sr. Truitt, quer se vingar de Logan por ter sugerido a tarde com os golfinhos?

— Por favor, me chame de Dex. E com certeza.

Inclinei-me para ainda mais perto.

— É claro, *sr. Truitt.* Fiquei sabendo que Logan foi recentemente convertido por *Frozen.* Ele sabe cantar a maior parte das músicas. Quando atingirmos a altitude de cruzeiro, poderia convidá-lo a assistir ao filme com você e Georgina.

— Caramba, que maldoso. — O sr. Truitt olhou para Logan, que ainda carregava Georgina nos braços, fazendo mergulhos e manobras, enquanto ele imitava as turbinas. — Adorei.

— Só não diga a ele que a sugestão foi minha.

Todos estavam a bordo, então, Logan e eu fomos trabalhar.

As obrigações dos tripulantes de voo foram feitas. Foquei cem por cento no voo e ignorei a química escaldante entre nós.

Tudo bem, posso não ter estado cem por cento focada no trabalho, mas os protocolos rigorosos me ajudaram a ignorar o aroma intoxicante de Logan.

Quando atingimos a atitude de cruzeiro, informei os passageiros. Minutos depois, houve uma batida suave na porta.

O sr. Truitt enfiou a cabeça no cockpit.

— Ei, Logan...

Logan se virou no assento.

— Sim?

— Venha aqui, rapidinho. Georgina quer te ver. — O sr. Truitt me deu uma piscadela, e Logan semicerrou os olhos, cheio de suspeita.

— Pode deixar. — Logan desafivelou o cinto e se inclinou para sussurrar no meu ouvido: — Isso é coisa sua?

Dei de ombros.

— Não faço ideia do que você está falando.

— Humm, veremos.

Quando ele saiu da cabine, a vozinha de Georgina soou por todo o jatinho.

— Eba! Ele vai assistir comigo?

— Você tem que pedir com educação, Georgina Bina. — O tom suave de Bianca encorajou a filha, lembrando-a de ter modos.

— Sr. Logan, você poderia, por favoooor, assistir a *Frozen* comigo?

Escondi o riso quando Logan deu um passo para trás e apontou para mim.

— Você vai me pagar.

— Por quê? O que você quer dizer com isso, capitão Reid?

— A vingança é um prato que se come frio. — Ele girou e respondeu à garotinha: — É claro, adoraria! Mas talvez eu não consiga ver o filme todo, preciso ajudar Angel a pilotar o avião.

— Ah, não tem problema! — Georgina deu um tapinha no assento ao lado.

Logan se sentou, enquanto ela colocava o filme preferido na tela do avião. Deixei uma risada escapar quando Bianca e o sr. Truitt trocaram um olhar e, em seguida, colocaram os fones nos ouvidos.

Virei-me para desfrutar do cockpit vazio. Pela primeira vez desde que decolamos, consegui respirar com facilidade. A presença de Logan dominava tudo, e cada respiração me lembrava da familiaridade íntima que ele havia encontrado no meu corpo.

Um pulsar suave surgiu entre as minhas pernas. Era isso que pensar nele fazia comigo. Logan me transformava em uma adolescente com tesão que não conseguia se satisfazer.

Pelas duas horas seguintes, aproveitei o cockpit sem ele. Então, percebi que o filme já devia ter acabado faz tempo.

Estávamos a 35 mil pés, e o piloto automático controlava o manche. O oceano azul se estendia de horizonte a horizonte abaixo de nós, e havia apenas algumas nuvens no céu. Daqui a uma hora, deixaríamos o oceano para voar sobre terra. Depois disso, teríamos mais algumas horas juntos antes de chegarmos em Nova York.

Onde a nossa jornada terminaria.

Parecia ser o fim, e me preparei blindando meu coração, mentindo para mim mesma.

Tinha sido apenas um namorico.

Um romance inofensivo no trabalho.

Mas tinha sido isso e muito mais.

Desafivelei o cinto e abri a porta da cabine. Estava passando *Frozen,* e Georgina se encontrava sentada no colo de Logan. A garotinha abraçava a nova amiga tartaruga com força contra o peito.

Logan ergueu os olhos e me lançou um olhar que, com certeza, me dizia que eu pagaria por aquilo.

Georgina me viu e me fez um aceno breve, mas estava absorta no filme e rapidamente me ignorou. Bianca e o sr. Truitt continuavam em suas poltronas, com os fones de ouvido no mesmo lugar.

Bianca ergueu os olhos do livro.

— Estão vendo pela segunda vez. Acho que vou contratá-lo como babá, ele sabe todas as falas.

Logan pigarreou e olhou feio para Bianca. Georgina parecia indiferente, focada demais no filme para prestar atenção nos adultos.

— Estou vendo... — mantive a voz baixa.

— Dex não para de rir quando as músicas começam — disse Bianca. — Está feliz por não ter que cantar todas.

— Bem, só vim dar uma olhada em vocês. Precisam de alguma coisa?

— Não. Muito obrigada, Angel.

Pisquei para Logan e voltei ao cockpit. Segundos depois, uma pessoa apareceu atrás de mim.

— Logan? Pensei que estivesse vendo o filme de novo.

— Falei para a Georgina que você precisava de mim aqui.

— Eu não falei isso.

— Tem certeza? Porque, sem dúvida, eu te ouvi dizendo que precisava de mim no cockpit. — Ele entrou, fechou a porta e fez questão de esfregar o quadril na minha cara a caminho do assento antes de se acomodar na cadeira do capitão.

— Abandonou uma garotinha adorável para se espremer nessa cadeira? Acho que isso faz de você um monstro. — Mantive o tom leve, ignorando a ameaça sedutora que latejava entre nós cada vez que ele respirava.

— Ela não liga, mas perguntou para a mãe se poderíamos nos ver de novo sábado que vem para assistirmos outra vez.

Eu quase bufei.

— De novo?

— Sim, mas expliquei para ela que eu já tinha planos.

— E você tem?

Minhas entranhas se reviraram com aquela ideia. Não tinha como ele já ter marcado um encontro com outra pessoa. A agenda social de Logan era tão cheia assim? Ou, simplesmente, havia mulheres demais dispostas a pular na sua cama?

— Eu disse que ia te fazer sofrer.

Suspirei, ficando nervosa com as minhas inseguranças. Logan não tinha me dado razão alguma para acreditar que ele tinha interesse em se encontrar com outra mulher.

— É mesmo? — tentei provocá-lo, mas não deu certo. — E se eu estiver ocupada sábado?

— É só cancelar.

— E se eu não puder? — Eu não tinha nenhum outro compromisso marcado.

— Vai dizer para o canalha que acha que vai se encontrar com você que, agora, você é minha.

— Não tenho mais ninguém, Logan. — Parecia que eu não era a única com esse tipo de pensamento. — Era brincadeira.

— Bom saber, mas, já que estamos falando disso, quero esclarecer as coisas. Não vou me encontrar com mais ninguém, exceto você. Espero que sinta o mesmo por mim.

— Está me perguntando se quero exclusividade?

Ele fez uma longa pausa.

— Se quiser chamar assim... Não gosto quando as coisas não ficam claras. Você é minha, e eu não divido. Então, se não tiver nenhum encontro com algum babaca no sábado, o seu tempo é todo meu.

— Você não se acha um pouco possessivo?

— Prefiro "determinado".

— E se eu tiver algum compromisso com alguém que não seja outro homem?

— Eu teria inveja de qualquer um que pudesse tirar você de mim. Fique sabendo, já participei de surubas antes. Não estou interessado em te dividir com outro homem, nem com outra mulher. Estou percebendo que, a cada minuto, fico mais possessivo. Espero que isso não seja um problema.

— Não.

Sim! Talvez? Caralho, não sei.

Minha voz estremeceu, pois eu havia esperado que Logan fosse se distanciar quanto mais perto chegássemos do fim da viagem, mas parecia estar fazendo o exato posto.

— Ah, e tenho pensado em algo — disse ele, com uma risadinha.

— Em quê?

— É uma fantasia minha.

— Uma fantasia?

— Sim. Envolve você, eu e esse cockpit.

— Concordamos em sermos profissionais.

— Sim. Estou apenas mencionando a fantasia, não disse nada sobre fazer dela uma realidade, mas...

— Mas?

— Já que é a última vez que voaremos juntos, e talvez a única oportunidade de dar vida a essa fantasia, acho que podemos dar um jeitinho... Mas você vai ter que esperar até pousarmos.

— E qual é a sua fantasia, exatamente?

Ele apontou para a própria virilha.

— Seus peitos pulando no meu rosto, enquanto você cavalga em mim nesse assento. Sempre quis transar no cockpit.

— Não podemos fazer isso.

— Ah, mas vamos fazer. Assim que pousarmos, fecharemos o jatinho para fazermos um relatório do voo, e... — Ele apontou para baixo outra vez.

— Você só pode estar sonhando...

— Não estou sonhando, estou duro. — Ele se agitou no assento. — Ficando maior a cada segundo, imaginando você em cima de mim.

— Que pena, aviador. Desta vez, vai ter que sofrer sozinho.

— Humm, ou... — Os olhos dele brilharam, e seu olhar se voltou para a porta do cockpit. — Amor, poderia fechar a porta?

— Não vamos fazer nada enquanto estivermos pilotando o avião. — Tentei soar firme, mas não consegui resistir ao desejo de descobrir o que ele tinha em mente.

— Eu não disse nada sobre *a gente* fazer algo, mas, enquanto *você* voa, vou me aliviar. Ainda temos muitas horas pela frente.

Mordi o lábio inferior. Aquilo era uma péssima ideia. E apesar de, tecnicamente, aquilo não cruzar meu limite de *nenhuma gracinha no trabalho,* chegava muito perto.

— Querida... a porta? — Ele abriu a calça e libertou o pau.

CAPÍTULO 21

Angel

Eu não deveria ter concordado com aquilo, mas a ideia de estar sentada ao lado de Logan, enquanto ele se satisfazia, me deixou molhada e com mais tesão do que deveria.

Logan gostava de sexo e não tinha vergonha das suas necessidades nem das minhas. Ele normalizava tudo relacionado a isso, ao passo que eu sempre me sentia incapaz de ser livre para me expressar. Ele estava me ensinando a me soltar, mas era difícil quebrar os velhos hábitos.

Ele tirou o pau de dentro da cueca. Um gemido baixinho lhe escapou. Por um momento, pensei que devêssemos avisar à Bianca e ao sr. Truitt que trancaríamos a porta e inventar alguma desculpa idiota, mas não o fiz. Com um barulhinho, girei a tranca e voltei ao assento.

Logan esfregou o pau com a mão, descendo e subindo pela extensão aveludada.

— Parece que minha bisbilhoteira evoluiu. Os seus olhos, minha querida, estão tão grandes quanto pratos. Você gosta disso, não gosta?

— Gosto de tudo em você.

Logan gemeu baixinho, e a mão girou ao redor do membro.

— Você sabe sobre o que estou fantasiando? — O quadril se impulsionou para cima assim que ele desceu a mão com tudo.

— Me conta. — Lambi os lábios, observando-o se masturbar.

— Acabei de chegar em casa depois de um voo. Te mandei uma mensagem, contando quando estaria em casa. Estou abrindo a porta da frente e... congelo no lugar, chocado, porque você está parada ali, me esperando. Você está nua, gloriosamente nua.

Ele acelerou o ritmo das carícias.

— Entro e fecho a porta, você se aproxima. Suas mãos vão até o cinto da minha calça. Minha boca está seca, porque estou arfando. Você me liberta, então, me olha enquanto se ajoelha. Você sempre faz isso quando chego em casa, apenas para mim... como se fosse o nosso pequeno ritual.

Ele se reclinou, e as veias incharam, enquanto se tocava cada vez com mais força.

— Eu não digo nada, e você envolve meu pau com os lábios. — Logan começou a respirar mais fundo, e me contorci no assento, quente e incrivelmente excitada.

— Minhas mãos seguram seu cabelo, e te deixo me provocar e me lamber, então, assumo o controle. Você está de joelhos, me satisfazendo, e sei que gosta de quando as coisas ficam violentas.

As batidas de suas mãos preencheram o cockpit. Ele impulsionava o quadril na palma. Observei-o encenar a fantasia, imaginando o boquete e alcançando o clímax.

— Você se engasga com o meu pau. Eu o enfio ainda mais fundo na sua boca e te faço engolir cada centímetro. Caralho... — Ele gozou por toda a mão, e, facilmente, aquela foi a visão mais erótica que tive em toda a minha vida. Logan se reclinou, arfando. — Porra, foi intenso pra cacete.

Tirei um guardanapo da pilha que eu mantinha ao meu lado, oferecendo-o a Logan, para que se limpasse.

Meus lábios estavam secos. Eu havia respirado pela boca durante toda a punheta.

— Você me assusta — confessei, por fim.

— Por quê? — As sobrancelhas dele se uniram. — Por que eu te quero?

— Não, porque tenho muito medo disso acabar.

— Não vai acabar.

— Tudo acaba.

Ele se aproximou, apoiando a mão sobre a minha.

— A gente não.

Queria poder acreditar nele. Por que não acreditava?

Porque você está com medo.

— Nunca conheci um homem que se masturbaria assim na minha frente.

— É mesmo?

— Sim, não sabia como poderia ser excitante. — Ou íntimo. Não se tratava apenas do orgasmo, mas de ter um vislumbre de algo privado, de algo que ele havia escolhido compartilhar comigo.

— Dá conta do serviço, mas é um primo pobre da realidade. Mal posso esperar para meter em você outra vez. Eu te olho, e não sei o que fiz para ser tão sortudo.

Eu não disse nada e foquei no painel de controle. Com o piloto automático ligado, não havia nada que eu precisasse fazer, mas verifiquei os instrumentos. Faria qualquer coisa para me distrair daquele medo.

Logan pareceu sentir meu desconforto, então me deixou com o silêncio. Peguei um livro, e ele fez o mesmo. Não assistimos a nenhum filme juntos como da última vez.

Depois de um tempinho, ele quebrou o silêncio com a voz grossa e ressonante que jorrava uma promessa de sexo.

— Ei, qual é a sua cor preferida?

— Oi?

— Sua cor preferida?

— Depende, por que você quer saber?

— Estou pesquisando vendas. — Ele tocou na tela, virando-a para mim. Logan estava em um site de brinquedos eróticos, e uma tela cheia de vendas para os olhos me cumprimentou.

— Humm...

— Isso te assusta ou te excita?

— Acho que invoco o direito de permanecer calada.

— Não, você não pode fazer isso. — Ele abriu uma foto e me mostrou a venda preta de seda. — Prefiro preto. Na verdade, já que não vai ver nada, talvez não importe a cor que você prefira.

— Acho o seu entusiasmo por vendas preocupante.

— Ah, não se preocupe com isso. É um jeito simples de nos divertirmos... Você não vai querer ver o resto do meu histórico de navegação.

Tossi ao ouvir isso, pois sabia exatamente o que ele havia andado pesquisando. Ele tinha feito uma lista de produtos baseada no que encontrou no seu, carinhosamente apelidado, *livro de pesquisa,* deixando a nota adesiva nos controles do avião.

Não havia nada sutil quanto a Logan Reid.

— Acho que, para meu próprio bem, não vou te encorajar.

— Tudo o que faço é por você. — Ele me lançou um olhar cheio de malícia e voltou às compras, enquanto eu monitorava nossa aproximação da mudança de rota.

Conversei com o controle de tráfego ao sairmos de um espaço aéreo e entrarmos no seguinte.

O restante do voo passou em um piscar de olhos. Logo, estávamos prestes a pousar. Logan assumiu os controles quando entramos em um dos espaços aéreos mais movimentados do mundo.

Antes do esperado, as rodas tocaram a pista, e Logan nos taxiou à nossa vaga reservada.

— Vou dar uma olhada nos nossos passageiros. — Desafivelando o cinto, saí do assento.

— Lembre-se, Angel, temos um relatório a fazer antes de você partir. Temos de bater o martelo em alguns assuntos. Precisamos verificar a entrada e as saídas de emergência da aeronave, ver se as peças estão encaixadas direitinho.

— Você não tem jeito...

— E duro. Em posição de sentido e precisando de atenção.

Destranquei a porta do cockpit, percebendo que não saímos daquele pequeno espaço desde que Logan tinha voltado da sua *Aventura Congelante.*

— Como estão todos? — perguntei aos passageiros.

Bianca encostou um dedo na boca.

— Georgina acabou de dormir.

— Ah. — Baixei a voz. — Vamos abrir a porta daqui a pouquinho. Vocês precisam de ajuda com algo?

Georgina abraçava os novos amigos — o golfinho e a tartaruga. A pobre gatinha tinha sido jogada no chão.

O sr. Truitt começou a recolher os bichos de pelúcia.

— Eu queria dormir assim. Foi um ótimo voo, gostei muito.

Bandit bocejou e se espreguiçou, depois, inclinou a cabeça e encarou a porta, pois sabia que logo estaria no caminho para a liberdade.

— Sempre que precisar, sr. Truitt. É um prazer te levar aonde for preciso.

— É mesmo? Porque acho que tenho uma oportunidade para você...

— Sério?

— Mas só se você me chamar de Dex daqui pra frente.

— Hum, depende da oportunidade.

— Quero que você pilote para mim, ou melhor, para a minha companhia. Estamos precisando de um piloto com as suas habilidades.

— Hum, não estou procurando outro emprego, mas obrigada.

— Ah, desculpa. Logan disse que talvez você tivesse interesse.

— É mesmo? — Me virei e cruzei os braços, encarando Logan. — Você disse isso para ele?

Logan imitou minha pose.

— Não que coubesse a mim dizer algo, mas você teria um aumento considerável e seria promovida a capitão. Você merece, e já que não podemos mais voar juntos... por que não? — Ele deu de ombros.

— Por que vocês dois não podem voar juntos? — Bianca apanhou seus pertences.

Dex Truitt repousou a mão no braço da esposa e sussurrou algo em seu ouvido. Os olhos de Bianca se arregalaram, e um sorriso brotou em seu rosto.

Não querendo me queimar para o que poderia ser uma grande oportunidade com uma promoção importante, não permiti que minha raiva emergisse.

Mas que porra era aquela?

Logan não tinha direito nenhum de dizer nada sobre o nosso novo relacionamento a alguém, mas eu não poderia, em sã consciência, recusar a oferta de primeira.

— É muito generoso da sua parte. Gostaria de um tempinho para pensar.

— É claro, vou pedir para te enviarem uma oferta formal com tudo explicado, mas estou falando sério. Você seria de grande ajuda para a Montague Enterprises.

— Obrigada, é um elogio e tanto vindo de você.

— Imagina. — Ele se curvou e, de alguma maneira, conseguiu pegar Georgina em seus braços sem acordar a garotinha.

Bianca e eu apanhamos o restante dos bichinhos de pelúcia, e Bandit atravessou pelas nossas pernas assim que Logan começou a abrir a porta externa.

Assim que acomodamos os Truitt no carro e guardamos as malas, Logan se despediu de uma muitíssimo sonolenta Georgina. Ela acenou para Logan e o fez prometer que a visitaria para um lanche juntos. Fui convidada por tabela, depois de Bianca ter explicado que era o certo a se fazer.

Logan pegou minha mão.

— Ei, sobre aquele relatório...

— E sobre você dizer a Dexter Truitt que estamos dormindo juntos? Isso foi totalmente inaceitável. As coisas não funcionam assim comigo. Queria que fosse diferente, mas não posso deixar que todo mundo fique sabendo que transo com meus colegas de trabalho. Eu realmente queria que você não tivesse feito isso. — Minha voz se elevou um tom a cada palavra.

Minha raiva surpreendeu Logan, mas em que merda ele estava pensando?

— Desculpa? — Ele soava confuso, não arrependido.

— Você ultrapassou um limite.

— Estávamos só conversando, e dei a ideia a ele. Não entrei em detalhes.

— Ele é um homem incrivelmente intuitivo. Tenho certeza de que não foi difícil ligar os pontos. Eu realmente queria que você não tivesse feito isso.

Uma explosão horrorosa de raiva ferveu dentro de mim. Minhas bochechas esquentaram. Logan não compreendia. Ele nunca precisou lutar contra os estereótipos que enfrentei por toda a carreira.

Não mais interessada em uma rapidinha, arranquei a mão da dele.

— Acho que vou pegar as minhas coisas — falei, e fui tirar a mala do bagageiro.

— Ei, não importa. E você vai ganhar um aumento e uma promoção. Acho que deveria estar me agradecendo, e não surtando de raiva.

— Importa, *sim.* — O calor formigou atrás das minhas pálpebras.

Eu odiava como cuspia as emoções ao mundo. Queria ser mais como um homem, sereno e fechado para os efeitos devastadores das emoções, mas não era. Eu era fraca, emotiva e estava fazendo exatamente o que Logan tinha dito.

Em vez de explicar por que fiquei incomodada, ou de conversar como uma adulta racional, arranquei minha mala do avião e me afastei... em um surto de raiva.

Ele me chamou, mas o ignorei. Logan não podia vir atrás de mim, pois ainda tinha de trancar o jatinho. Eu estava agindo como uma criança, mas não conseguia evitar.

E sabia que era errado. Sabia que era irracional, mas continuei andando pelo terminal até a calçada, onde peguei um táxi e fui para casa.

Sozinha.

CAPÍTULO 22

Logan

Bem, parecia que Angel estava cuspindo fogo.

Mas o que, exatamente, eu tinha feito de errado?

Era ela quem tinha dito que não poderíamos trabalhar juntos, mas eu não concordava. Poderíamos nos ver no trabalho e depois. Eu manteria o profissionalismo, ela também.

Não concordar com Angel não era o mesmo que não respeitar o que ela pensava.

Por isso perguntei a Dex se havia alguma vaga na empresa dele.

E por que isso importava tanto?

Ele não sabia dos detalhes sobre a divisão de frota aérea da Montague Enterprises, mas o homem no comando não tinha de saber dos detalhes. Ele precisava apenas achar que era uma boa ideia.

Dex gostava de Angel. Ele a respeitava.

Era a solução perfeita.

Então, qual era o problema?

Ainda estava encucado quando a noite chegou. Agora, Angel não atendia minhas ligações, nem respondia minhas mensagens.

E eu *posso* ter mandado mais do que algumas poucas mensagens.

Confuso e com o ego ferido, abri o grupo de conversa da família para avisar a minha mãe e aos outros de que eu estava de volta aos Estados Unidos. Nossa mãe era um tanto estranha quanto a isso... Sempre que qualquer um de nós viajava, ela queria saber quando havia partido, chegado e voltado para casa são e salvo.

Eu: Estou em casa, são e salvo.

Mãe: Espero que tenha se divertido!

Eu: Me diverti, foi uma viagem maravilhosa.

Gabriel: Maravilhosa? Achei que você tivesse dito que foi uma viagem "complicada".

Mãe: O que aconteceu? Algum problema?

O maldito Gabriel me provocando com aquela merda.

Eu: Nada, foi ótimo. Nenhum problema.

O que eu queria ter dito era que havia encontrado a mulher perfeita e, então, de alguma forma, consegui enfurecê-la, tudo em três dias. Não seria meu relacionamento mais curto, mas tinha sido o único que eu não queria que acabasse. Nunca. E isso me deixou assustado pra caralho.

Conversei com minha mãe por um tempinho, me atualizando sobre o que ela havia andando fazendo com as amigas no clube de campo.

Ela não disse nada sobre Lizzy nem sobre o noivado, o que significava que meus irmãos tinham conseguido manter o segredo, por enquanto.

Mãe: Quando você vai voltar para casa?
Eu: Não sei, tô atolado de trabalho.
Mãe: Ah, bem... Vamos mandar Lizzy para a faculdade em breve, seria ótimo se você pudesse dar uma passada aqui.

Recebi uma notificação do grupo dos irmãos.

Angie: Ás, você precisa vir pra casa. Lizzy vai contar para a mamãe, ela quer todo mundo aqui.
Eu: Todo mundo? Nossa mãe vai perceber que tem algo rolando.
Angie: Ela vai achar que algum de nós vai ter um filho.
Eu: Alguém aqui vai ter outro filho?

Nosso irmão mais velho, Gabriel, teria o quarto filho, mas nossa mãe já sabia disso.

Angie: Não.
Eu: E a Lizzy?
Lizzy: Eu NÃO tô grávida!
Eu: Ei, bisbilhoteira. Não sabia que você tava aqui.
Lizzy: Acabei de sair do banho, e não tô grávida.
Eu: Tem certeza? Porque...
Angie: Não seja um cuzão, vai conseguir vir ou não?
Eu: Me manda os detalhes, vou ver se consigo dar um jeito.

Fazia um tempo desde que eu tinha ido para casa, e se todo mundo estivesse presente, seria incrível.

Com o passar dos anos, nossa grande família cresceu ainda mais, e todos tentavam o seu melhor para fazer uma visita em casa, mas nem sempre dava certo.

Queria algo assim para a minha vida. Todos os meus irmãos estavam seguindo em frente, se casando, sossegando e tendo filhos. Bem, Gabriel e as meninas estavam.

Colt, Ryder, Dylan e eu continuávamos livres, leves e soltos, mas, dos quatro, eu era o único que não parecia ter um relacionamento duradouro.

Eu parecia ser o único encalhado.

Algo tinha mudado nos últimos dias — um sentimento de que eu poderia ter a mesma coisa que eles. Sabia exatamente com quem eu queria estar, mas ela não estava falando comigo.

Com o telefone em mãos, liguei para Angel outra vez. Era quase meia-noite, e não esperava que ela fosse atender, mas enviei outra mensagem.

Ei, Angel, desculpa. Me liga.

Era sempre melhor começar com um pedido de desculpas. Relacionamentos não eram meu forte. Quando começavam a mostrar sinais de que haveria complicações, eu pulava fora. Queria a companhia apenas para acabar com o tédio e aproveitar uma transa vigorosa.

Nunca me interessei em conhecer a mulher com quem eu me encontrava, exceto pelas informações básicas.

Talvez isso dissesse mais sobre mim do que gostaria de admitir, mas não importava. Nunca menti sobre minhas intenções e nunca enganei nenhuma mulher. Todos os meus relacionamentos, se pudessem ser chamados assim, acabaram de forma amigável.

Continuei tagarelando, mandando outra mensagem para Angel sobre o quanto me arrependia e como havia passado do limite — seja qual for esse limite — e sobre o quanto queria me acertar com ela. De preferência, pessoalmente e, com esperança, de um jeito que aliviasse o desejo sofrido das minhas bolas.

Mas, por fim, precisei aceitar a realidade de que ela não me atenderia, não me ligaria de volta, nem responderia minhas mensagens.

Para falar a verdade, isso era um pouco irritante.

Não que me intimidasse. Uma pesquisa rápida na lista dos funcionários me deu todas as informações de que eu precisava.

Angel não me escaparia.

E restava apenas uma pergunta...

Como?

Como eu faria as pazes?

Como eu quebraria o gelo?

Como eu enfiaria algum juízo na cabeça dela sem, literalmente, *meter* o juízo nela?

Tinha a sensação de que Angel era obstinada. Ela havia se machucado antes, o que me fez imaginar se eu não teria, acidentalmente, trazido algo do seu passado à tona.

Ela era muitíssimo sensível quando se tratava da carreira. Só fazíamos rodeios sobre algumas dessas questões. Talvez eu tivesse feito tudo aquilo, e mais.

Ela me odiava antes de me conhecer, porque eu era piloto de combate. Minha mente evocou todos os estereótipos, e fiquei constrangido. Se eu fosse ela, provavelmente, também me odiaria.

Mas esse nem era o problema. Eu havia ultrapassado um limite... mas como?

Se eu descobrisse, obteria sucesso. Tinha certeza de que, de alguma maneira, ela já havia me explicado.

Angel era o tipo de mulher que ia direto ao assunto, mas, não importava quantas vezes eu revivesse as nossas conversas, não conseguia compreender por que ela não tinha ficado mais do que feliz com a oportunidade oferecida por Dex. No que diz respeito a emprego dos sonhos, aquela vaga estaria no topo da lista de qualquer um.

Recebi uma mensagem de Gabriel.

Me conta o que aconteceu.

Ele não tinha usado o grupo dos rapazes, e eu engoli em seco. Era meu irmão mais velho, tínhamos dez anos de diferença, mas ele sempre foi muito mais do que isso, principalmente depois da morte do nosso pai.

Gabriel era mais um tio do que um irmão, um adulto em quem eu podia confiar, que me aconselhava e me dava broncas.

Eu: Não aconteceu nada.

Não estava pronto para conversar honestamente sobre Angel.

Gabriel: Seu desgraçado mentiroso. Me conta. O que você fez?
Eu: Se eu soubesse, as coisas não estariam complicadas.

Gabriel: Que tal me contar tudo do começo?

Eu: Não quero.

Gabriel: Não se faça de idiota. Está claro que você encontrou uma garota, transou com ela e estragou tudo. Considerando que esse é o seu modus operandi, por que as coisas estão complicadas?

Ele era sempre objetivo e não me deixaria escapar dessa conversa. Passei a meia hora seguinte contando a Gabriel tudo sobre Angel, nossos dias no paraíso, todo o sentimentalismo envolvido e como ela havia surtado de raiva.

Gabriel: Bem, você estragou tudo.

Eu: Obviamente.

Gabriel: O que você vai fazer?

Eu: Se eu soubesse o que fiz, daria um jeito de consertar a situação.

Gabriel: Você não pode estar falando sério, ela te disse exatamente o que você fez.

Eu: Não disse, não.

Gabriel: Você acabou de me contar o que ela disse, até eu percebi.

Eu: Foi por que arrumei um trabalho dos sonhos pra ela?

Gabriel: Não, seu idiota, foi porque você insinuou para um cliente, e possível chefe, que vocês dois andaram transando. Você é lerdo pra caralho. Você perdeu a confiança dela. É melhor ir se arrastando pedir perdão.

Eu: Não foi nada de mais.

Gabriel: E é por isso que está solteiro. Você compreende as mulheres, ou só as usa enquanto estão dispostas a arreganhar as pernas para você? Tá na hora de crescer.

Eu: Vai se foder.

Gabriel: Não tô a fim. Vai dar um jeito na sua bagunça, irmãozinho.

Dar um jeito na minha bagunça? Eu estava tentando, mas ela não respondia minhas mensagens.

Frustrado, me arrastei para a cama e me masturbei, imaginando que estava transando com Angel em toda e qualquer posição imaginável. Em seguida, caí em um sono perturbado.

Acordei com os raios de sol atravessando a janela, imagens de Angel girando na minha mente, e outra ereção.

Cuidei da minha dureza matinal no banho, quando também criei um plano de ataque.

Uma hora depois, estava do lado de fora da porta dela, com o punho erguido e as sobrancelhas cheias de suor. Eu não era bom nesse tipo de coisa.

Mas bati e esperei.

Demorou um pouquinho, então, o caminhar suave de pés descalços soou do outro lado da porta.

— Quem é?

Imaginei Angel na pontinha dos pés, espiando pelo olho mágico. Não deveria ter pensado nisso, pois só me fez lembrar dela me bisbilhotando no banheiro do hotel e de tudo que aconteceu depois.

Com um grande sorriso, uni os punhos nas costas e balancei para frente e para trás nos calcanhares.

Quando ela não abriu a porta, dei um passo e pressionei a palma na madeira quente. Me apoiei na porta, encostando a bochecha onde imaginei que o rosto dela estaria.

— Podemos conversar?

— Não estou vestida.

Que coisa estranha para se dizer, considerando que eu já havia comido em seu corpo nu.

Você fez muito mais do que isso.

Porra, e eu não sabia?

— Por favor. — Suplicar não me diminuía, não quando isso poderia determinar se eu a veria ou não.

— Espere aí, vou vestir alguma coisa.

— Angel, você não precisa... — Mas não me importei em terminar.

Seus passos ligeiros desapareceram, e fui deixado esperando por ela na porta da frente. Muitos minutos depois, quando pensei que talvez Angel não fosse sair, me acomodei no balanço da varanda, determinado a esperar quanto tempo fosse preciso. Lentamente, me balancei, pensando no que teria de dizer.

Quando a porta se abriu, pulei assustado.

— Angel.

Ela se espremeu pela abertura estreita. Em vez de me convidar para entrar, juntou-se a mim na varanda.

— Você *não* vai me convidar para entrar?

— Minha casa está uma bagunça.

— Está mesmo, ou é só um jeitinho de me dar o fora?

— Logan...

— Não, estou falando sério. Que merda foi aquela, Angel? — Caminhei pela extensão da varanda e me virei, tentando manter minha raiva crescente sob controle. — Você não respondeu minhas mensagens, não atendeu ao celular. Não quer me ver? É isso o que você quer? Porque tenho certeza de que tem algo incrível acontecendo entre a gente.

— Eu não atendi ao celular nem respondi às suas mensagens porque eu estava nervosa. Não quis dizer nada de que pudesse me arrepender.

— Você falou tudo no passado... Não está mais nervosa comigo? — A esperança remexeu minhas entranhas. — Poderia me convidar para entrar?

Ela mordeu o lábio inferior.

— Acho que não seria uma boa ideia.

— Por quê?

Angel não respondeu, mas não precisava. O rubor de suas bochechas me contou tudo de que eu precisava saber.

— Tudo bem, você poderia, pelo menos, me deixar te levar para tomar um café? Em algum lugar seguro?

— Seguro?

— Sim, em algum lugar onde eu não possa pular em cima de você, porque, vou te dizer... ficar perto de você me faz ter todo tipo de reação.

— Vou pegar a bolsa.

Ela voltou para dentro, me deixando ansioso na varanda. Ela estava com raiva de mim.

Correção, ela havia ficado nervosa comigo. O que, provavelmente, significava que Angel tinha passado a noite toda pensando em mim.

Considerei isso uma vitória.

CAPÍTULO 23

Logan

Meu irmão tinha dito que eu precisava dar um jeito naquela bagunça, e eu conhecia apenas um jeito de fazer isso.

Envolvia uma foda vigorosa, mas tinha a sensação de que, em vez disso, teria de usar palavras.

E eu não era muito bom com elas.

Quando Angel voltou, precisei de toda gota de autocontrole para não tocar nela. Sabia o que acontecia quando nos tocávamos. Éramos inflamáveis, e eu já sentia a eletricidade crescendo entre a gente.

Deixei-a abrir a porta do carro e esperei que afivelasse o cinto antes de me ajeitar.

Se nossas mãos se tocassem sem querer, eu não sobreviveria ao que viria a seguir.

— Espero que esteja com fome. — Coloquei o carro em marcha à ré e saí do caminho de acesso à garagem dela.

Foi muito mais fácil convencê-la a me acompanhar do que eu havia pensado. Honestamente, tinha achado que, agora, estaria na casa dela, transando, mas eu me satisfaria com o aquilo.

— Estou. Aonde estamos indo?

— Para um lugar silencioso, onde vamos poder conversar.

— Na verdade, eu não queria conversar.

Ainda assim, tinha se vestido e entrado no meu carro. Se não quisesse conversar, que porra estava fazendo comigo?

— Você quer dizer sobre a gente?

Não gostei do leve aceno de sua cabeça.

Levou um pouco menos de meia hora para estacionarmos na minha lanchonete preferida.

Em homenagem aos anos de 1950, Mel's servia panquecas fofinhas, *waffles* de babar, hambúrgueres que derretiam na boca e, é claro, os melhores milkshakes de congelar o cérebro.

Tivemos sorte. O banco de canto ao fundo estava vazio, e levei-a ao assento em meia-lua. Entrei de um lado, e ela, do outro.

Se eu continuasse me arrastando pelo banco, conseguiria tocar em Angel, mas fiquei onde estava.

Encaramos um ao outro, cada um de um lado da mesa, enquanto a garçonete anotava os nossos pedidos de bebida e nos entregava os cardápios.

Não precisei olhar o cardápio, eu frequentava o lugar há anos, mas fiquei em silêncio, deixando que Angel estudasse as opções.

— Os *waffles* são deliciosos, você pode enchê-los de manteiga e melado. As panquecas são as mais macias da cidade; os ovos também são bons.

— Estava dando uma olhada nos hambúrgueres. — Ela encarou o cardápio com atenção.

— Vamos tomar café da manhã.

— E tem algo de errado em comer um hambúrguer pela manhã?

— Acho que não.

A garçonete voltou, e eu pedi *waffles* belgas, com manteiga extra, mas sem melado, e Angel pediu um cheeseburger com bacon, fritas e um milkshake.

Achei engraçado, porque estava acostumado a ver as mulheres com quem me encontrava pedindo saladas e outras comidas de coelho. Acho que se importavam com a minha opinião do que comiam, mas eu não me importava, não estava nem aí.

E eu amava a liberdade com que Angel vivia a vida. Não se importava com o que eu iria ou não pensar. Ela simplesmente pediu o que queria e não deu a mínima.

Não estávamos conversando.

Fitei Angel quando ela desviou o olhar. Uma estranheza se estabeleceu entre a gente até eu não ter escolha, senão quebrar o silêncio.

— Você se afastou de mim.

— Sim.

Pelo menos, não precisaríamos discutir o que tinha acontecido.

— E teve todo o direito de fazer isso. Você tem razão, passei dos limites. Compartilhei algo privado com alguém que não deveria saber de nada. Desculpa, se pudesse retirar o que disse, eu faria isso.

— Obrigada.

— Caralho, estou mentindo.

— Oi?

— Desculpa, mas eu não ia retirar o que disse. Olha, a JetAire não tem noção do que está perdendo sem te promover. Você tem muito mais experiência do que eu. — Listei cada razão, minha voz ficando mais alta. — Mais horas. Mais pousos e decolagens. Mais anos atrás do manche. Você pilotou aviões-tanques, que chegam muito mais perto de um avião comercial do que um jatinho de combate. É muito mais qualificada do que eu... ainda assim, escolheram me contratar como capitão, e você, como copiloto.

— E? — Ela arqueou a sobrancelha.

— Estou errado em pensar que o seu sexo entrou no caminho?

— Sim. Pilotos de combate recebem tratamento preferencial, o fato de eu ser mulher não teve nada a ver.

— Olha, Dex está disposto a te contratar como capitão, com um aumento e tanto. Não vou me desculpar por ter dado a você uma oportunidade. E não vou me desculpar por ter agido mal ao abrir o bico sobre a gente. Não vou me desculpar por nada disso. Se decidir desconsiderar a oferta, porque está brava comigo, a culpa vai ser toda sua, não minha.

— Mas que desculpa de merda.

A garçonete voltou com a nossa comida, servindo um prato cheio de *waffles* soltando fumaça na minha frente, com a manteiga derretendo. Dei uma olhada no hambúrguer de Angel, que também parecia delicioso.

Ela pegou uma faca e cortou o lanche no meio. Não entendi por que tinha feito isso até perceber que suas mãos eram pequenas demais para segurar o sanduíche todo.

Isso me fez lembrar das mãos de Angel deslizando para cima e para baixo no meu pau. Me contorci no assento e abafei um gemido.

Provamos a comida, e eu a encarei, enquanto ela me ignorava.

— Humm... que delícia. — O ketchup escorreu pelo queixo de Angel, e ela riu, limpando a boca com a língua.

— Faltou um pouquinho. — Apontei para o ketchup que tinha sido esquecido em seu queixo.

Angel estava brava comigo. Ainda assim, aquilo parecia completamente normal.

Normal.

A gente, simples assim, combinava. Não importava se transando, ou compartilhando uma refeição. Fomos feitos para ficarmos juntos.

Queria beijar os lábios dela, lamber o seu queixo, espalhar a manteiga por toda a sua pele macia e, simplesmente, devorá-la por inteiro, mas os funcionários da lanchonete poderiam se ofender se eu a deitasse na mesa e a comesse ali mesmo.

Então, percebi o que eu realmente queria.

— O que você vai fazer no próximo sábado?

— No próximo sábado?

— Lá vai você outra vez, respondendo tudo com outra pergunta. Vai começar a se repetir de novo?

Ela uniu as sobrancelhas, me olhando feio. Apontei outra vez para o ketchup em seu queixo.

— Dê um jeito nisso, ou vou ser obrigado a tomar uma atitude.

— Que tipo de atitude?

— Outra pergunta... Você sabe exatamente no que estou pensando. Confie em mim quando digo que não vai querer me provocar, porque vou começar lambendo o seu queixo e terminar muito mais pra baixo. — O ângulo do meu olhar baixou, esclarecendo no que eu estava pensando.

Ela se envergonhou, e suas bochechas coraram.

— Você não passa um segundo sem pensar besteira.

— Concordo. Já me imaginei te deitando nessa mesa, te observando se contorcer toda, enquanto derramo milkshake gelado nos seus peitos.

— Acho que não deveríamos... — A voz dela falhou, e aproveitei a oportunidade para preencher o silêncio.

— Quero saber se você tem interesse nisso. — Minha voz engrossou, exigindo uma resposta.

Ela olhou ao redor da lanchonete, com uma expressão de desejo enterrada sob o desconforto.

— Acho que não estamos em um lugar apropriado para isso.

— É muitíssimo inapropriado, mas responda à porcaria da pergunta. Gostaria de fazer isso comigo?

Você ainda gostaria de fazer isso comigo?

Ela curvou os ombros para a frente, e sua voz se transformou em um sussurro.

— Sinceramente, não sei... Não sei se posso confiar em você.

— Você pode confiar em mim. — *Que porra era essa?*

Ela balançou a cabeça.

— Fomos rápidos demais. Na verdade, eu fui rápida demais. Sei que os seus relacionamentos são assim: velozes e furiosos. Você não pensa muito nas consequências, mas eu sou diferente. Fazer o que você fez, dizer o que você disse ao sr. Truitt... Você perdeu minha confiança. Percebi como conhecemos pouco um ao outro. Tivemos um caso e eu confundi a luxúria com outra coisa. Não quero ficar com alguém que não leva em consideração como as suas atitudes afetam meu trabalho e minha vida. Meio que fui pega de surpresa, e percebi o grande erro disso tudo.

Cerrei os dentes.

Ela tinha razão. Eu havia feito tudo aquilo e mais. O que tínhamos não fazia sentido.

Mas não precisava fazer.

Eu não podia controlar aquilo, nem ela. Éramos uma força da natureza, uma tempestade incontrolável, e para fazer isso funcionar, seria necessário um pouco de fé.

— Entendi — falei —, mas isso não se trata de confiança. Se trata do que você quer.

— Mas o que eu quero? É uma pergunta complicada... Tem certeza de que quer ouvir a resposta?

Angel me encarou com uma expressão tão séria que minhas bolas se encolheram, e minha voz quase se elevou uma oitava.

Limpei a garganta e me forcei a falar no meu tom de costume.

— É uma pergunta pertinente. E, sim, quero a sua resposta honesta.

— Tudo bem. Quero alguém que não vá trair minha confiança. Não confio em qualquer um, confiei em você sem pensar no que eu estava te dando. Não levou nem um dia para você me trair.

— Fiz aquilo por você, por nós.

— Mas você não tem o direito de decidir o que é melhor para mim.

— Você disse que não era seguro trabalharmos juntos, então encontrei uma solução que funcionaria para nós dois. Uma solução boa.

— Sem me consultar. — A voz dela se elevou, e as pessoas sentadas a algumas mesas de distância se viraram, nos encarando.

— Achei que não fosse preciso.

— Exato, você não me perguntou nada. Você supôs.

— E o que tem de errado nisso?

— A vida é minha. A escolha é minha, a decisão é minha. Se eu quisesse procurar um trabalho diferente, teria feito isso. Você não se ofereceu para abrir mão da sua vaga para trabalhar na Montague Enterprises. Em vez disso, decidiu que era eu quem deveria mudar de trabalho.

— Faz mais sentido. Analisando sua carreira, seria uma boa decisão.

— É mais do que isso. Você nem mesmo pensou em me incluir na conversa antes de se apropriar das decisões quanto ao destino da minha carreira.

— Por que eu *não* faria isso?

— Típico.

— Como assim?

Angel estava realmente me deixando confuso.

— Só porque gosto de algo na minha vida pessoal, não quer dizer que vou deixar isso tomar conta da minha vida profissional. Você não tinha direito algum de tomar uma decisão por mim. Nem sequer considerou me procurar antes, e não sei se consigo superar isso.

— Como assim? O que você quer dizer com "superar isso"? Eu só tive uma ideia. Olha, posso não ter te perguntado, mas foi algo que me ocorreu na hora. Tive uma ideia e fui em frente.

— Dizendo ao CEO da Montague Enterprises que eu era uma vadia qualquer que saía dando para qualquer um? — Ela cruzou os braços sobre o peito.

— Não foi isso o que eu disse para ele.

— O que você disse, exatamente?

Bem, porra, eu não iria responder àquilo.

— Logan? — O olhar dela me congelou no lugar. — O que foi que você disse?

— Tenho o direito de permanecer calado.

— Isso não vai funcionar.

— Olha, cometi um erro, mas não significa que precisamos acabar com o que temos. Você não pode simplesmente ir embora.

— Posso fazer o que bem entender, o que eu acreditar ser melhor para mim.

— E o que você acredita ser melhor para você? Ignorar minhas mensagens? Não atender minhas ligações? Não está fazendo o que é melhor para você.

— Acho que você não tem o direito de decidir isso.

— Não está sendo sincera.

— Como é?

— Você está com medo, se afastando de algo que sabe que é incrível.

— De você? — Ela balançou a cabeça. — Por que você é um tremendo partidão? Ou por que nenhuma mulher jamais te disse não? Acho que isso se trata mais de você do que de mim: o seu ego foi ferido.

— Nada disso. Você está com medo, está tentando encontrar qualquer razão para fugir. Quer saber a verdade? Tem razão, nenhuma mulher jamais me rejeitou, mas isso não tem nada a ver. Não estamos falando sobre mim nem sobre você.

— Então, do que estamos falando?

— De nós. — Ela não compreendia? — De você estar se cagando de medo do que aconteceu nas Cayman. Você saiu da sua zona de conforto, e isso te deixou aterrorizada.

— Não, não foi isso que aconteceu.

— Foi, sim, e você confundiu tudo. Você controla tanto a sua vida pessoal, os seus objetivos... sempre tenta ser a melhor e receber o respeito que conquistou legitimamente, mas nunca considerou que outra pessoa pudesse desejar isso para você.

Pela forma como a boca dela se contorceu e que as sobrancelhas se uniram, Angel, claramente, não tinha entendido.

— Só porque exploramos certas coisas que envolviam sexo, não quer dizer que isso vai se repetir nas outras partes das nossas vidas. — Ela não compreendia que me dar o controle durante o sexo não significava que eu desejaria isso o tempo todo? — Você pensa na gente juntos, pelados na cama?

— Como é?

— Eu, sim. Penso nisso o tempo todo. E não estou disposto a abrir mão disso.

— Logan...

Ergui a mão, e ela pressionou os lábios. Eu precisava tirar tudo do peito, e ela precisava entender.

— O que eu fiz não foi mal-intencionado. Não quis te enganar. Não estava tentando controlar sua vida nem sua carreira. E, apesar do que deve estar pensando, não me gabei de ter transado com você. Tudo o que eu disse era que estávamos nos conhecendo, e achamos que seria melhor não trabalharmos juntos. Mencionei como as oportunidades de ser promovido eram limitadas na JetAire. Sinceramente? Vi uma oportunidade que te daria tudo do que você precisa. Tem razão, não pedi permissão. Desculpa. Nunca quis te magoar, mas nada do que fiz foi para te ofender.

— Eu não me senti ofendida. — Ela revirou os olhos, recusando-se a olhar para mim.

— Quis fazer algo para você, algo incrível! E, quer saber? Nunca quis fazer isso por nenhuma outra pessoa. Eu só penso em você, em como te deixar feliz, como te ajudar a ser bem-sucedida, como transformar todos os seus sonhos em realidade. E, se não consegue enxergar isso, então não temos o que achei que tivéssemos.

— E o que nós temos?

— Ah, Angel... Você ainda não entendeu? — Queria me esticar sobre a mesa e abraçá-la, mas minhas mãos só encontraram o ar. — Temos a chance de passarmos uma vida toda juntos.

CAPÍTULO 24

Angel

Uma vida toda?

Meu coração bateu mais forte, e tive dificuldade para respirar.

Dificuldade?

Cacete, eu estava praticamente sem fôlego. Aquele homem falava sobre uma vida toda como se fosse uma conclusão incontestável.

E tudo o que fizemos foi transar.

Só isso.

Então, por que meu coração ficava um pouco mais leve ao pensar na chance de um final feliz? Talvez eu não estivesse *tão* brava com Logan Reid.

— Logan... que exagero.

Era mais do que um exagero. Estava fora dos limites, fora do alcance, mais longe do que todo o sistema solar.

— Não acho que seja. — Uma expressão arrogante tomou conta do rosto dele.

Eu queria lhe dar um tapa, chutar suas bolas e mostrar a ele quem era que mandava.

Era ele quem mandava.

Queria me aconchegar nele, enquanto sua voz deliciosa me dizia que tudo ficaria bem. Eu queria algo impossível.

— Cometemos um erro. — Se eu dissesse isso com confiança, significava que era verdade.

Certo?

Não era para ser assim?

— Não acredito que somos um erro, amor, e vou te provar.

— Como? — Eu não acreditava nele, mas, com certeza, Logan parecia convencido. O que ele tinha escondido na manga?

— Desacelerando.

— Desacelerando?

Isso não fazia sentido.

— Porra, se for preciso, posso desacelerar por completo. — Sua voz retumbou pelo ar, lambendo minha pele.

Um calafrio desceu pelas minhas costas, e meu corpo todo se arrepiou.

Não havia como desacelerar aquilo. Éramos um barril de pólvora prestes a pegar fogo. Tínhamos duas velocidades: combustão lenta ou explosão. Nada mais.

— Não entendi o que você quis dizer. — Esfreguei os braços, tentando alisar os finos pelinhos que haviam se eriçado com o ressoar da voz dele.

Como poderíamos desacelerar depois do que tinha acontecido nas Cayman? Fazia menos de um dia que eu havia estado em sua cama. Meu corpo ainda doía por conta da maneira como esse homem tinha me fodido.

Ele havia colocado todo o seu corpo e alma naquilo, até eu não saber mais onde eu terminava e ele começava. O controle que ele exercia durante o sexo acordou um lado meu que eu ainda não conhecia.

Como uma mulher determinada a ser bem-sucedida em um mundo masculino, nunca desejei o poder de um homem. Lutei contra isso. Fui mais forte. Fiz tudo o que foi preciso para provar que eu era, se não igualmente boa, melhor.

Com Logan Reid, algo tinha mudado dentro de mim. Tornei-me complacente, delicada e extremamente sugestiva aos seus comandos. Odiava a palavra submissa, porque não definia quem eu era, mas algo dentro de mim se rendia quando estava com ele.

Nessa rendição, redescobri o que era ser feminina.

E amei.

— Você disse que fomos rápidos demais. — Sua voz cheia de pecado atingiu a minha pele, me deixando arrepiada. — Talvez eu concorde, mas, sinceramente, só conheço essa velocidade. Vejo alguma coisa que quero e corro atrás.

— Não sou uma coisa.

— Eu sei, mas, quando começamos, você era apenas outra mulher. Eu te queria e te conquistei. Então, você mudou as regras do jogo.

— Sabia que era um erro ficar com você, porque sabia que acabaria me machucando, mas não me importei. Quis um *caso*, assim como você. Deveríamos parar enquanto ainda temos a chance.

Tentei racionalizar o que havia acontecido nas Cayman, mas soou errado.

— Engraçado como nós dois conseguimos mais do que isso... Não sei explicar o que aconteceu, não sei por que você é diferente. Tudo o que posso dizer é que sinto algo aqui. — Logan repousou a palma sobre o coração. — E sei bem aqui. — Ele tamborilou a têmpora. — Também sei que você sente o mesmo. Pode usar toda e qualquer palavra para negar, mas não vou ouvir o que você disser. Estou de olho em como o seu corpo reage e, Angel... Ele está me contando tudo.

— Meu corpo não está te contando nada. — Recostei-me, assustada.

Ele me enxergava com facilidade demais. Eu era tão transparente assim?

Isso me deixou aterrorizada, se fosse verdade. Pelo olhar faminto de Logan, eu não tinha dúvidas de que ele enxergava todos os meus pensamentos, todos os meus batimentos cardíacos e cada latejar pulsante entre as minhas pernas.

Inflamáveis? Sim, éramos uma combinação explosiva.

Mas isso era tudo?

Sexo não sustentaria duas pessoas em um relacionamento eterno, e havia tanto que ainda não sabíamos sobre o outro...

Você quer Logan vasculhando cada pedacinho da sua vida?

— Quero sugerir algo. — Ele pressionou as almofadinhas dos dedos na mesa, inclinando-se para frente. O rosto dele se contorceu em uma expressão de desgosto. Não em relação a mim, mas em relação aos pensamentos em sua mente.

Talvez ele também estivesse ficando transparente para mim? Seja lá o que fosse sugerir, Logan não achava que fosse uma boa ideia, mas sugeriria mesmo assim.

Era algo que eu precisava ouvir. Não importava o que fosse, se eu pudesse afastá-lo do seu joguinho, poderia usar isso a meu favor.

— Que tal um acordo? Pode me dar uma chance?

— Estou esperando, aviador.

O cantinho da sua boca se curvou. Logan se recostou no assento, e seus dedos longos deslizaram de volta pela mesa.

Minha boca ficou seca quando lembrei do talento que aqueles dedos possuíam.

Ele olhou para as mãos e deu uma risadinha.

— Não vai ser fácil propor isso, me parece uma ideia ruim desde agora, mas estou disposto a tentar, se for algo que você acha que pode ajudar.

— Ajudar com o quê?

— Nos conhecermos melhor, sem sexo. O que acha de uma regra para vetar o sexo?

No meio de um gole de água, tossi quando o líquido desceu pelo caminho errado.

— Como é?

— Vamos deixar o sexo para depois e passarmos um tempinho nos conhecendo melhor.

— Você quer deixar o sexo para depois? — Logan era capaz de fazer isso?

— Quero transar *agora mesmo*, mas há algumas regras e acusações criminais que impossibilitariam isso.

— Acho que você não consegue ficar com uma mulher e não tocar nela.

— Eu não disse nada quanto a não tocar, só disse nada de sexo.

— Defina "nada de sexo".

Ele deu uma olhada ao redor da lanchonete e se inclinou para a frente, baixando o volume da voz.

— Nada de fodas, obviamente. Nada de sexo oral, mãos ou dedos nas minhas ou nas suas partes íntimas.

— Beijos?

— Com certeza.

— Abraços?

— É claro.

— Mãos dadas?

— Sem dúvida.

Recostei-me e ri.

— Você quase me convenceu, aviador. Muito engraçado. Não tem como isso dar certo.

Ele não conseguiria manter as mãos longe de mim, e acho que eu não seria capaz de manter as minhas longe dele. Depois dos sonhos eróticos que me atormentaram a noite toda, não teria o autocontrole necessário para não transar com ele.

— Estou falando sério, mas tenho uma condição.

— Que condição?

— Quero que você converse com Dexter Truitt, se não ele, pelo menos, com o chefe do departamento de aviação. É uma grande oportunidade. Se as coisas não derem certo entre a gente, você vai ter algo que, com certeza, merece.

— Vamos voltar a falar disso?

— Querida, nunca paramos de falar disso. Vim aqui para me desculpar e para te fazer parar de ignorar minhas mensagens. — Ele ergueu o indicador. — Vamos precisar de algumas regras. Primeiro, nada de me ignorar. Se estiver brava comigo ou se eu te deixar irritada, vamos conversar. Discutiremos a situação como adultos. Não quero que você fuja nem que esconda o que estiver sentindo. E quero que ligue para ele. Angel, você não merece perder essa oportunidade por conta de um orgulho descabido, ou porque te envergonhei. Você é uma mulher do caralho, mostre isso a eles.

— E se eu não quiser?

— Você quer, e não fuja de mim. Não esconda os seus sentimentos.

— Já que estamos definindo regras, eu tenho uma.

— Diga.

— Nunca mais faça isso. Eu trabalho duro para ter o que tenho, e sou bem fechada. A minha vida profissional é minha, não quero que você interfira de novo.

Ele ergueu dois dedos.

— Promessa de escoteiro, nunca mais vou meter o nariz onde não for chamado.

— Por favor... me fale que você não foi um escoteiro.

— Por quê? Algum problema com isso?

— Porque você seria perfeito.

— Um perfeito canalha.

— Um canalha arrogante.

— Um homem que não se cansa do seu anjo. — Logan estendeu a mão. — Temos um acordo? Você vai me perdoar?

— Sim.

— Vai ligar para o Dex?

— Não vai mais se meter na minha vida?

— Porra, é claro que vou. Pretendo meter até as bolas na sua vida.

— Pensei que você tivesse dito “nada de sexo”.

— Eu disse, mas sabemos que isso não vai durar.

Não consegui me segurar e ri.

— Você não tem jeito.

— Estou perdoado? — Ele olhou para mim, com olhos cheios de esperança.

— Está perdoado, mas fique longe da minha carreira. Preciso que me prometa.

— Juro pela minha honra, sinto muito ter passado dos limites. Não vai acontecer de novo.

— Obrigada.

— Ótimo. — Ele colocou a mão no bolso da calça e deixou algumas notas na mesa para pagar a nossa conta. — Que tal sairmos daqui e irmos ao nosso primeiro encontro?

— Primeiro encontro?

— Sim. Dez encontros para nos conhecermos melhor. Depois disso, podemos transar.

— Pensei que você tivesse dito que não íamos conseguir nos segurar.

— Não vamos, amor. Eu não duvido, mas precisamos nos conhecer melhor. Então, proponho dez encontros. Eu escolho primeiro. Depois, revezamos. Vamos tentar nos encontrar em lugares públicos que nos forcem a nos comportar.

— Que loucura, não acredito que estou concordando com isso.

— Ei, eu que concordei em não te foder o dia todo, mas, se quiser me bisbilhotar, posso te dar um show toda noite.

Eu não tinha deixado passar despercebido que ver Logan se masturbar não estava na lista de coisas proibidas.

— Mas, tecnicamente, esse não seria o nosso primeiro encontro? — Afastei o prato e apoiei os cotovelos na mesa. Apoiando o queixo na mão, tirei um momento para admirar o homem sentado na minha frente.

Ele tinha vindo rastejando me pedir desculpas, mas não vi nenhum ressentimento, apenas uma certeza absoluta de que tudo aconteceria do jeitinho dele.

Não sabia se isso fazia de mim uma pessoa fraca, ou se significava que estava apaixonada demais para me importar. Tudo com que eu realmente me importava era que o homem sentado na minha frente queria passar a vida toda comigo.

— Acho que não vamos contar isso aqui como o primeiro encontro. Quero te levar para casa. Você precisa vestir algo mais confortável do que esse shortinho justo e calçar alguma coisa que tenha sido feita para caminhadas.

— Sério? E aonde você vai me levar?

— É surpresa.

CAPÍTULO 25

Logan

Não fazia ideia de que porra eu estava fazendo.

Improvisando?

Essa, provavelmente, era a melhor descrição para aquilo.

Nada de sexo?

Que merda me possuiu para eu oferecer isso? Insanidade? Desespero?

A energia estática que sempre preenchia o espaço entre Angel e mim ainda era a mesma do dia em que nos conhecemos.

Seu aroma suave, floral e refrescante tomou conta do carro. Toda vez que meu braço roçava o dela, seus pelinhos se eriçavam. Meu sangue martelava nas veias e seguia direto para o pau.

Meu corpo inteiro ansiava por ela.

Mas eu tinha dado um fim nisso.

Eu era um louco.

— Vai me contar aonde estamos indo? — Ela desafivelou o cinto quando estacionei na casa dela.

— Não, mas calce um sapato para caminhada.

— E o shortinho justo?

— Mudei de ideia, pode ficar com ele. — Iria passar o dia encarando a bunda de Angel, fugindo da barra daquele short. Seria agonizante.

— Quer entrar?

— É um convite?

— Entra logo, você pode se sentar no sofá, em vez de ficar aqui fora. Está quente.

Não estava tão quente assim. Era aquela época do ano quando o verão se mistura com o outono. Os dias estavam mais curtos, mas o calor dos dias preguiçosos e das noites longas de verão ainda perdurava.

O que raios você vai fazer com ela?

Eu não fazia ideia, mas, quando Angel tivesse voltado, eu esperava ter uma resposta. Uma ideia começava a surgir na minha mente. Deveria ter dito a ela para trazer botas. Mandei uma mensagem para Colt.

Eu: Vou dar uma passada na sua casa. Está aí?

Colt: Não, tô na cidade hoje.

Eu: Vou pegar o quadriciclo.

Colt: É todo seu.

Pontinhos surgiram na minha tela e não sumiram. Ele estava escrevendo um livro?

Colt: Isso não tem nada a ver com uma certa pessoa complicada, tem? Porque, talvez, não seja o melhor lugar para levar uma mulher e se desculpar. A não ser que esteja planejando entrar na floresta com ela e fazer alguma merda que me deixaria envergonhado.

Havia muita pouca coisa que deixava Colt envergonhando.

Eu: Angel é diferente.

Colt: Finalmente, temos um nome! Esse é o nome dela mesmo ou algum apelido?

Eu: O nome dela é Angelique.

Colt: E arrastá-la por aí em um quadriciclo é o que ela ia querer num encontro romântico?

Não, mas Colt não precisava saber disso.

Colt: Não que você precise de algum conselho meu, mas fique sabendo: transar na floresta é bem parecido com transar na praia. Parece uma boa ideia, mas, quando as formigas picarem a bunda dela e as aranhas aparecerem, a situação vai sair do controle. Ah, preste atenção nas ervas venenosas, porque, se encostarem nas partes íntimas... vai dar ruim.

Eu: Está falando por experiência própria?

Colt: Sim, nunca mais quero parar no hospital por conta disso.

Eu: Eu só quero levá-la para montar no quadriciclo.

Colt: Só montar?

Eu: Vai se foder.

Sim, queria Angel de quatro. Queria me enterrar tão fundo nela que perderia a noção de onde eu acabava e ela começava. Estava completa e absolutamente fascinado pela minha copiloto, e ela queria se afastar do que havíamos nos tornado.

Jamais deixaria isso acontecer, e se fosse preciso manter as mãos longe por tempo suficiente para convencê-la disso, eu sofreria, mas lidaria com a situação.

Angel voltou, e guardei o celular no bolso.

— Trocou de roupa?

Ela tinha se livrado do shortinho e vestido uma daquelas calças capri de que as mulheres parecem gostar tanto.

— Não sei aonde estamos indo. Quando não fico no sol, minhas pernas tendem a congelar.

Olhei para os seus pés e para o tênis muitíssimo gasto de corrida. Não eram botas, mas bastariam para as trilhas.

— Na verdade, vamos passar o dia ao ar livre.

— É mesmo? Fazendo o quê?

— Não pode aguentar mais um pouco?

— Nunca gostei de surpresas.

— Bem, não vou te dizer nada.

— Que parte de "nunca gostei de surpresas" você não entendeu?

— A parte que te deixa louca é a que faz isso ser ainda mais divertido. Enquanto você fica aí, reclamando, porque quer saber aonde vou te levar, eu fico aqui, duro e com as bolas roxas. Acho que é uma troca justa.

— Isso não é justo, e que comparação horrível!

— Mas ainda é divertido te provocar.

— E se eu não gostar de onde você vai me levar no nosso primeiro encontro?

Angel me lembrou de que esse era o nosso primeiro de uma lista de dez encontros oficiais.

Estendi a mão sobre o assento do carro e fiz algo que não deveria ter feito — segurei a sua mão.

Seu corpo todo enrijeceu. Rapidamente, me afastei.

— Desculpa.

— Não. — Ela pegou minha mão outra vez, tirando-a do meu colo. — Quero segurar sua mão.

Eletricidade percorreu todo o meu braço, e senti o peito ficar quente. Era o toque dela que fazia isso comigo, fazia algo mudar dentro de mim. Algo que, simplesmente, parecia certo.

— Não quero que as coisas fiquem estranhas entre a gente.

— As coisas não estão estranhas.

Eu a olhei de soslaio.

— Não mesmo?

Não deveria haver razão alguma para qualquer estranheza. Deveríamos estar na casa dela, dando nós na porra dos lençóis com os nossos corpos nus, mas estávamos bem ali, precisamente no meio de um momento estranho.

— Certo. Está tudo muito estranho, mas não quero fugir.

— Então estou perdoado por ter me intrometido?

— Na verdade, recebi uma mensagem hoje cedo.

— Recebeu?

— Sim.

Quando Angel não respondeu na mesma hora, apertei a mão dela.

— Quer me contar que mensagem foi essa?

— E estragar a surpresa?

— Surpresa? Que surpresa? Você aceitou o emprego?

Apesar de ter sido ideia minha — e da execução nada discreta —, não me senti tão animado com Angel saindo da JetAire quanto pensei que me sentiria. Essa era a nossa conexão, o que havia nos unido.

Poderia perdê-la se tivesse estragado tudo.

— Então, aonde vai me levar?

— Vamos andar de quadriciclo na propriedade do meu irmão.

— Isso não me parece ser um encontro num lugar público.

— Não é. — Era o oposto de público. Colt tinha centenas de hectares no interior. — Mas fica a algumas horas daqui. Temos tempo o bastante para nos conhecermos melhor. Já que estou dirigindo, você está a salvo.

— A salvo?

— De mim.

— Não me sinto em perigo perto de você.

— Eu sei, mas não foi isso o que eu quis dizer. Quis dizer que nem sempre tudo precisa se tratar de sexo entre a gente. — Queria fodê-la ali e agora. — Gostei muito do dia que passamos nas Cayman, com as tartarugas, os golfinhos, voando acima dos corais e caminhando na praia. Você tem razão, precisamos de mais dias assim.

Na verdade, precisávamos de mais esfregação e fricção. Reprimi um gemido e me ajeitei para amenizar o aperto da cueca.

Angel parecia não ter notado meu sofrimento.

— Foi muito divertido. Provavelmente, foi um dos dez melhores dias da minha vida.

— Dez?

— Por enquanto. Vamos ver como vai ser o dia de hoje.

— Gostei.

O restante da viagem continuou sendo agonizantemente casto. Perguntei a ela sobre sua infância e, depois de certa hesitação, Angel se abriu sobre sua família. Ou a falta dela.

— Sou filha única, mas você já sabia disso.

— Me conte sobre os seus pais.

— Minha mãe era incrível, ela deu duro para me criar, fez tudo o que foi preciso e conseguiu sobreviver, mas não sem dificuldades. Éramos ricas demais para receber ajuda do governo, mas pobres demais para ter alguma qualidade de vida. Cresci comendo pão com manteiga de amendoim e macarrão instantâneo.

— Deve ter sido difícil.

— Foi, mas por isso aprendi a ser forte. Precisei trabalhar por tudo que queria e aprendi cedo que os estudos seriam a minha oportunidade de dar o fora. Me dei bem na escola. Não tínhamos televisão nem computador em casa, ou seja, eu estudava muito e lia horrores. Minhas notas me ajudaram a ganhar uma bolsa de estudos para a faculdade. Estudei, tirei notas boas. Gosto de pensar que tudo valeu a pena. Não tive muitos amigos, sempre nos mudávamos a cada três ou seis meses.

— Como é? Três meses? Por quê?

— Minha mãe era enfermeira itinerante. Íamos para onde tinha trabalho. Ela tentou me matricular numa escola normal, mas era difícil demais fazer amigos, então, parei de tentar. Precisei aceitar a situação.

— Isso deve ter sido complicado quando você era mais nova.

— Eu só conheci essa realidade. Sempre fui focada, me dei bem estudando em casa e... olhe para mim hoje.

Olhei e vi um anjo.

— Cadê o seu pai? — Talvez fosse uma pergunta íntima, mas esse era o ponto. Éramos íntimos fisicamente, e tinha chegado a hora de quebrar todas as barreiras.

Ela olhou pela janela.

— Morreu quando eu era bem nova. Minha mãe tentou continuar na nossa casa, mas não conseguimos. Ele ficou doente e morreu de câncer. O seguro de vida não era bom. Por sorte, minha mãe era enfermeira. Ela tinha uma carreira na qual se apoiar. Tinha parado de trabalhar quando eu nasci, então, precisou se recolocar no mercado. Basicamente, recomeçou do zero.

— Cadê a sua mãe?

Angel pressionou os lábios.

— Ela morreu há alguns anos.

— Desculpa, deve ter sido muito difícil.

Meu anjo não tinha família. Eu não era capaz de compreender esse tipo de dor.

— Não tivemos tempo de conversar sobre a minha família...

— Sim. — Bufei. — A gente ficou transando.

Ela riu, o que amenizou a tensão.

— Falando nisso, você foi o primeiro.

— Primeiro o quê?

— Primeiro caso de uma noite.

— Hum, na verdade, não tivemos um caso de uma noite; fiz questão disso. Tivemos um caso de três dias, e foi incrível pra caralho.

Entrei em uma estrada de pedregulhos e estacionei ao lado da casa de campo do meu irmão.

— Pronta para se sujar?

As sobrancelhas dela se arquearam.

— Como a sua mente?

— Bem, realmente quero que façamos coisas sujas, mas também quero nos dar uma chance.

— Então não quer transar?

— Eu sempre quero transar. Está fazendo uma oferta?

— Você aceitaria?

— Por mais que eu queira, não.

— Não?

— Sou um homem de palavra, e você me fez jurar pela minha honra de escoteiro. Não posso dar para trás.

— A gente não vai mesmo transar antes dos dez encontros acabarem?

— Se você não achar ruim...

— Você é cheio de surpresas.

— Eu consigo deixar o pau na calça.

— E a rola na cueca?

— E o garanhão no estábulo.

Ela se curvou, riu e enxugou as bochechas com a mão.

— Isso é o que eu mais gosto em você.

— Minha linguagem vulgar?

— Também, mas sua liberdade com a sexualidade. Mesmo quando não está falando de sexo, toda palavra que sai da sua boca é sobre transar.

— Tudo o que ouvi foi que você ama algo em mim. Considero isso uma vitória.

Desligando o motor, saí do carro, ansioso para passar o dia com Angel, passeando nas terras do meu irmão.

— Que lugar lindo.

— Venho aqui sempre que posso. Colt deixa todo mundo aproveitar o lugar. Tem um lago, onde podemos nadar, e um riacho para pescar. Ele tem uma pistola e um campo de tiro.

— Parece que ele gosta de passar tempo ao ar livre.

— Todos gostamos. Caçamos no inverno e pescamos na primavera e no verão. Gabriel e Veronica trazem as crianças para nadar e brincar no riacho. É perfeito.

— E o que vamos fazer?

— Vamos dar uma volta com os quadriciclos. Você pode escolher se dirigimos sozinhos ou se dividimos um.

— Se dividirmos, quem vai dirigir?

Dei uma risadinha.

— Bem, você sabe que amo estar no controle.

— Então quer que eu seja a vadia do quadriciclo? Que me sente atrás de você e me segure na sua cintura?

— Sim. — Dei de ombros, mas eu queria exatamente isso.

Queria o corpo firme dela agarrado ao meu. Os seios se esfregando nas minhas costas. Os braços envolvendo minha cintura. As coxas ao lado do meu quadril. E, mais do que isso, a boceta gostosa pressionada na minha bunda.

— Mas, se você quiser pilotar sozinha, Colt tem um monte de quadriciclos.

Angel não conseguiu esconder as emoções muito bem. Uma ferida antiga uniu suas lindas sobrancelhas e os cantinhos da boca se curvaram para baixo, mas, quando ela me olhou, tudo isso desapareceu. Seus olhos expuseram a alma, e foi ali que encontrei o seu amor crescente por mim.

Toda a beleza do universo não se comparava à paixão de Angel. Isso não fazia suas dores desaparecerem, mas ajudava a amenizá-las. Um espírito aventureiro, Angel acordava todos os dias com a missão de fazer do mundo um lugar melhor. Ela se agarrava àquela paixão, uma paixão tão profunda que a fazia ser linda por dentro e por fora.

Ela fazia meu coração doer, porque queria ser digno de um amor como o dela.

Por favor, não pilote sozinha. Queria senti-la contra mim.

A boca pequena, mas espirituosa, se curvou.

— Não, posso me sentar atrás de você.

Isso!

— Tem certeza?

— Sim, é o melhor jeito de te provocar até você dizer chega.

CAPÍTULO 26

Angel

Competitivos por natureza, Logan e eu nos divertimos com nossos encontros. Ele me levou em um passeio pela propriedade de Colt, me mostrando todos os lugares onde ele e o irmão ficavam de bobeira e me contando tanto sobre eles que, ao fim do dia, parecia que eu os conhecia muito bem.

Ele tinha um laço estreito com os irmãos e uma ligação forte e carinhosa com as irmãs. Para minha surpresa, apesar de pararmos e caminharmos até uma cachoeira isolada, ele conseguiu se segurar.

Desde a profundeza dos seus olhos aos olhares gentis com que me agraciava, sua voz era o que mais me tocava.

Grossa e rouca, forte e sensual, eu amava como sua voz acelerava quando conversava comigo. As carícias suaves de sua mão na minha pele faziam todo o meu corpo estremecer, e eu me perdia naquele momento.

Era quando entregava meu coração a Logan, mantendo o dele em segurança.

Ele me levou para casa tarde da noite, e combinamos o próximo encontro. Eu teria uma semana para pensar em algo tão incrível quanto o nosso dia pilotando quadriciclos.

E tinha de surpreendê-lo.

Quando Logan me buscou, não contei a ele aonde iríamos. Assim que chegamos a uma pedreira, onde havia um punhado de carros estacionados, ele ergueu a sobrancelha.

— O que estamos fazendo aqui? — Ele soou interessado.

— Você vai amar.

— Vamos nadar?

Havia um lugarzinho para nadar no fundo da pedreira, mas esse não era o nosso destino.

Caminhei em direção a Bill, nosso guia. Eu o conheci na loja de esportes ao ar livre, onde encontrei a propaganda para a exploração das cavernas.

Logan e eu passamos o nosso encontro no subterrâneo, com outro casal e três universitários curiosos. Era um lugar público — ou seja, nada de sexo — e legal pra caramba.

Ele fez o nosso terceiro encontro ser ainda melhor, levando-me a um daqueles lugares de paraquedismo indoor.

Por sermos pilotos militares, tínhamos um conhecimento modesto sobre paraquedismo. Eu já havia pulado de um avião. Era divertido e uma das coisas de que eu mais gostava de fazer. Levei-o ao mesmo lugar para o quarto encontro.

Sempre marcávamos uma atividade com uma refeição logo em seguida, e era nesses momentos que descobríamos tudo que precisava ser aprendido sobre o outro.

Mencionei meu amor por atrações radicais. Ele me levou para jogar minigolfe e me forçou a andar na montanha-russa infantil e nas Xícaras Malucas.

Rimos por todo o encontro e, sim, ganhei as três rodadas de minigolfe.

Logan me disse que amava rock e odiava musicais. Eu o levei a um musical no sexto encontro.

No sétimo, ele me levou a um restaurante cinco estrelas, com mesas de toalha branca, e, depois, a uma discoteca, onde passamos o resto da noite nos esfregando na pista de dança até estarmos desesperadamente excitados e quebrarmos a regra de "nada de sexo" em um cubículo do banheiro.

Não éramos perfeitos, mas, com certeza, sabíamos nos divertir.

Depois de tê-lo torturado com o musical, eu o surpreendi com ingressos para vermos a banda Disturbed ao vivo no oitavo encontro. Logan tinha adorado e ainda não havia parado de falar sobre isso.

Hoje seria o nono encontro, e ele se recusava a me contar aonde iríamos.

Fui orientada a vestir roupas confortáveis, e que passaríamos o dia tanto do lado de dentro quanto ao ar livre.

Eu tinha menos de uma hora para me arrumar e, por alguma razão, estava obcecada com o que iria vestir, quanta maquiagem usar e o que raios fazer com meu cabelo longo e ondulado.

Preso ou solto?

Testei diversos penteados, mas, por fim, fiquei tão frustrada que o deixei solto. Logan amava entrelaçar os dedos no meu cabelo e puxá-lo durante o sexo.

Solto, então.

Quanto ao que usar, optei por um vestido fresco de verão decotado, e calcei um par de tênis. Podia até estar de vestido, mas me sentia confortável.

Uma batida soou na porta, e corri para cumprimentar Logan.

Quando a abri, os olhos dele se arregalaram e repousaram no decote e na grande quantidade de pele que eu havia exposto só para ele.

— Porra, você está incrível.

Dei uma voltinha, deixando-o analisar meu visual completo.

— Gostou?

— Sim. Quero tirar tudo de você. — Ele engoliu um xingamento. — Caralho, se não estivéssemos atrasados, faria exatamente isso. — Ele deu um passo para o lado. — Venha, vamos antes que eu perca o controle.

Peguei a bolsa e me juntei a ele do lado de fora.

— Então... Nono encontro, hein?

— Isso mesmo.

— Aonde vamos?

Fazia alguns meses que nosso joguinho de encontros tinha começado. Mesmo desacelerando, parecia que estávamos avançando a uma velocidade perigosa.

Nossos encontros duravam horas. Quando não estávamos juntos, não parávamos de trocar mensagens. Durante a noite, passávamos um tempão no celular, com ele me ensinando a falar sacanagens e os prazeres do sexo por telefone.

Entre os encontros, voávamos. Nunca juntos.

— Não vou te contar. — Logan segurou minha mão e beijou as juntas dos meus dedos. Seu joelho subia e descia, e ele parecia estar segurando o volante com força.

— Está preocupado com alguma coisa? — Eu o conhecia bem o suficiente para notar suas mudanças de humor.

Ele estava animado, mas, ainda assim, muitíssimo preocupado, tudo ao mesmo tempo.

— Talvez.

— Quer conversar sobre isso?

— Se eu falar qualquer coisa, vou arruinar a surpresa. — Ele esfregou a palma na calça e tamborilou os dedos no volante.

Sem dúvida, estava preocupado. Descobri o motivo quando nos aproximamos de uma grande casa nos arredores da cidade.

Havia muitos carros ali, uns doze, pelo menos. Três crianças brincavam no jardim da frente, enquanto os adultos as observavam da varanda.

— Você me trouxe na sua casa? Vou conhecer a sua família? Você poderia ter me avisado! Cacete, eu teria passado maquiagem, prendido o cabelo...

Eu teria escolhido algo muito mais conservador do que o vestido de verão decotado. Uma olhada para baixo foi o suficiente para verificar que eu exibia mais pele do que estava disposta a mostrar aos irmãos e irmãs de Logan.

— É a casa da sua mãe?

— Sim, estão todos aí. Lizzy vai para a faculdade no outono, e vamos nos despedir.

— E você resolveu me trazer? Não acha que esse é o tipo de coisa que deveria ser apenas para a família, nada de namoradas?

— Acho que isso é exatamente o tipo de coisa para *namoradas*. — Ele abafou uma risada. — Não quer conhecer minha família?

— Algum dia, sim, mas hoje, não. Não todo mundo de uma vez. Você não deveria jogar uma bomba dessas numa mulher. — Entrelacei os dedos e tentei pensar em uma estratégia de fuga, mas, como Logan tinha o controle do volante, eu estava encurralada.

Supere, querida!

— Você consegue.

— Tem certeza disso?

— É claro, você é foda pra caralho. Não me diga que está com medo da minha família.

Eu não estava com medo da família dele. O que me aterrorizava era o que aquilo significava. Logan estava levando as coisas assim tão a sério? Com que intensidade? Qual era o grau de seriedade que ele queria da minha parte?

Estacionamos no meio-fio, perto dos outros carros.

Respirei fundo quando Logan, praticamente, pulou para fora e se adiantou para abrir minha porta. Olhei para baixo outra vez e suspirei, exasperada. Meus atrativos estariam expostos, com mais decote do que era adequado.

Ele abriu a porta e estendeu a mão. Não que eu precisasse de ajuda para sair, mas, com certeza, precisava da conexão que o seu toque trazia.

Eu iria conhecer a família dele.

Respire fundo. Você consegue!

O meu pequeno incentivo não funcionou.

— Vamos, quero te apresentar para as meninas.

Cinco mulheres nos encaravam da varanda. Seus olhos se arregalaram num primeiro momento, então, sorrisos amistosos tomaram conta dos seus rostos. Uma delas, com o cotovelo, cutucou a outra e aproximaram as cabeças. Não havia dúvida sobre o que – ou melhor, quem – estavam conversando.

Logan me puxou para a varanda, com um sorriso estampado no rosto e um caminhar muito mais determinado do que o meu. Na base da escada, soltou minha mão e subiu dois degraus de cada vez, me deixando sozinha.

— Angie. — Ele puxou uma morena linda para um abraço, beijando sua bochecha, então, voltou-se para uma bela mulher de cabelo castanho-avermelhado. — Oi, Veronica. Como estão as crianças?

Ela se aconchegou no abraço de Logan, rindo baixinho.

— Tocando o terror por aí, mas ainda não quebraram nada da Linda. Já é uma vitória.

— Ei, Logan! Tudo bem? — Uma cascata brilhante de cachos louro-escuros escorria pelas costas de uma terceira mulher. Seus olhos azuis cristalinos eram da cor exata dos de Logan.

— Tudo maravilhoso, Christina. — Ele a puxou para um abraço assim que soltou Veronica.

— Você trouxe alguém... — A atenção de Christina se voltou para mim, e seus olhos se amoleceram em uma consideração que senti na alma.

Logan cumprimentou as outras duas mulheres com um abraço duplo. Uma delas tinha o cabelo curtinho, ao passo que as ondas cor de mogno da outra alcançavam a cintura.

— É tão bom te ver. — Logan deu um beijo na bochecha de cada uma, então, virou-se e, com pressa, desceu os degraus para me buscar. Com um puxão no braço, não tive outra escolha, senão acompanhá-lo.

— Angel, gostaria que conhecesse minhas irmãs. Angie, Christina, Delia e, a bebê da família, Lizzy. Esta é a Veronica, a cara-metade do Gabriel. Temos algumas versões em miniatura deles correndo por aí. Cuidado, ou vão te atropelar.

Antes que eu pudesse reagir, Angie me soterrou em um abraço. Passaram-me ao redor, me cumprimentando com abraços carinhosos enquanto repetiam seus nomes.

Angie era a mais velha das garotas, mas seis anos mais nova do que Logan. Christina, com seus cachos castanhos, me abraçou, então, me deu um beijo na bochecha.

— É um prazer finalmente te conhecer — disse Angie, com um sorriso tenro.

Finalmente?

Delia, a de cabelo curtinho e fofo, me abraçou. Em seguida, segurou minhas mãos, apertando-as gentilmente.

— Logan disse que traria um anjo para nos conhecer, mas eu não fazia ideia. Que linda, e eu daria tudo pelo seu vestido. Você tem que me contar onde comprou.

Lizzy, dez anos mais nova do que Logan, com seu longo cabelo ondulado, me deu um abraço apertado e demorou para me soltar, sussurrando no meu ouvido:

— Já era hora de ele trazer alguém para casa. Estou muito feliz por te conhecer.

— Hum, obrigada. — Olhei para as meninas e mordi o lábio inferior. — Sou horrível para guardar nomes, então já vou me desculpando quando me esquecer.

Elas riram comigo e, simples assim, toda a tensão desapareceu do meu corpo. Não havia nada de assustador naquelas garotas. Fiquei maravilhada por terem me acolhido tão depressa como parte da família.

— Cadê a mamãe? — perguntou Logan. — E você já abriu o bico? Chegamos tarde demais?

Tínhamos pegado trânsito na estrada. Não havia me importado com isso, mas, pensando melhor, notei que foi quando a preocupação de Logan começou.

— Chegaram bem na hora — respondeu Angie. — Os rapazes estão no quintal, com o noivo da Lizzy, descobrindo como lidar com a churrasqueira. A mamãe entrou para garantir que todo mundo fique longe da cozinha. Estávamos te esperando, mas não estão atrasados.

— Ótimo. — Logan se virou para mim. — Quer conhecer minha mãe?

Quando hesitei, Christina riu baixinho.

— Tenho a impressão de que nosso irmão não avisou Angel sobre o almoço. Estou certa?

Assenti.

— Estamos no nono encontro, eu não esperava algo assim.

— Nono encontro? — Lizzy inclinou a cabeça. — Só?

— Bem, sim e não. — Como eu iria explicar a ela o nosso plano de dez encontros?

Logan se equilibrou nos calcanhares ao meu lado, esfregando o pescoço enquanto tentava bisbilhotar dentro da casa.

— Ás! — Angie estalou os dedos para chamar a atenção dele. — Dê uma passada no quintal e diga oi para todo mundo. A gente cuida da Angel.

— Você acha que vou confiar em vocês cinco sozinhas com a minha garota? — Ele deu um breve aceno de cabeça, então, olhou para mim. — Você vai ficar do meu lado. Não confio nas minhas irmãs. Elas vão te fazer soltar todos os nossos segredos antes de você contar até dez.

As irmãs dele riram dissimuladamente, nenhuma negando o que Logan tinha dito. Mais uma vez, me peguei sendo arrastada, atravessando a entrada e seguindo para os fundos.

— Se vocês, meninas, não saírem da minha cozinha, eu vou...

— Mãe, sou eu. Trouxe uma convidada.

Logan me puxou, trazendo-me para perto dele. Passou um braço pela minha cintura e se iluminou com o orgulho, a posse e algo muito mais preocupante.

Era como se tivesse reivindicado cada pedaço de mim como só dele.

— Esta é a Angel.

A mãe de Logan segurava uma longa colher de pau e vestia um avental branco e limpinho sobre o vestido floral. O longo cabelo castanho, com mechas cinzas, estava preso em um coque. Ela me analisou com um par afiado de olhos azuis, e um sorriso cresceu no cantinho dos olhos enquanto me estudava.

Ela repousou a colher e secou as mãos no pano de prato.

— Quando Logan me contou que ia trazer uma garota, eu não acreditei.

— Você prometeu, mãe — disse Logan, rosnando a advertência.

— Ah, quietinho! — Ela se voltou para mim e entrelaçou as mãos sobre o peito.

— É um prazer te conhecer, sra. Reid.

— Por favor, me chame de Linda. É um grande prazer te conhecer. — Seus olhos astutos me observaram da cabeça aos pés, então, voltaram ao meu rosto. — Logan me disse que você é piloto e que é uma lenda.

— Sim, senhora. Bem, pelo menos, sou piloto. Não tenho tanta certeza quanto à parte de ser uma lenda.

— Uma garota com modos, que maravilha. — Em vez de me puxar para um abraço, assim como as filhas, segurou as minhas mãos com força e me deu outra longa olhada.

Senti-me sendo examinada e avaliada, sem saber o que a outra mulher pensava de mim.

— Logan, seus irmãos estão tentando quebrar a churrasqueira. Por que não vai ajudá-los lá fora?

— É claro. — Ele não pareceu convencido, mas tentou pegar minha mão.

— Deixa a Angel comigo. — O tom da mãe não toleraria nenhuma insensatez.

A expressão de Logan me fez rir.

Caramba, senti as minhas bolas murcharem com aquele tom, e eu nem tenho bolas para serem abatidas.

Mas Logan tinha, e ele minguou sob o comando da mãe.

CAPÍTULO 27

Angel

Engoli em seco, incerta entre ficar com a mãe de Logan ou sair e conhecer os seus irmãos.

As irmãs não foram um problema.

Eram mais novas do que eu e mulheres. Isso nos aproximava.

Mas... os irmãos? Eles me apavoravam.

Logan voltou os olhos para mim, desconfiado e hesitante, mas dei uma piscadela a ele. Vendo-o estremecer e, depois, notando a travessura nos olhos da mãe, soube que eu não tinha nada a temer.

— Pode ir. — A mãe dele me soltou, mas apenas para expulsá-lo para os fundos.

Logan deu mais uma olhada sobre o ombro quando a porta quase o acertou na bunda.

— Agora... — disse a mãe dele, entrelaçando as mãos — você e eu podemos conversar. Pelo seu olhar, acho que meu filho não contou que ia te trazer aqui.

— Está tão na cara assim?

— Seu olhar de filhotinho perdido te entregou, mas, por favor, sinta-se em casa. Quer beber alguma coisa?

— Sim, por favor. Água está ótimo.

— Posso te servir um copo de água, ou posso te dar um pouco de limonada com uísque. Essa multidão, conhecer todo mundo de uma vez... Acho que você precisa de algo um pouco mais forte do que água.

— Gostei de você, sra. Reid.

— Nada disso, me chame de Linda.

— Obrigada, Linda.

— Agora sim. — Ela se aproximou de um armário e pegou um copo grande. Passando pela geladeira, encheu metade do copo com limonada. — Não conte para as crianças, mas tenho um estoque especial de uísque bem aqui.

— Ela abriu o armário do canto. — Você me pediu um copo de limonada, e eu te servi. Apenas isso. — Ela completou o copo com uma porção generosa de uísque, em seguida, entregou-o a mim, repousando as mãos na cintura e me esperando tomar um golinho.

— Humm, perfeito.

— Então, se ele não disse que ia te trazer aqui, para onde achou que iriam?

— Bem, estamos no meio de um joguinho de encontros.

— É mesmo?

— Sim, dez encontros. Estamos revezando, e hoje era o dia dele. — Baixei a voz para sussurrar de maneira conspiratória. Algo me dizia que eu podia confiar na mãe de Logan. — Estamos tentando quebrar alguns limites. Sabe... fazendo coisas que deixam o outro desconfortável. Eu o levei para explorar cavernas e praticar paraquedismo indoor, a um musical e a um show de rock. Ele me trouxe aqui. Acho que foi vingança pelo musical.

Seus olhos brilharam, e Linda cobriu a boca assim que uma risada melodiosa escapou de seus lábios.

— Acho que ele ganhou essa rodada, querida. Trazer uma garota para um almoço de família... e não somos qualquer família. Podemos assustar os novatos.

Não consegui evitar e ri com ela.

— Com certeza, ele exagerou, mas o décimo encontro vai ser por minha conta. Tudo que vai, um dia, volta.

— Gostei da sua rebeldia. — Ela olhou, sobre o ombro, para a porta fechada dos fundos. — Precisa de ajuda?

— Você me ajudaria a tramar contra o seu filho?

— É claro, seria um prazer ensinar uma coisa ou outra para aquele moleque arrogante. Sou mãe, tenho direito. — Ela me deu uma piscadela. — Me conte sobre os outros encontros.

Linda me colocou para trabalhar na cozinha, enquanto eu revivia os encontros. Um sorriso curvou os cantinhos da sua boca, mas essa foi toda a emoção que demonstrou.

Posso jurar que ela deu uma risadinha aqui e ali.

— Humm, vai precisar se esforçar para se vingar. Pouquíssimas coisas o abalam. — Ela espalhou uma diversidade de tigelas na minha frente. — Pode me ajudar com a salada, por favor?

Como eu não podia dizer não, fui até a pia lavar as mãos.

— Não sei aonde ir depois de hoje.

— Vamos pensar em algo.

Não conseguia acreditar que a mãe de Logan me ajudaria com o último encontro. Nosso joguinho de dez encontros parecia um tanto irrelevante depois de termos quebrado a regra de nada de sexo no banheiro da discoteca.

Foi a única vez que transamos desde o começo daquilo, e conseguia sentir a inquietação de Logan crescendo. Eu sentia o mesmo; um desejo desesperado de tê-lo dentro de mim.

Respirei fundo e tentei focar na tarefa em questão.

— Tenho uma ideia. — Linda parou ao meu lado. — Quer deixar meu filho com vergonha? Percebi que ele ama te ver corar, que tal virar o jogo?

Não tinha percebido que eu havia corado. Parecia ser comum quando eu estava perto dele.

— Com certeza.

Ela chegou mais perto, inclinando-se e sussurrando no meu ouvido, explicando sua ideia.

— Como não pensei nisso antes?

— Perfeito, não acha? — Seu sorrisinho me esclareceu muito sobre Linda. Ela amava de paixão os filhos, mas também gostava de brincar com eles. Entendi de quem Logan tinha puxado seu humor.

— Perfeito. — Com o plano resolvido, ajudei Linda a preparar a salada e servir o restante dos pratos.

Por alguma razão, todos os filhos tinham sido expulsos da cozinha, mas ela me acolheu de braços abertos. E descobri o que era necessário para alimentar uma tropa de nove filhos. Tínhamos comida suficiente para um exército.

Conversamos sobre nenhum assunto em particular. Havia algo em Linda que me fazia me abrir. Conversas inofensivas flutuavam ao redor do balcão, e risadas engasgadas soavam nos intervalos, enquanto ela me contava os momentos constrangedores da infância de Logan.

Cobrimos todos os assuntos seguros, lançando perguntas de um lado a outro, como se num interrogatório amistoso até toda a comida estar pronta.

Logan bateu de levinho na porta dos fundos, empurrando-a apenas um pouco e colocando a cabeça para dentro.

— Quando você vai me devolver a Angelique? — A voz grave falou meu nome, e amei a forma como seus lábios se moveram com as sílabas. Era como se Logan as estivesse saboreando, devorando-as e fazendo-as serem apenas suas.

Senti a pulsação martelar na garganta e repousei a mão sobre o coração. Era capaz de bater tão rápido assim?

Uma energia palpável deixou o ar carregado, zunindo entre nós e dançando pelos meus braços, eriçando os pelinhos e alcançado os nervos. O calor pintou minhas bochechas, e Linda olhou de mim para Logan antes de arquear a sobrancelha.

— Aqui, querida. — Ela empurrou uma tigela com salada de frutas para as minhas mãos. — Logan vai te mostrar onde colocar isso. Você... — Ela apontou para o filho. — Pode levar isso.

Logan entrou. Parecia que o seu lugar não era ali, mas usou os braços musculosos para envolver uma tigela gigantesca de ambrosia.

— Vamos — sussurrou, com o cantinho da boca. — Vou te salvar.

— Ela não precisa ser salva, filho — a mãe o repreendeu. — Angel e eu gostamos muito de nos conhecermos, não foi mesmo, querida?

Eu ri.

— Com certeza.

Era muito fácil gostar de Linda. Não era o que eu esperava da mãe do meu namorado, mas, agora, ela estava conspirando comigo. Amei isso.

Logan segurou a porta com o pé para que eu me espremesse pela abertura estreita.

— Sobre o que vocês duas conversaram?

Seu sussurro fez minha pele vibrar e meu coração acelerar. Aquela voz rouca me afetava todas as vezes, deixando meu corpo em alerta e complacente aos seus desejos.

— Nada de mais. — Negar algo a Logan fez uma dor física se acomodar nas minhas entranhas.

— Mentirosa!

Ri e desci os degraus que levavam à varanda dos fundos, mas congelei assim que dei de cara com os seus irmãos.

Cinco homens incrivelmente lindos se viraram, como se fossem um, e me encararam. Então, me lembrei do porquê estávamos ali. O mais jovem, com rostinho de criança, deveria ser o noivo não oficial de Lizzy.

A salada que eu levava quase caiu, se não fosse por um deles tê-la tirado de mim.

— Aqui, deixe-me ajudar. — O estranho tinha um rosto de parar o quarteirão. Robusto e bonito, era uma versão mais velha de Logan.

Todos os homens da família Reid eram muitíssimo atraentes. Supus que o irmão que me ajudou estava acostumado com aquela pausa repentina sempre que um estranho o via pela primeira vez. Ele me lançou um olhar despreocupado e me deu um sorriso carinhoso.

Linda gritou da porta dos fundos:

— Não fiquem parados aí como idiotas. Larguem a cerveja e ajudem a levar a comida para fora. Gabe, depois de ajudar a Angel, encontre sua linda esposa e dê um jeito naqueles seus diabinhos.

Gabriel me deu uma piscadela.

— É um prazer te conhecer.

— Igualmente.

Ele me estudou com atenção por um bom tempo.

— Logan te disse que você é a primeira?

— Oi?

— Ele nunca trouxe nenhuma garota para casa, você deve ser especial.

— Gabriel, saia de perto da minha garota. — O rosnado baixinho de Logan ressonou pelo ar. — E chega dessa merda de "especial".

— Ou o quê?

— Ou vou acabar com você.

— Gostaria de ver você tentar. — Mas Gabe, ou Gabriel, não ficou por perto para discutir com Logan. O irmão desapareceu dentro da casa, deixando-me parada, com os braços vazios e três outros homens me encarando.

O namorado de Lizzy – ou... o noivo não oficial – já tinha subido as escadas e entrado. Ele reapareceu, um segundo depois, com uma bandeja de hambúrgueres crus, que Linda e eu havíamos moldado.

Logan apontou para cada um dos irmãos.

— Angel, estes são Colt, Ryder e Dylan. Rapazes, esta é a Angel. Comportem-se.

Colt foi o primeiro a afastar a mão de Logan.

— Muito prazer. — Com olhos azuis cristalinos e um cabelo castanho despenteado na altura dos ombros, ele também tinha sido presenteado com os genes da família Reid, que deixavam qualquer garota sem fôlego com apenas uma olhadela arrasadora.

Ryder foi o próximo.

— Que prazer te conhecer. Não ouvimos quase nada de você. — Como se fundido e escaldante, o verde dos olhos dele era o seu atributo mais marcante. Uma garota não teria qualquer chance contra aquela intensidade hipnotizadora.

Olhei para Logan e arqueei as sobrancelhas. Ele se aproximou e passou um braço pela minha cintura.

— Falei para vocês se comportarem.

— Colt! Ryder! Dylan! Subam aqui agora! — A voz de Linda estourou no quintal, e os filhos a obedeceram no mesmo instante.

Dylan estendeu a mão.

— É um prazer te conhecer, Angel. Mal posso esperar para conversarmos. — Com o cabelo curtinho e bem-cuidado, sem nenhum fio fora do lugar, ele me cumprimentou com um firme aperto de mão. Tinha o mesmo olhar impressionante dos irmãos, mas em um tom moreno, quase castanho-dourado, em vez de verde ou azul.

Logan deu um tapinha no ombro de Dylan.

— Mamãe está chamando.

— Você também pode ajudar, sabia? — caçoou Dylan.

Logan me segurou com mais força, trazendo-me para perto.

— Trouxe uma convidada, então estou dispensado.

Quando os irmãos desapareceram dentro da casa para ajudar a trazer os pratos até as fileiras de mesas de piquenique, Logan me levou para um canto.

— Tudo bem, desembucha.

— Desembuchar o quê?

— O que ela te disse?

— Por que está preocupado?

— Você não conhece a minha mãe, ela pode ser um pouco... intensa. Ela tem a reputação de pegar todo mundo que trazemos para casa, mastigar e depois cuspir.

— Mas você nunca trouxe ninguém para casa.

— Não importa. Não podemos confiar naquela mulher.

Pressionei um dedo na pontinha do nariz dele.

— Não precisa se preocupar.

Estaria encrencada quando o décimo encontro acontecesse.

O ar crepitou ao nosso redor. Logan ergueu a sobrancelha e olhou para mim.

— O que você anda tramando, meu anjinho sem-vergonha? Vou ter que te levar ao galpão e te punir um pouco?

Engoli em seco e espremi uma perna na outra para conter a onda instantânea de excitação. Eu gostaria muito daquilo, mas não em um piquenique de família.

— Nada de mais — guinchei, quando Logan me puxou com força contra ele.

Ele estava duro.

A extensão da ereção pressionou o tecido fino de algodão do meu vestido. Ele mal tinha me tocado, mas, ainda assim, meu corpo respondeu. Eu estava em alerta máximo, pronta para o que acontecesse em seguida.

Com sorte, a presença dos irmãos, das irmãs e da mãe muitíssimo interessante iria mantê-lo bem comportado, mas, assim que encontrei o seu olhar penetrante, soube que esse não seria o caso.

— Venha. — Logan segurou meu pulso e me afastou da casa.

— O que você está fazendo?

Tentei lutar e resistir, mas meu coração não ajudou. Meu corpo ansiava com a mesma fome que a dele. Havia apenas um jeito de aliviarmos a nossa dor, e isso começava – e terminava – com pele contra pele, corpo no corpo, e ele enterrado profundamente dentro de mim.

Fomos ao galpão e transamos.

Tenho certeza de que todo mundo sabia exatamente o que tínhamos feito, pois, quando retornamos, a família toda estava sentada às mesas de piquenique.

Ninguém comentou o nosso atraso nem a direção da qual tínhamos vindo.

Colt tentou cumprimentar Logan, mas o irmão mais novo deu um peteleco na orelha do outro. As garotas não disseram nada, mas precisei suportar seus olhares.

A única que não reagiu foi Linda.

Ela me olhou por um longo tempo, me analisando, antes de acenar uma vez com a cabeça. Então, bateu palma e disse a todos que era melhor comerem, senão não haveria torta alguma.

Não era essa a introdução que eu queria ter tido com a família de Logan, mas, pensando bem, foi perfeita.

Passamos o dia todo ali. Quando o sol começou a se pôr, os homens acenderam uma fogueira, e as mulheres trouxeram torta, sorvete, marshmallows, barras de chocolate e biscoitos.

Eram um grupinho escandaloso, que gritava um acima do outro, mas seu amor se infiltrou profundamente na minha alma.

Principalmente quando um silêncio repentino tomou conta da família. Lisa, furtivamente, colocou o anel no dedo anelar esquerdo e se aproximou de Linda.

Com um grande sorriso, revelou a joia no dedo.

Linda se levantou em um pulo, gritou e deu um abraço apertado na filha mais nova, então, gesticulou para que o noivo de Lizzy se juntasse ao abraço. Os irmãos gritaram, e a festa se alastrou.

Eu não conhecia esse tipo de laço familiar. Sempre tinha sido apenas minha mãe e eu, e nunca tivemos dinheiro suficiente. Invejei Logan, e queria o que ele tinha.

Foi uma partida agridoce.

Minha cabeça girava por conta do tanto de álcool que ingeri, e meu coração ansiava por algo que eu nunca teria. Logan amenizou a dor. Ele deitou na cama comigo e passou os braços ao redor dos meus ombros.

Juntos, adormecemos, e eu me senti amada.

CAPÍTULO 28
Logan

Uma semana se passou, e eu esperava ansiosamente o encontro final com Angel. Seria um fim de semana, e eu tinha passado a maior parte da semana conversando com os meus irmãos no grupo dos caras.

O para sempre se estendia diante de Angel e mim. E eu ansiava por me unir a ela.

Colt achou engraçado pra cacete como Angel tinha sido capaz de mexer comigo. Gabriel não disse muita coisa – ele entendia. Meus outros irmãos eram solteiros – eles não compreendiam. Ryder e Dylan se divertiram comigo, mas, por fim, calaram a boca por tempo o bastante para oferecer alguns conselhos proveitosos.

Era estranho como, apenas algumas semanas atrás, eu nunca teria imaginado algo assim.

Talvez tivesse sido a felicidade que Gabriel exibia com o quarto filho a caminho que me colocou no lugar.

Ou talvez tenha sido Lizzy e seu noivado. Ela e o noivo eram jovens demais para se casarem, mas a alegria em seus olhos ao anunciar a união para nossa mãe era o que eu sentia no fundo da alma sempre que abraçava Angel.

Isso parecia certo.

Só mais um encontro.

Estacionei em frente à casa de Angel e subi voando os degraus para bater na porta, mas não foi preciso.

Ela a abriu antes de eu chegar, com um sorriso no rosto e um livro sob o braço.

— O que é isso? — Tirei o livro dali e meu queixo caiu. — Vai levar isso no encontro?

O livro que havia redefinido o romance e aberto um novo mundo para milhares de pessoas tinha uma capa gasta e diversas páginas marcadas com dobras.

— Vou.

Olhei para o livro, abrindo-o em uma das páginas dobradas.

— Sabia que isso é inaceitável?

— O quê?

Desdobrei a página, alisando-a, mas franzi a testa para o vinco deixado no papel.

— É um sacrilégio dobrar as páginas assim. Você não é religiosa?

Ela arrancou o livro da minha mão.

— Meu livro, minhas regras. Não tem nada de errado em marcar as partes que eu gosto.

Com um rápido puxão, o livro voltou para as minhas mãos. Abri em outra passagem sinalizada e meus olhos se arregalaram.

— Você gosta das partes de sexo, sua safadinha.

— Todo mundo gosta das partes de sexo. — Ela cruzou os braços sobre o peito, e meus olhos acompanharam o movimento.

— Você sabe que este é o nosso décimo encontro, não sabe?

— Sim, aviador. Eu sei contar.

— A minha encomenda chegou ontem.

— Que encomenda?

— Que comprei da última vez que voamos juntos.

Angel ainda tinha de aceitar a vaga oferecida por Dex Truitt, ou seja, ainda trabalhava para a JetAire. Até agora, havíamos obtido sucesso em manter nossos cronogramas separados, mas eu tinha saudade de dividir o cockpit com ela. Nenhum dos meus outros copilotos chegava perto de ser tão interessante quanto Angel. Sem mencionar que todos eram homens.

Conversávamos sobre esportes e política, sobre nada com nada, e eu aguentava o papo monótono.

Angel se recusava a quebrar sua regra de voarmos juntos. Eu achava um pouco ridículo, mas a respeitava o suficiente para não fazer pressão. Além disso, tinha certeza de que, logo, ela entraria com o pedido de demissão.

Eu poderia, ou não, ter entrado em contato com meu bom amigo Dex Truitt. Por vezes, ajudava conhecer o homem no comando.

— Então, por que vai trazer esse livro no nosso encontro? E aonde, exatamente, vamos?

— Vai descobrir daqui a pouco. Estou mais preocupada com o que você encomendou.

— Você sabe muito bem o que comprei. Eu te mostrei. — Olhei para o livro. — Sabe... Talvez tenha uma passagem aí que possamos reencenar. O que você acha? Depois desse encontro, todas as restrições vão por água abaixo.

— Eu diria que todas as restrições foram por água abaixo quando você me fodeu naquele cubículo na discoteca.

Olhei para baixo, bem quando o volume atrás do meu zíper cresceu.

— Que tal a gente esquecer desse encontro e entrarmos?

Ela pressionou a mão no meu peito e passou por mim.

— Ah, não. Vamos acabar com isso.

— Quero me acabar em você.

— Não duvido, mas é melhor você controlar o garanhão.

Não entendi sua risadinha.

Trinta minutos depois, olhei de soslaio para Angel, me perguntando que merda ela tinha escondido na manga.

— Por que raios estamos aqui?

Ela tinha me levado ao clube de campo do qual minha mãe era membro. Treinava com as amigas aos sábados, então, iam ao shopping e caminhavam como um grupinho, tomavam um café e fofocavam.

— Vamos nos encontrar com algumas senhoras adoráveis. — A risadinha de Angel reapareceu.

— E o que vamos fazer com essas senhoras adoráveis? Hidroginástica?

— Pode ser, se você quiser, mas esse não é o plano.

— Qual, exatamente, é o plano? — Os pelinhos da minha nuca se eriçaram. Eu não confiava no sorriso bobo que dominava o rosto de Angel.

— Poderia te contar, mas já que você ama não me explicar nada, acho que vou me arriscar e ver quanto tempo você demora para descobrir. — Ela desafivelou o cinto e abriu a porta. — Vamos, aviador. Todo mundo está esperando.

— O que você quer dizer com "todo mundo está esperando"?

Ela pegou o seu exemplar de *Grey* e fechou a porta. Sem me esperar, seguiu para as portas duplas de vidro do salão principal. Seus passos pareciam despreocupados demais, e eu havia identificado certo brilho em seu olhar.

Angel estava tramando algo, e eu tinha a sensação de que faria parte de uma piada da qual eu não acharia graça.

Alcancei-a na porta, segurei-a para Angel entrar e deslizei a palma pela bunda dela, fazendo-a pular.

Dentro, trouxe-a para perto.

— Me conta o que estamos fazendo aqui.

Passar a tarde no clube de campo da minha mãe não parecia ser um encontro muito animador.

Angel me recompensou com um olhar cintilante, sem dizer nada. Olhou para os avisos, encontrou o que estava procurando e saiu voando pelo corredor que dava nas salas de reuniões menores.

Dei uma olhada no quadro de avisos, imaginando o que ela tinha tramado.

Havia as horas da hidroginástica, de uma aula de tênis com um treinador famoso, do clube do Chapéu Lilás — seja lá o que isso fosse — e de um *workshop* de golfe.

Nada me chamou a atenção.

Segui Angel pelo longo corredor, serpenteando pela construção antes de parar em uma porta. Do lado de fora, uma placa indicava que era o encontro mensal do Chapéu Lilás.

— Onde estamos?

Angel abriu a porta. Cerca de quarenta mulheres se viraram e nos encararam.

Todas vestiam chapéus lilases ridículos, decorados de todas as formas imagináveis. Acomodada na primeira fileira, minha mãe me deu um dos seus sorrisos mais conhecidos, como se eu tivesse sido pego no flagra.

Antes que eu fosse capaz de dar o fora dali, Angel me puxou para dentro. A porta se fechou, com suas dobradiças fortes pra cacete — alguém poderia acabar perdendo um ou dois dedos ali.

Fechou-se em um tom definitivo, prendendo-me a um grupo de mulheres décadas mais velhas do que eu.

— Vocês vieram! — Minha mãe bateu palmas e se levantou. — Pensei que não ia conseguir convencê-lo.

— Eu não disse a ele aonde íamos. — Angel soltou minha mão. — A vingança é o prazer dos deuses, aviador.

— Ah, então ele não sabe? — Vi a maldade brilhar nos olhos da minha mãe.

— Eu não sei do quê? — Olhei com cautela entre minha mãe e Angel, em seguida, analisei as fileiras de mulheres, que tinham se virado para acompanhar nossa conversa.

Angel me puxou pelo corredor, enquanto todas as outras mulheres me davam uma olhada. Não deixei de notar que havia uma cadeira vazia bem na frente, encarando a multidão.

Eu tinha sido habilmente encurralado.

Mais uma olhada ao redor me revelou outra coisa importante: todas as mulheres tinham um livro consigo. A mesma porra de livro.

— Angel... que caralhos está acontecendo? — Mantive a voz baixa, mas falava grosso, então ressoei por todo o cômodo. Algumas das mulheres deram risadinhas que mais pareceram passarinhos cantando.

Angel me empurrou para a frente de todas, e minha mãe disse:

— Senhoras, este é meu filho mais novo, Logan Reid. Ele, gentilmente, aceitou se encontrar com a gente hoje.

— Não aceitei nada. — Meu comentário fez algumas das mulheres rirem.

— Ah, vai ser tão divertido! — Ela não conseguiu segurar o riso, e eu me virei para Angel.

— Vocês duas estão de tramoia!

Angel pressionou os lábios, lutando contra a própria risada.

— Lembrem-se de que a vingança é um prato que se come frio. — Apontei para as duas. Depois, sorri para as senhoras e seus chapéus lilases espalhafatosos. — Oi, todo mundo. Acho que está claro que eu não deveria estar aqui. Vou deixar vocês com...

— Ah, nada disso. — Angel pegou minha mão. — Você é o convidado de honra hoje.

Resmunguei algo incompreensível. Em seguida, inclinei-me para mais perto e sussurrei, baixo o suficiente para que apenas ela me ouvisse:

— Vai me pagar por seja lá o que você tenha tramado.

— Espero que sim. Ainda bem que a sua encomenda chegou. — Ela se voltou para as mulheres. — Senhoras, Logan gentilmente aceitou participar do seu clube do livro hoje. — Ela ergueu o livro, com a capa gasta e as páginas marcadas com dobras. — Até trouxe o próprio livro.

— Esse livro não é meu!

Angel riu.

— Ele me disse que é o livro preferido dele. Acho que seria uma boa ideia ele ler para vocês hoje...

Todo o sangue desapareceu do meu rosto, e minhas bolas se contraíram.

— O quê? — Minha voz saiu duas oitavas mais altas do que o normal. Sim, minhas bolas estavam na garganta, e a minha boca, repentinamente, ficou seca. — Você quer que eu faça o quê?

Angel apenas sorriu, um sorriso sublime e satisfeito, que lhe custaria horrores quando saíssemos dali.

Empunhei o dedo na direção dela.

— Você vai se arrepender.

Ela piscou, cheia de charme, para mim, mas, logo depois, riu.

— É mesmo? Considerando o nono encontro, isso daqui não é nada.

A voz da minha mãe irrompeu, alta e clara:

— Sente-se, filho. A gente esperou por isso a semana toda.

— A gente?

— Sim — respondeu minha mãe, assentindo. — *A gente,* com certeza, mal podia esperar.

— E o que *a gente* planejou? — Apoiei a mão no quadril, tentando encarar tanto minha mãe quanto Angel.

Apesar da surpresa, e do local muitíssimo inesperado para o encontro, eu conseguiria me virar.

Me sentar com um grupo de umas trinta mulheres mais velhas e conversar sobre um livro de romance?

Com certeza, eu daria um jeito. Queriam a perspectiva de um homem sobre o sexo dominador que fez do livro famoso? Um pouco estranho, mas eu poderia opinar.

Poucas coisas me abalavam.

Minha mãe sempre foi aberta a conversar sobre sexo comigo. Não sobre a minha promiscuidade, mas respondia todas as perguntas feitas por qualquer um dos filhos. Ela fez questão de nos ensinar que sexo era algo normal, que não precisaríamos nos envergonhar e que tinha valor entre duas pessoas que se importavam profundamente uma com a outra.

Acho que nenhum dos filhos cresceu e se tornou um puritano, mas não significava que eu queria discutir esse livro com ela no mesmo cômodo.

Se tivesse chance, eu leria o livro todinho com Angel, apenas para reencenar todas as cenas picantes. Se fizesse aquilo e descobrisse todas as coisas deliciosas que a excitavam, eu passaria o dia todo só lendo.

Mas em uma sala cheia de mulheres mais velhas que eu não conhecia?

Seria um desafio.

Arregacei as mangas, determinado a enfrentar a situação.

— Tudo bem, o que vamos fazer? Organizar uma rodinha e comentarmos nossas partes preferidas?

Minha mãe e Angel trocaram um olhar, enquanto todas as mulheres se remexiam em suas cadeiras.

— Não exatamente... — Angel folheou o seu exemplar e verificou o número da página. — Senhoras, por favor, abram o livro na página 456. Logan vai ler para a gente.

Angel me entregou o livro aberto.

— Comece aqui.

Ela me deu uma piscadela, e quase bati na bunda dela na frente de todas aquelas senhoras adoráveis. Quem escolhia, por livre e espontânea vontade, usar um chapéu lilás? Estaria eu no meio de um clube obsceno em que apenas liam romances eróticos?

Engoli em seco quando li as primeiras linhas. Angel me pagaria por isso. Então, olhei para minha mãe e para seu sorrisinho. Saber que as duas tinham planejado isso juntas me fez estremecer, mas de jeito nenhum daria a vitória a elas.

Queriam que eu lesse essa safadeza para um grupo de quarenta mulheres com seus chapéus lilases espalhafatosos?

Daria o meu melhor. E se isso deixasse a minha mãe desconfortável, que seja. Eu era um homem crescido, com um apetite sexual sadio. Agora, Angel, por outro lado, pagaria muito caro por isso mais tarde.

Pigarreei.

— Página 456. Bem aqui?

Angel assentiu, e eu respirei fundo. Seria possível enfrentar aquilo sem ter uma ereção? Uma análise rápida do texto me disse que não, mas uma olhada para a minha mãe foi o suficiente para que me sentisse como se tivesse sido mergulhado em um lago congelante.

Sim, estava tudo sob controle.

— Tudo bem, senhoras. Algum homem já leu para vocês?

Eu iria me divertir pra caralho e deixar a sala em chamas.

Angel pensou ter me colocado em uma posição complicada na frente de todas. Bem, eu iria assumir o controle da situação e animar todo mundo.

Uma senhora de cabelo branco, com um chapéu que mais parecia um esquilo de pelúcia segurando duas nozes, balançou a cabeça. Apontei para ela.

— Como você se chama, querida?

— Lucy. — Com certeza, ela tinha o dobro da minha idade. Sua voz era suave e trêmula. Os olhos brilhavam, e o batom vermelho cintilava.

— Bem, Lucy... É isso que você quer ouvir? Começando na página 456?

— Sim... é picante. — O rosto todo de Lucy ficou vermelho como um pimentão, assim como os das amigas sentadas ao seu lado. Aproximaram a cabeça para dizer algo e riram.

— E você gosta das cenas picantes?

Ela acenou com a cabeça.

— Sim. — Sua voz frágil estremeceu com a sílaba única.

— Ah, então vamos começar. — Eu me levantei e ergui o livro, posicionando os dedos do jeitinho certo para deixar todas ali sem fôlego.

Eu tinha conhecimento da reação que causava nas mulheres, e estava prestes a virar o mundo delas de cabeça para baixo. Pigarreei outra vez antes de começar. Então, baixei minha voz em uma oitava para que ressoasse em todo o cômodo.

Aproximei-me de Lucy e fiquei parado no corredor ao seu lado. Minha mãe estava na primeira fileira, ou seja, eu não a veria enquanto minha boca suja lia em voz alta.

Falando baixa e roucamente, fiz com que minha voz soasse o mais sensual possível.

— Provoco seus mamilos até que eles endureçam...

Os olhos de Lucy se arregalaram, e ela entrelaçou as mãos no colo. As bochechas coraram, e a mulher não conseguia me encarar. Quase dois terços das participantes não eram capazes de me olhar nos olhos. Continuei, sorrindo:

— Ela se contorce o máximo que pode com as amarras...

A cena mostrava nosso bilionário excêntrico brincando com os mamilos de Ana, enquanto ela estava amarrada. O texto continuava descrevendo como ele tinha lambido a barriga dela, adorando-a e descendo até chupar sua boceta. Era explícito. Era escaldante.

Era tudo o que eu queria fazer com Angel.

Ninguém podia me parar. Eu adorava provocar as mulheres, e minha voz exalava uma autoridade masculina. Deixei o cômodo inteiro hipnotizado, e elas se agarravam a todas as minhas palavras.

Diversas arfadas temperavam o clima. Segui para a fileira e para a mulher seguinte, com seu bobo chapéu lilás.

Ela ergueu os olhos, encontrando meu olhar. Abri um sorrisinho para a mulher, que deveria ter os seus noventa anos.

Li diretamente para ela, fingindo que não havia mais ninguém na sala. Provavelmente, aquela senhora deveria ter netos mais velhos do que eu. Comecei com uma piscadela, pois estava sendo muito mais divertido do que eu havia sequer imaginado.

As próximas linhas a deixaram sem ar, pois usavam palavras explícitas como *pelo pubiano* e *clitóris.*

Continuei, voltando minha atenção para Angel, parada na frente da sala.

— ... até senti-la estremecer... — Nosso amigo bilionário deu uma bronca em sua linda prisioneira, provocando-a e não dando a ela a chance de ter um orgasmo. — Ah, não. Ainda não... Angel.

Ela agarrou o encosto da cadeira, com as juntas embranquecendo e os joelhos se espremendo um contra o outro. Virei-me para minha nova amiga de noventa anos e li a linha seguinte, que descrevia nosso bilionário excitado libertando sua ereção.

CAPÍTULO 29

Angel

Logan, com certeza, era o sexo personificado. E ouvi-lo lendo obscenidades para uma sala cheia de mulheres famintas por sexo? Achei que eu não seria capaz de sobreviver.

Ele leu a cena toda, não se deixando abater sequer uma vez. Em vez disso, assumiu o controle das palavras e tornou-as suas.

Vagando pelo cômodo, brincou com a audiência, provocando-as com passagens excitantes.

Quando terminava de ler uma cena explícita, pedia por outra, e as mulheres ficaram loucas, gritando quais eram as suas favoritas.

Minha ideia era fazê-lo se envergonhar, mas, com certeza, tinha sido ele quem estava fazendo isso comigo.

Eu tinha me divertido na casa da mãe dele. Ao longo da semana, enquanto Linda e eu planejávamos esse evento, me peguei gostando cada vez mais da mãe de Logan.

Ainda assim, não era isso que eu tinha imaginado.

Logan caminhava pela sala, narrando todas as melhores cenas de sexo, com sua voz sensual. Mantive as pernas uma contra a outra, tentando amenizar o desejo terrível e falhando miseravelmente. Minha calcinha estava molhada, e fiquei horrorizada com a possibilidade de ele sentir o cheiro da minha excitação.

Cada vez que uma das cenas tinha a ver com uma venda, ele se virava para mim e narrava o diálogo indecente. Rezei para que a mãe dele não percebesse a intensidade com que o filho me afetava, mas eu não teria como saber. Não conseguia olhar para ela e manter uma expressão neutra.

Aquilo tudo estava falhando miseravelmente, e eu pagaria por isso mais tarde. Mal podia esperar. Por outro lado, queria que esse momento nunca chegasse.

Pela hora seguinte, me contorci, enquanto Logan falava sobre pau, ereção, vendas, boceta e boquetes. A atenção da mãe ia dele para mim.

— Bem, senhoras... — Logan, por fim, fechou o livro. — Temo que isso é tudo que minha pobre voz aguenta.

Seu anúncio foi recebido com resmungos baixinhos de descontentamento, mas ele se virou para mim.

— Não se preocupem, da próxima vez, talvez eu e Angel possamos ler juntos para vocês.

Nem pensar! Eu tinha de tirá-lo dali antes que a sugestão se transformasse em uma promessa.

Levantando-me em um pulo, inventei uma desculpa. Honestamente, estava com tanta pressa para ir embora que não faço ideia do que saiu da minha boca.

Segurei a mão dele, puxando-o para a saída, enquanto a mãe gritava, tentando pôr ordem nas senhoras para discutirem os assuntos do grupo.

Assim que chegamos ao corredor, Logan me girou e me prendeu na parede.

— Porra, aquilo foi torturante. — Os lábios dele atingiram os meus, e ele envolveu minha nuca com a mão.

Um gemido me escapou. Depois da última hora, ouvindo-o ler apenas cenas de sexo, eu estava com muito tesão e pronta para foder.

Ele devorou minha boca, movendo a língua dentro de mim, tão desesperado quanto eu.

A forma como Logan me beijava, como se estivesse tentando se segurar, deveria ter sido o bastante para que eu mantivesse o controle, mas estava desesperada por ele. Outro gemido baixo me escapou, e ele perdeu a batalha contra o autocontrole. Amava vê-lo se desfazer. E amava ainda mais ser a responsável por isso.

Ele envolveu minhas bochechas com as mãos e aprofundou o beijo. Respondi a cada ataque de sua língua, desesperada para extravasar toda a frustração sexual que havia crescido dentro de mim na última hora, enquanto Logan lia aquelas palavras cheias de pecado.

Gemi na boca dele. Agarrei sua camiseta elegante de colarinho. Praticamente escalei seu corpo musculoso, com a intenção de me esfregar nele ali mesmo.

Cada pedaço de mim beijava Logan. Seu pau estava duro. Encostado na minha barriga, senti a ereção pressionar meu abdômen. Meus seios roçaram o peito dele, e a pontinha dura dos mamilos latejava toda vez que ele se movia.

Meu coração martelava dentro de mim, exigente e teimoso. Agarrei a nuca de Logan, precisando que ele ficasse ainda mais perto. Não que houvesse qualquer distância entre a gente. Repousando a mão na minha bunda, ele a apalpou. Em seguida, ergueu minha perna, enrolando-a em sua cintura.

Senti vontade de pular e jogar as duas pernas ao redor dele, mas estava mais do que ciente da nossa localização do lado de fora de uma sala cheia de senhoras com seus chapéus fofos e lilases.

— Logan... — arfei entre os beijos. — Não podemos...

— Podemos e vamos. — Ele abaixou a minha perna e me arrastou pelo corredor, abrindo todas as portas ao longo do caminho.

Senti a adrenalina me percorrer, misturada com uma pitada de medo de que seríamos pegos. Ansiava para que Logan me fodesse, mas não estava disposta a ser apanhada fazendo isso no clube de campo da mãe dele.

— Logan, não podemos fazer isso aqui. — Parei, de repente, e ele se virou para mim.

Seus olhos estavam arregalados, e as pupilas tinham se dilatado com o desejo.

— Vou te comer. — Logan agarrou meu pulso e seguiu pelo corredor.

— Que tal esperarmos? — Queria expressar fisicamente todas as emoções reprimidas dentro de mim. Eu estava mais certa do que nunca de que o meu coração era dele, mas alguém precisava ser sensato.

— Logan... — Eu me afastei. Era cada vez mais difícil olhá-lo nos olhos, pois eu desejava exatamente o que via refletido neles.

Sua expressão parecia inflexível, determinada e inegociável. Meus olhos derreteram quando envolvi o seu rosto. Meu coração amoleceu.

Inclinando-se, ele me beijou profundamente, e isso foi o bastante. Meu quadril ganhou vida quando roçou o dele.

— É, foi o que pensei.

Voltamos a avançar pelo corredor. Logan testou todas as portas até uma, por fim, se abrir. Era um quartinho menor, com todas as mesas e cadeiras empilhadas de maneira organizada contra a parede.

Seus lábios se curvaram em um sorriso puramente masculino, faminto e possessivo, assim que fechou a porta. Não havia nenhuma tranca, mas Logan pegou uma das cadeiras e posicionou-a sob a maçaneta.

Em um movimento fluido, tirou a camiseta pela cabeça e jogou-a no chão.

— É melhor você me acompanhar, querida. Vai rolar.

Embasbacada pela definição dos seus músculos, minha boca ficou seca quando ele abaixou o zíper e prendeu os dedões na cintura da calça.

— Tire a roupa! — A ordem dele ressoou e me atingiu no peito. Dali, abriu caminho até meu coração. Peguei-me obedecendo, entrando no ritmo natural entre a gente.

Agarrei a bainha da minha camiseta e, sem pressa, tirei-a pela cabeça, ao passo que ele se livrava da calça. Deixei o tecido flutuar ao chão, mordendo o lábio, maravilhada com a beleza do homem na minha frente.

Cheio de proezas letais e sexuais, eu estava completamente à sua mercê. Logan parou diante de mim, só de cueca, e ergueu uma sobrancelha.

— Vou ter que arrancar suas roupas?

Balancei a cabeça e tirei a calça. Posicionei-me na frente dele, com um sutiã de renda vermelha e uma calcinha que combinava. Na verdade, esse era o mesmo conjunto que eu tinha usado no dia em que nos conhecemos.

Ele me encarou, e pude ler seus pensamentos.

— Cristo, Angel. Você é de tirar o fôlego.

Abri o fecho do sutiã, deixando-o cair aos meus pés. Logan deu um passo para frente.

— Você é maravilhosa. — Sua voz não soou mais alta do que um sussurro rouco.

Tive de concordar com ele. Não que eu fosse maravilhosa, mas que ele era lindo e, de alguma maneira, todo meu. Seus olhos intoxicantes viajaram pelo meu corpo, e senti o calor daquele olhar em cada centímetro da minha pele.

Diminuindo a distância entre a gente, toquei o peito dele. Logan ficou parado, imóvel, enquanto eu acariciava as beiradas e os vincos dos músculos do abdômen. Minhas mãos repousaram na cintura da cueca, onde curvei os dedos sobre o elástico.

Puxei-o sobre o inchaço da ereção enquanto me inclinava para frente ao mesmo tempo que beijava o seu coração.

— Você também é incrível, Logan Reid.

Envolvi sua extensão com as mãos, e ele reclinou a cabeça, permitindo que um baixo gemido escapasse. Minha excitação refletia a dele, e minha calcinha ficou encharcada com o desejo que sentia por ele.

— Preciso meter em você, amor. Agora.

Mas eu ainda não tinha terminado de adorá-lo. Beijei seu coração outra vez, então, desci, com uma fileira de beijos pelo terreno trucado que eram seus músculos até a curva do quadril. Dali, acompanhei o sulco angulado e me peguei de joelhos diante dele.

Quando olhei para cima, Logan me encarou, com olhos que não eram mais azuis, e sim pretos de desejo.

— Coloque na boca. — Seu comando gutural transformou a dinâmica entre nós, e minha boceta latejou com o poder das suas ordens.

Eu o chupei, e ele impulsionou o quadril para a frente. Logan segurou o topo da minha cabeça, enterrando os dedos no meu cabelo.

— Gostoso pra cacete.

Eu o chupei ainda mais, lambendo a veia na base do seu pau, enquanto Logan, lentamente, rebolava para dentro e para fora da minha boca, mas ele não me manteve de joelhos. Sem pressa, me levantou com outro daqueles gemidos baixos e guturais, que me faziam derreter por completo.

Apontou para o chão, e eu me deitei de costas. Então, Logan se ajoelhou e veio na minha direção.

— Sabe todas as cenas que eu li?

Lambi os lábios, pois minha boca estava seca.

— Sim?

— Vou testar todas elas com você.

Meus olhos se arregalaram, porque havia muito mais do que apenas uma venda naquelas cenas. Havia chicotes e surras e...

Ele assentiu lentamente.

— Isso mesmo, meu anjinho sem-vergonha, todas as cenas. Vou me divertir pra caralho com você, mas, agora... Agora, preciso meter em você.

Logan repousou a mão ao lado da minha cabeça. Depois, abaixou-se, apoiando-se no cotovelo e deslizando o dedo pela renda da minha calcinha.

— Isso aqui está atrapalhando.

Por ele ter insistido, ergui o quadril, ao passo que Logan se livrava do tecido ofensivo ao meu corpo. Deitei-me pelada sob ele, sob seu escrutínio, e tentei, com todas as minhas forças, não me contorcer.

Ele me estudou com atenção. Em seguida, encostou o nariz no meu. Depois, seus dedos tocaram meu peito, acariciando o mamilo e fazendo-me arfar. Logan deslizou os dedos no outro peito e repetiu o movimento.

Eu me contorci sob ele, e minha respiração acelerou. Sempre reagia aos toques dele.

Logan pegou minha mão e beijou a palma, então, esticou-a sobre minha cabeça, onde a manteve. Cobrindo meu corpo com o dele, beijou minha boca, todo o meu maxilar, pescoço e clavícula. Foi descendo, e meus sentidos ganharam vida.

Mergulhei as mãos no cabelo dele e respirei fundo, enquanto Logan beijava minha barriga.

— Vou beijar cada centímetro seu até você toda ser minha. Quero te deixar louca. Quero te fazer suplicar.

Ele cobriu minha boceta com a mão enorme, pressionando constante e gentilmente o ponto sensível, mas não era o que eu queria de verdade.

— Por favor. — Não iria me recusar a implorar. Mordi o lábio inferior e minhas bochechas coraram, esquentando. Minhas costas se curvaram quando ele pressionou um dedo no meu clitóris.

Logan acariciou minha boceta molhada com apenas a pontinha do dedo, me provocando, mas sem se enterrar em mim. Era onde eu o queria. Em vez disso, deslizou os dedos sobre os lábios e sobre o clitóris, me estimulando gentilmente.

— É isso que você quer?

— Sim, por favor.

— Humm, você não quer o meu pau?

Eu queria tudo.

— Não.

— Acho que não entendi, me diga o que você quer. — Ele beijou a parte inferior da minha barriga, indo em direção ao quadril, me seduzindo, enquanto eu estremecia.

Meus dedos mergulharam no coro cabeludo dele. Queria empurrá-lo para baixo, posicionar seu rosto entre as minhas pernas, mas eu não tinha o controle.

— Logan... por favor. — *Por favor, pare de me torturar.*

Para um homem que queria foder, Logan, com certeza, estava enrolando.

Mas, pela sua risadinha baixa e gutural, soube que esse era exatamente o seu plano.

Repentinamente, ele se moveu e enterrou a cabeça entre as minhas pernas. Inclinando-se para frente, Logan deu uma lambida deliciosa na minha abertura molhada, alcançando o clitóris desejoso. Gritei e quase me contorci toda, mas ele me pressionou, com uma mão espalmada na barriga, mantendo-me no lugar. Então, mergulhou entre as minhas coxas.

Enquanto se aconchegava ali, provocando meu ponto fraco, um gemido me escapou, mas voltei a ficar quieta. Estava mais do que ciente de onde estávamos – de como estávamos nus. Rezei para que não houvesse nenhuma câmera de segurança naquela sala. Se houvesse, estávamos dando um belo de um espetáculo.

Ele me fodeu lentamente com os dedos, enquanto subia beijando meu corpo, mas não era isso que eu queria. Logan mordiscou meus mamilos e beijou meu pescoço até, por fim, reencontrar meus lábios.

— Por favor — supliquei. — Preciso de você dentro de mim. — Envolvi seu pescoço com os braços, e enrolei uma perna em sua cintura.

— Pensei que nunca fosse pedir. — Sua voz ressoante foi o suficiente para me fazer gozar.

Ele se segurou, deslizando a cabecinha pelas minhas dobras escorregadias, mas, desta vez, nós dois gememos. Logan estava tão excitado quanto eu.

— Você está me matando. — Eu me contorci sob ele.

— Estou? — Sua resposta arrogante foi perfeita, mas eu precisava dele. Agora.

Coloquei a mão entre nós, envolvendo seu pau e posicionando-o na minha entrada.

— Agora, por favor.

Logan entrou, com um movimento longo e fluido. O prazer foi intoxicante e extraordinário. Fez uma pausa assim que se posicionou todo dentro de mim, e aproximou os lábios dos meus.

— Abra os seus olhos, meu doce anjo. Quero te ver gozar. Que sensação divina... — Ele rebolou o quadril, afastando-se em uma escorregada torturante, então, meteu outra vez.

Seu ritmo me deixou louca, entrando e saindo, com golpes longos, enquanto me reivindicava. Minhas pernas estremeceram, e todo o meu corpo ficou tenso. Pude sentir o orgasmo se aproximando.

Ele mordeu o cantinho da minha boca assim que arqueei as costas e a boceta se contraiu ao redor do seu pau. Meus braços endureceram, envolvendo o pescoço dele, e aguentei firme durante o orgasmo, mas não foi só eu. Logan me acompanhou no orgasmo mais incrível da minha vida.

Gozamos juntos, com a respiração ofegante, na sala silenciosa. Ele nos virou de lado, me abraçando.

Quando estava aconchegada no seu peito, a maçaneta deu uma mexidinha. Alguém empurrou a porta, mas a cadeira posicionada ali a impediu de abrir.

— Merda! — Levantei-me em um pulo e recolhi as roupas.

Logan deu uma risadinha e se uniu a mim, vestindo as roupas outra vez.

— O que vamos fazer? — Olhei para a entrada, e ouvi os sons confusos de uma pessoa tentando compreender por que a porta não abria.

Ele apontou para os fundos da sala, para uma porta com uma placa que indicava outra saída.

— Quer se arriscar?

— E se tiver algum tipo de alarme?

— Você se importa?

Não, eu não me importava. Preferia sair correndo pelos fundos e ativar um alarme de emergência a dar de cara com quem quer estivesse tentando entrar.

— Então, vamos.

Logan pegou minha mão e corremos para a saída. Quando ele abriu a porta, eu estava preparada, mas nenhum alarme tocou.

Com um grande sorriso colado no rosto, nos apressamos para o carro dele. Como Bonnie e Clyde, os pneus cantaram enquanto dávamos o fora do clube de campo.

CAPÍTULO 30

Logan

Meus nervos se agitaram dentro de mim, enquanto eu acompanhava Angel até a porta de casa. O décimo encontro tinha acabado e um futuro incerto nos esperava.

Tudo o que aquela mulher fazia trazia um sorriso ao meu rosto. Não que eu, normalmente, prestasse atenção nesse tipo de coisa. Na minha vida, considerava uma vitória quando a mulher era boa de cama e não se apegava.

Mas Angel era diferente.

O sexo era gostoso pra caralho. Ela era aventureira. Eu gostava disso e mal podia esperar para fazê-la se contorcer. Pretendia, com todas as forças, cumprir minha promessa.

Cada uma daquelas cenas que eu tinha sido forçado a ler em voz alta para as senhoras malucas de chapéu lilás seria reencenada por mim e por Angel.

Queria jogá-la na cama e me acabar nela. Desejava isso com um anseio que eu não era capaz de explicar, mas gostava ainda mais da sua companhia. Isso nunca tinha acontecido ao lado de nenhuma outra mulher.

Fazê-la sorrir fazia minhas entranhas se revirarem e deixava meu coração apertado. Ouvir sua risada suave endireitava o meu mundo. Quando Angel colocava a mão na minha, eu não sabia como descrever o que sentia, exceto dizer que, simplesmente, parecia certo nossos dedos estarem entrelaçados.

Como se as nossas almas estivessem unidas.

O toque dela era o mais confortável que já senti, pois não vinha acompanhado de expectativas. Isso era um problema, porque eu queria que ela precisasse de mim.

Merda, eu estava parecendo um filhotinho grudento.

Você não namora, você fode.

As palavras de Angel foram sussurradas na minha mente, me fazendo parar. Era verdade. Ou tinha sido. Era o maior medo dela, era o que a estava impedindo de abraçar o que vinha acontecendo entre a gente.

— O que vai fazer pelo resto do dia? — perguntei, de repente.

— Na verdade, não tenho nada planejado.

— Quero te levar em outro encontro. — Eu ia fazer muito mais do que isso. Finalmente, entendi o que eu queria. E eu era um homem que corria atrás dos meus desejos, com toda a intenção de conquistá-los.

A verdade era que eu ansiava por sua companhia. A ideia de ficar longe de Angel me doía. Ela animava partes de mim que eu nem mesmo sabia que estavam mortas. E não sabia como parar de sentir a necessidade de tê-la por completo.

Pela primeira vez na vida, ter uma mulher por completo significava algo além de sexo.

Precisava conversar com os meus irmãos, porque o que eu estava contemplando era importante.

— Preciso fazer algo antes, que tal eu te buscar lá pelas seis?

— Para jantar?

Para isso e muito mais.

— Vista algo justo que te impeça de usar qualquer outra coisa por baixo.

Eu a deixei gaguejando e corri para o carro. Um plano se formava na minha mente, mas eu iria precisar de ajuda.

Liguei para o meu irmão.

— Ei, Ás. Tudo bem? — O tom firme de Gabriel me acalmou. Ele sempre tinha sido minha âncora na adolescência. O irmão mais velho que era meu exemplo e muito mais.

— Eu a quero.

— Quem? Angel?

— Sim. Quero passar o resto da minha vida com ela.

— Nossa... Sabia que ela era especial, mas você tem certeza?

— Nunca tive tanta certeza.

— Ok, do que você precisa?

De algo épico, mas o quê? O que a impressionaria? Então, compreendi.

— Vou ligar para um amigo e te ligo logo depois.

Liguei para Dex Truitt.

— Oi, Logan. O que foi?

— Preciso que você convença Angel a aceitar a vaga.

— Já ofereci, ela ainda está pensando no assunto.

— Bem, é importante que ela aceite.

— Como assim?

— Preciso que você a convença a levar você e Bianca para Las Vegas.

— Las Vegas? Por que iríamos para lá? Não é um lugar muito bom para crianças...

— O que Bianca acharia de ir sem a garotinha?

— Georgina morreria se fôssemos a qualquer lugar com você sem ela.

— Vai ser um evento para adultos... — Pensando bem, se Georgina estivesse junto, seria melhor ainda. — Ela pode ir, mas não pode arruinar a surpresa. Diga a ela que pode usar qualquer vestido de princesa.

— O que você está tramando?

Expliquei, e sua risada me disse que ele estava dentro.

Dex era um bom amigo, e eu sabia muito bem o que ele tinha feito para se casar com Bianca.

Aquilo era brincadeira de criança perto de assumir uma identidade completamente nova.

Dex tinha se transformado em Jay Reed para Bianca. Havia construído um personagem completo ao redor de Jay e se esforçado para fazer Bianca se apaixonar por ele.

— Parece incrível, mas Georgina não vai conseguir guardar segredo. O que você acha de... eu ligar para Angel e implorar para que ela trabalhe comigo? Se ela aceitar, sem problema. Se não, posso dar um jeito de ela me levar a Vegas para uma reunião muitíssimo importante de negócios. Bianca e Georgina vão sem mim.

Respirei fundo, aliviado. Eu não confiaria minha surpresa nas mãos de uma criança curiosa e cheia de perguntas, mas seria perfeito se ela estivesse presente. Afinal, Georgina estava lá quando Angel e eu nos conhecemos.

Acertei os detalhes com Dex. Então, liguei outra vez para Gabriel. Ele cuidaria das outras coisas. Seria tudo perfeito.

Agora, para conseguir a minha garota, começaria com o nosso encontro e a promessa do jantar.

Seu vestidinho preto justo me deixou sem fôlego, e tivemos uma noite maravilhosa. Primeiro, jantamos, mas o encontro acabou em um café da manhã tardio.

O cronograma que eu havia planejado era absurdo, e a ideia girando em minha mente era a definição da insanidade, mas eu sabia que era certo, era a única coisa lógica a ser feita. Em menos de uma semana, Angel seria minha.

Para sempre.

CAPÍTULO 31

Logan

Caminhei para o jatinho, com os nervos à flor da pele. Angel ainda não havia aceitado a oferta de Dex para pilotar a frota de jatinhos, mas ele conseguiu dar um jeito de fazê-la ser designada como minha copiloto da viagem para Vegas.

Desta vez, cheguei cedo. Depois de finalizar a inspeção do exterior do jatinho, sentei-me no cockpit, aguardando a chegada de Angel.

Nossos papéis tinham sido trocados, pois, na primeira vez que voamos juntos, foi ela quem me esperou. Provavelmente, esta seria a nossa última vez dividindo a cabine, já que, se ela não aceitasse a vaga na Montague Enterprises, eu aceitaria. Depois, me certificaria de que a JetAire desse a Angel a promoção que ela merecia.

Quando olhei para cima, não consegui evitar e me levantei em um pulo, tomando cuidado para não acertar a cabeça no teto baixo. Rastejei para fora do assento e fui me encontrar com Angel e Dex na porta.

Ela vestia seu uniforme folgado de voo, com o emblema da JetAire bordado no bolso do lado esquerdo. Dex vinha ao seu lado, vestindo um paletó cinza e carregando uma maleta.

Ele olhou para mim e me deu uma piscadela.

— Só você hoje? — Fingi que tudo não era um plano para levar Angel a Vegas.

— Só eu. Bianca se recusa a levar Georgina à Cidade do Pecado.

Mas eu sabia que Bianca estava em um voo praticamente idêntico, enquanto conversávamos, em um dos jatinhos da Montague.

— Acho que estou com a melhor equipe de todas hoje — elogiou Dex. — Parece que um punhado de copilotos tiraram o dia de folga. Você sabe de algo? — Ele gesticulou para que Angel subisse as escadas primeiro.

Filho da mãe. Ele estava perigosamente perto de ultrapassar o limite e abrir o bico. Angel era esperta. Ela descobriria tudo se não fôssemos cuidadosos.

— Como assim? — perguntei.

— Larry e Brody deveriam pilotar hoje, mas estão doentes — respondeu Angel. — Acho que voaremos juntos.

— Estranho...

— Parece que jantaram na mesma churrascaria ontem, disseram que foi a salada de batatas. — O sorriso delicado de Angel fez meu coração acelerar.

— Bem, fico grato por terem concordado em me dar uma carona hoje — disse Dex. — Tenho que participar da reunião, e parece que estamos tendo problemas com os mecânicos.

— Deveria agradecer aos seus mecânicos. Duvido que algo tenha dado errado, pois um bom mecânico não deixaria o chefe voar em algo que não têm cem por cento de certeza que é seguro — ela respondeu ao comentário de Dex, exatamente como eu o faria, o que me dizia que ela não fazia ideia do que tínhamos planejado.

— Agradeço, mesmo assim. — Dex escolheu um assento. Enquanto afivelava o cinto, Angel deu a ele as instruções de segurança, que Dex já deveria ter ouvido milhares de vezes, assim como ela já as tinha dito.

Com esse passo concluído, Angel se juntou a mim no cockpit.

— Ele perguntou se podíamos passar a noite e trazê-lo de volta amanhã. — Esperava que ela não visse problema naquilo. Não era comum a JetAire manter um avião fora de serviço se fosse possível evitar isso, mas, para um cliente como Dex Truitt, a empresa geralmente fazia o que fosse preciso.

— Foi o que ouvi.

— Tem algum problema para você?

Tínhamos estado ocupados com o trabalho, mas não voávamos juntos desde as Cayman. Angel continuava muitíssimo rigorosa com sua regra de não voarmos juntos.

— Não, talvez seja divertido. Faz tempo que não vou a Vegas. O lugar deve ter mudado...

— Conheço bem a cidade, que tal eu ser o seu guia? Confia em mim?

Ela riu.

— Tenho alguma escolha?

— Você sempre tem. — E eu esperava que ela me escolhesse.

— Tudo bem, desde que não envolva clubes de strip-tease ou de sexo.

— Se você não quiser se divertir...

— Tenho certeza de que você vai conseguir dar um jeito.

Eu já tinha.

— Ótimo, você é minha assim que pousarmos.

Ela se contorceu no banco. Então, pigarreou.

— Humm, talvez devêssemos focar no trabalho agora. Por isso não queria voar com você.

— Eu não quis...

— Eu sei. O problema não é esse, o problema é que não conseguimos separar a vida pessoal da profissional.

Infelizmente, eu entendia. Não havia como trabalharmos juntos. Não enquanto eu quisesse tocá-la, e eu conhecia muito bem a minha boca suja.

Insinuações sexuais jorravam toda vez que eu me virava. Esse seria o nosso último voo juntos.

— Pronta para decolar?

Angel assentiu, e adentramos o mundo das obrigações dos tripulantes de voo. Até passarmos da altitude de 10 mil pés, estaríamos totalmente focados no trabalho, deixando todo o resto de lado.

A viagem foi curta o bastante para que nenhum de nós se levantasse, e Dex não nos incomodou. Assumi que ele, realmente, deveria estar cuidando de negócios.

Pousamos, taxiamos e desembarcamos. Um carro buscou Dex, o que deixou Angel e eu sozinhos.

Tínhamos uma hora para matar.

— Vou alugar um carro.

Ela ergueu o celular.

— Já aluguei, deve chegar daqui a alguns minutinhos.

Tínhamos quartos reservados em um hotel ali perto, mas eu precisava levar Angel para o nosso destino, e não havia razão alguma para nos hospedarmos na porcaria do hotel que a JetAire havia arrumado para a gente.

— Cancele. Tenho planos melhores. — Não trouxemos muita bagagem. Joguei a bolsa sobre o ombro e peguei a pequena mala de rodinhas dela.

— Não quero ficar arrastando isso por todo lugar.

Ela tinha razão.

— Tudo bem, podemos deixar no hotel. Depois, vou te levar pra sair.

Dar entrada em um hotel no qual eu não tinha a menor intenção de me hospedar acabaria com meu cronograma, mas insistir para que levássemos as malas com a gente poderia parecer suspeito.

Pegamos um táxi e fizemos o check-in nos quartos.

Dois quartos.

A JetAire não sabia que estávamos dormindo juntos. Deixei nossas malas em um dos quartos e esperei, impacientemente, Angel se livrar do uniforme folgado. Quando ela olhou para mim, arranquei a camisa polo com o logo da companhia e vesti uma camiseta.

Não importava o que estávamos usando. Em breve, trocaríamos de roupa. E eu esperava que fosse logo.

Cuidei do Uber, porque não queria que ela visse qual seria o nosso destino até o último segundo possível. Por isso, pedi para o motorista estacionar na esquina do quarteirão.

— Por que estamos aqui? Pensei que você fosse me levar a um clube de strip-tease.

Porque as capelas desses clubes eram uma porcaria e porque eu queria me casar naquela dali. Ela tinha um significado especial, pois meus pais haviam fugido e se casado ali. De alguma maneira, parecia o certo a se fazer.

Havia apenas um jeito de fazer aquilo.

Mas hesitei.

— Logan? Está tudo bem?

Tudo bem? Eu estava me sentindo maravilhoso.

Tire o cavalinho da chuva, garanhão! Desembucha! Peça a mão dela em casamento!

— Estou apaixonado por você. — Meu maxilar ficou tenso, e cerrei os punhos.

Que merda foi essa? Caralho.

Não era assim que eu tinha planejado dizer a Angel que a amava, cheio de raiva e orgulho.

Estava nervoso e incerto, e eu tinha deixado isso transparecer.

— O quê? — Seu tom estava cheio de indignação, mas quem poderia culpá-la depois de eu ter cuspido a informação daquele jeito?

Engoli minha raiva e disse, com mais delicadeza:

— Eu te amo, porra.

Abracei Angel, aconchegando-a nos meus braços, onde era o seu lugar, e apertei seu corpo com uma determinação desesperada. Fiquei sem fôlego, esfregando as mãos para cima e para baixo nas costas dela.

— Eu te amo, porra.

— Tudo bem... mas por que você disse desse jeito?

— Como assim? — Mas eu sabia, exatamente, o que ela queria dizer.

— Como se odiasse ter que dizer isso.

— Eu não odeio, mas nunca disse isso antes. — Me matou admitir, mas era a verdade. Eu era a pessoa mais confiante que conhecia, mas tive dificuldades para contar a Angel como me sentia.

— Tem certeza? — Ela me olhou, como se esperando que eu abaixasse o rabinho e fugisse.

Assenti.

— Mais do que tudo. Olha, não sou muito bom nisso. Obviamente, nunca fiz isso antes, mas estou completamente apaixonado por você. Tanto que estou assustado, mas prefiro ter medo e cagar na calça do que passar o resto da vida sem você.

Eu não conseguia respirar. Admitir que a amava havia despido minha alma. Isso me deixava exposto. E, se ela não aceitasse, eu não sobreviveria às consequências.

— Como posso ter certeza de que isso não vai mudar? — Ela não confiava em mim, mas era tudo culpa minha.

Eu era um piloto de combate convencido, que nunca precisou suplicar para ter um encontro sequer. Em um estalar de dedos, enchia a minha cama com todo tipo de mulher que eu desejasse. Fiz isso vezes demais até perder a conta, com mulheres demais, muitas das quais eu nem me lembrava. Seus rostos eram um borrão e seus nomes tinham sido esquecidos.

— Porque sinto algo bem aqui. — Peguei a mão dela e pressionei a palma no meu peito. — Com toda a certeza, estou desesperadamente apaixonado por você.

— Quero acreditar nisso, Logan.

— Então acredite.

— Mas você não ama... Isso não pode ser real.

— Antes de você, eu não sabia o que era o amor.

Seus olhos cintilavam com as lágrimas não derramadas. Não sabia se era porque ela estava triste ou incrivelmente feliz como eu.

— Pensei que eu era incapaz de amar, mas um anjo me mostrou o caminho. — Envolvi as bochechas de Angel com as mãos, pressionando a testa na dela. — Acredite em mim. Não posso viver mais nem um dia sem você ao meu lado.

— Que exagero... Ainda estamos nos conhecendo.

— E daí? — Ri baixinho. — Podemos passar o resto da vida descobrindo todos os pensamentos sujos e segredos pervertidos um do outro. Ainda tenho aquela venda e diversas cenas picantes que preciso testar com você.

Angel corou, e sua pele ganhou o tom mais lindo de rosa.

— Acho que você também quer isso...

Ela deu um breve aceno com a cabeça.

Aquilo foi um colírio para os meus olhos, mas, agora, eu precisava fazê-la aceitar enquanto estivesse vestida de branco, com meu anel sendo deslizado em seu dedo.

— Então... — Precisava ouvi-la dizer, me convencer de que não estava errado, me fazer acreditar que poderíamos fazer isso juntos, mas não consegui me obrigar a dizer aquilo antes. Muitas vezes, fizemos rodeios com as palavras, mas isso parecia o nosso novo começo. — Quer se casar comigo?

Não era a melhor proposta da história, mas era toda minha, sincera e verdadeira.

— Me casar com você?

— Sim. Quero que você se case comigo.

— Logan... Eu... — gaguejou ela, sem palavras.

— Quero me casar com você. Hoje.

— Hoje?

— Agora mesmo. — Puxei-a para frente da que deveria ser a menor capela em Vegas: a Capela das Estrelas. Era um lugar pequeno, com um estacionamento para apenas dois carros.

— Você quer se casar agora? — As sobrancelhas dela quase pularam para fora da testa. — Agora? Você está brincando, né?

— Nada disso. Quero me casar com você.

Ela mordiscou o lábio inferior.

Isso não tinha sido um "claro que não!".

Talvez Angel estivesse sendo cautelosa.

Cacete, eu estava em uma situação arriscada. Toda a minha família esperava, dentro da capela, o noivo e a noiva aparecerem. Larry e Brody não estavam doentes. Tinham trazido a minha família, com Bianca, Georgina e o pobre Bandit para Vegas. Já estávamos quinze minutos atrasados.

— O que você acha? Quer se casar?

— Isso é loucura.

— É a melhor forma de viver.

— Você quer mesmo se casar comigo?

— Só se você quiser. Se não, vou ficar lambendo minhas feridas por um longo tempo.

Segurei as mãos dela e acariciei, com movimentos circulares, seu dedo anelar esquerdo. Era bom Gabriel ter trazido a porcaria dos anéis. Estava tudo nas mãos do meu padrinho, e meu irmão tinha acabado de enviar outra mensagem.

Estava tudo pronto. Todo mundo havia chegado. Angel não tinha nenhuma família, mas ela tinha a mim, e eu tinha muitos parentes para compartilhar. E Bianca estaria presente. Eu não conhecia nenhum dos amigos de Angel. Ainda havia tanto que não sabíamos sobre o outro...

Um gritinho quebrou o silêncio. Angel e eu olhamos para baixo, e balancei a cabeça.

Georgina Bina saiu correndo da capela, com seu vestido de *Frozen* e Bandit ao lado. Bianca surgiu atrás da filha, mas logo congelou no lugar.

— Desculpa! Ela deu uma olhada na janela e quando te viu...

Angel olhou para mim e seu queixo caiu quando Georgina se jogou nos meus braços.

— Olha o meu vestido!

Ah, eu estava olhando... só que para o rosto chocado de Angel.

Georgina apontou para Angel.

— Você não pode se casar assim. A mamãe trouxe um vestido para você, e vocês estão atrasados.

Angel balançou a cabeça e riu baixinho. Ela repousou as mãos na cintura e voltou sua atenção para mim.

— Não vou nem perguntar.

— Bem, não pergunte, mas poderia, pelo menos, me dar uma resposta? Tem muitas pessoas ali dentro.

— Quer saber... E se eu não tivesse aceitado?

— Ah! — Apontei para ela e coloquei Georgina no chão. — Você não discordou... — Cobri a boca com a mão, então, gritei: — Ela aceitou! — Com os braços acima da cabeça, fiz uma dancinha vitoriosa.

Bianca se apressou e recolheu Georgina.

— Desculpa mesmo. Tentei segurá-la... — Bandit dançou ao redor delas quando Bianca tentou empurrar a filha e o cachorro de volta para dentro.

Georgina não parecia estar gostando. Ela disparou na direção de Angel, segurando sua mão e trazendo-a para perto.

— Você precisa colocar o seu vestido!

Angel deixou a garotinha liderar o caminho, olhando para mim sobre o ombro.

— Não acredito que você fez isso.

— Amor, você poderia, por favor, aceitar? — Eu ainda estava morrendo para ouvir aquilo.

— Hum, acho que vou me vingar e não te dizer nada.

Ela me deixou parado na calçada queixo caído, enquanto Georgina e Bianca a levavam para dentro. Meus irmãos surgiram segundos depois, correndo para me parabenizar.

Dex apareceu logo depois, apertando minha mão antes de me puxar para um abraço.

— Não acredito que ela aceitou.

Engoli em seco.

— Tecnicamente, ela ainda não aceitou.

Gabriel, Colt, Ryder e Dylan me rodearam, me dando tapinhas nas costas e me apertando em seus abraços. Por fim, me puxaram para dentro da capela, onde puxei minha mãe, com seus olhos cheios de lágrimas, para os meus braços.

— Oi.

— Se apresse! — Ela apontou para uma porta lateral com a placa NOIVO. — Você ainda tem que vestir o paletó.

— Cadê as garotas?

— Lá dentro, deixando tudo bonito. Agora, corra. Eles são muito rigorosos com o horário.

Dex se aproximou.

— Não se preocupe com isso. Comprei mais uma hora. Considere como um presentinho de casamento... Vocês demoraram demais para chegar.

Gabriel me arrastou para dentro do pequeno trocador e me ajudou a vestir o terno, ao passo que meus irmãos escoltavam minha mãe.

— Pronto? — Gabriel me deu um tapinha nas costas.

— Sim.

— Engraçado... Nunca pensei que você fosse se casar, e você fez Lizzy surtar. Ela pensou que ia ser a próxima.

— Ela vai ser. Todas as garotas estão casadas; ou estarão em breve. Acho que você e eu teremos que arranjar esposas para Colt, Ryder e Dylan. Uma mulher que os suporte por mais de um minuto.

— Acho que sim, irmãozinho. Acho que sim...

Gabriel se posicionou ao meu lado como padrinho, e Bianca fez o papel de madrinha de Angel.

A Capela das Estrelas não era um lugar grande, e minha família tinha enchido dois pequenos bancos da igreja, um de cada lado do corredor. Esperava que Angel estivesse pronta para a família doida com a qual estava prestes a se casar.

Quer dizer, eu esperava que ela fosse se casar. Meu coração não desacelerou até a música começar, e Angel surgir na entrada.

Georgina atravessou a capela primeiro, jogando pétalas falsas no chão. Minha mãe a pegou na frente do altar e fez a garotinha se sentar em seu colo.

Para minha surpresa, Dex se aproximou de Angel e sussurrou algo no ouvido dela. Ele dobrou o braço, e ela apoiou a mão na dele enquanto se deixou ser guiada pelo tapete vermelho.

Angel não tinha parentes, mas toda a família de que ela precisava estava naquela capela.

Quando Dex a soltou, entregando-a para mim, Angel sussurrou no meu ouvido:

— Também te amo, aviador. Não deixe que eu me arrependa disso.

— Jamais.

Palavras, das quais não me lembro, foram ditas.

Gabriel estava com os anéis.

Angel deslizou a aliança de platina no meu dedo, e eu coloquei um anel de diamantes no dela, comprado pela minha mãe e irmãs, seguindo as minhas especificações. Era perfeito, brilhante e gigantesco.

Trocamos os votos, mas tudo de que me lembro foram as palavras:

"Você pode beijar a noiva."

— Você me ama? — perguntei.

— Eu te amo muito.

Fechei os olhos. Tomei Angel em meus braços e beijei-a, para a alegria da nossa família. Minhas lágrimas molharam minhas bochechas, e encontrei meu paraíso nos braços de um anjo.

Duas semanas depois...

— O que você acha, agora, de aceitar aquela vaga? Dex está esperando você assinar o contrato.

— Como você sabe disso? — Angel desfez a mala, separando as roupas que precisavam ser lavadas e que nem chegaram a ser usadas.

Dex e Bianca nos presentearam com uma lua de mel de duas semanas e nos mandaram para as Cayman. Em vez de um hotel, nos hospedamos em uma residência privada arranjada por eles. Por estarmos sozinhos, passamos a maior parte da nossa lua de mel nus na cama, o que explicava o porquê de a maioria das roupas de Angel nunca terem sido usadas.

— A gente conversa o tempo todo. Você vai pilotar para ele?

— Sim. Acho que sim. Na verdade, é uma vaga incrível.

— Ótimo. — Senti-me grato por isso ter sido resolvido. — Agora, vamos falar sobre bebês.

— Bebês?

— Sim, muitos bebês.

Eu queria preencher a vida dela com o amor que vinha de uma grande família. Seria difícil com o trabalho, pois a gravidez a impediria de voar nos últimos trimestres, mas eu já tinha decidido pedir demissão para cuidar das crianças depois do parto. Não sabia se era cedo demais para começarmos a considerar uma família.

O lugar da minha garota era nos céus, voando como um anjo, e eu faria o que fosse possível para fazer os sonhos dela se tornarem realidade.

Ela sorriu para mim.

— Cristo, eu te amo, mas o que acha de fazermos um de cada vez?

— Você não disse não... — Esfreguei as mãos, animado pelo futuro com ela e com nossas versões em miniatura nos deixando em frangalhos.

— Não disse mesmo. Falando nisso...

— Falando em quê?

— O que você acha de ser pai ainda mais cedo?

Acho que os meus olhos quase saltaram para fora da cara.

— Cedo quanto?

— Que tal oito meses?

Eu, literalmente, caí de bunda no chão e olhei para minha linda esposa grávida, enquanto ela ria de mim.

Transávamos como coelhos, e não usávamos nenhuma proteção, exceto pelos comprimidos anticoncepcionais.

Não deveria ser possível, e eu não iria fazer nenhuma pergunta óbvia. Sabia como os bebês eram feitos e que nenhuma proteção era infalível.

Uma olhada em seus olhos e tive certeza de que Angel estava falando a verdade. Fiquei de joelhos e beijei a barriga dela.

— Você é incrível.

Ela deslizou os dedos pelo meu cabelo.

— Acho que *nós* somos incríveis.

Nunca ouvi palavras tão verdadeiras quanto essas.

FIM

SOBRE A AUTORA

Ellie Masters é uma autora bestseller em diversos gêneros. Escreve as histórias que ama ler, ou seja, histórias eróticas e sombrias. Ou, quem sabe, românticas contemporâneas? E que tal um *thriller* romântico para abrir o seu apetite? Ellie escreve de tudo. Quer ler poemas apaixonantes e segredos sensuais? Ela também escreve isso. Mergulhe na mente eclética de Ellie Masters e passe um tempinho explorando o reino sensual onde ela dá vida aos personagens, levando-os da mente ao papel e ao coração dos seus leitores todos os dias.

Ellie explora o mundo do romance, do erotismo sombrio, da ficção científica e da fantasia, escrevendo as histórias que deseja ler. Quando não está escrevendo, pode ser encontrada do lado de fora de casa, onde sua paixão por tudo ao ar livre impera: trilhas, quadriciclos, mergulhos, escaladas e ar fresco estão no topo da lista.

Ela já viveu por toda parte dos Estados Unidos — norte, sul, leste, oeste e centro —, mas cresceu sob o sol havaiano. Também se privilegiou com a chance de morar no exterior, experimentando outras culturas e conquistando amigos para a vida toda. Hoje, Ellie tem orgulho de se considerar uma sulista em constante aprendizado de todas as gírias locais. Ela mora com o marido que ama, dois filhos que se recusam a sair de casa e quatro filhos peludos: três gatos que dominam a casa, e um cachorro que não quer mais nada além de que os gatos sejam os seus melhores amigos — os gatos têm uma opinião diferente quanto a isso.

Ellie gosta de passar as noites encolhida em um sofá, com o computador no colo, observando a lareira e bebericando um bom vinho, enquanto traz todos os personagens da mente para o papel e, com sorte, ao coração dos seus leitores.

PARA SABER MAIS, ACESSE

WWW.ELLIEMASTERS.COM

Editora Charme

Entre em nosso site e viaje no nosso mundo literário.
Lá você vai encontrar todos os nossos
títulos, autores, lançamentos e novidades.
Acesse www.editoracharme.com.br

Você pode adquirir os nossos livros na loja virtual:
loja.editoracharme.com.br

Além do site, você pode nos encontrar em nossas redes sociais.

https://www.facebook.com/editoracharme

https://twitter.com/editoracharme

http://instagram.com/editoracharme

TikTok

@editoracharme